秦淮拾梦

黄裳

张昌华 编

黄裳作品精选

江苏凤凰文艺出版社
JIANGSU PHOENIX LITERATURE AND ART PUBLISHING, LTD

目　录

第一辑　金陵琐记

003　白门秋柳
012　旅京随笔
026　随园
029　后湖
033　莫愁湖
037　梅花山
041　燕子矶
044　明太祖与徐达
055　秦淮拾梦记
062　重过鸡鸣寺
068　南唐二陵
072　金陵杂记
076　秦淮旧事
079　柳如是
090　陈圆圆

第二辑　屐痕处处

109　夜访“大观园”
113　东山之美
119　湖上小记
121　葛岭山居
126　浣花草堂
133　富春
151　东湖
154　沈园
158　兰亭
163　禹陵
168　诸暨
181　淮上行

第三辑　历史脚注

199　曹操的故乡
202　陶庵张岱

204 关于李义山
214 谈张之洞
217 苏曼殊及其他
222 于谦和张苍水
230 “一市秋茶说岳王”
237 桃花扇底看南朝
243 鸡鹅巷与裤子裆
247 天王府的西花园
251 王介甫与金陵

第一辑　金陵琐记

白门秋柳
旅京随笔
随园
后湖
莫愁湖
梅花山
燕子矶
明太祖与徐达
秦淮拾梦记
重过鸡鸣寺
南唐二陵
金陵杂记
秦淮旧事
柳如是
陈圆圆

白门秋柳

我们到南京时是一个风沙蔽天的日子。下关车站破烂得使人黯然。站外停着许多出租汽车，我们坐了其中的一部进城去。原想借这冒牌的“华胄”的风姿可以有点方便，不料车到挹江门时仍得下车接受检查，这任务是由“宪兵”执行的，严格得很，几乎连每一个箱子的角落都翻过了。又凑巧同行的×太太替他的兄弟带了许多行李，甚至脸盆、洗衣板之类都不遗漏。于是这检查就成为一种繁难的试验，我们得回答“宪兵”的每一个问题，每一件东西的出卖所、价格、用途，以及其他许多莫名其妙的问题，全凭问话者的高兴。我们得编造若干小故事予以满足，直至他们感到厌倦了为止，然后就拿起了另一件东西……

等到全部审查竣事以后，几乎每一个箱子都盖不上盖，只好把多出的衣物向车厢的角落里一塞算数。

接着我们就轮到接受另一种磨难了。所有比较像样一点的旅馆都没有了房间，南京之所以如此热闹，是那两天正在开着什么会，“冠盖满京华”了的缘故。南京的街道是那么宽而平衍，我们的破车子在萧条的街道上行驶，找寻着栖身的处所，最后是在朱雀路的一家旅馆门口歇下来。

这时已经是下午五点钟光景了。

我们开了两间房间。×太太自己住一间，我和 W 合住在一个很大的房间里。这屋子里充满着冷气，房中间的一个炭火盆渺小得可怜，表面是一层烬余的灰，灰下面的黯淡的红色就像是临终者脸上的光彩。这是怎样森寒的一间屋子。

×太太洗脸以后第一件事是命令当差检视适才翻得一塌糊涂的行李，有没有遗失什么，当她拣起每一件从上海带来的东西时，脸上就发出微笑来，好像欣幸着它们的生还。我们对这工作不能有什么帮助，却欣赏了她叫了来的南京的小笼包子、肴肉、咸板鸭。这些也真不愧是南京的名物，我们吃得饱饱的。看她的“复员”工作一时还没有完结的征象，就告诉她我们要到街上去看看了。

我们又站在这飞舞着风沙的城市的街头了。

多长多宽阔的路。除了北平以外，恐怕在别的地方很难看见这么宽广的街道了罢，然而又是多么空旷呢！对面的街上有一家书店，我们踱进去看。里边放着几本从上海来的杂志和北方来的《三六九》(戏剧刊物)，另外有一册南京本地出版的《人间味》。在屠刀下面的“文士”们似乎还很悠闲地吟咏着他们的“人间味”，这就使我想起“世间无一可食亦无一可言”的话来，这虽然是仙人的说话，也正可以显示今日的江南的无声的悲哀。在无声中，也还有这种发自墙缝间的悲哀的调子。

打开一张地图一看，才知道我们现在所在的地方离秦淮很近，就出了书店向夫子庙前走去，地图上标明着贡院的地方似乎已经变为什么机关之类了，有一片围墙围着。从一条小胡同里走进去，有不少家旧书店，进去看看，实在没有什么可买，想买一部《桃花扇》，却只有石印本和铅印的一折八扣本。翻到了几本《同声》，里边有冒鹤亭、俞陛云的文章，还有着杨椒山先生墨迹的影印本，后面有着“双照楼主人”的跋文，说明着清末他被关在北京的牢狱里时，曾经整日地徘徊在杨椒山先生手植桧的下面，因为他当日所住的监房正是杨继盛劾严嵩父子后系狱的地方，想不到住在陵园里的“双照楼主人”在呐喊着“共存共荣”之余，还有时间想到这些旧事。因为这杂志是由他出资办的，所以厚厚的一本书，定价只要一元。

再走过去就是有名的夫子庙。那一座黯黑的亭子，矗立在一片喧嚣里面，远远地看过去，神龛里被香火熏得黯黑，如果这里面真是供着孔夫子的话，那厄运似乎真也不下于在陈国、蔡国的时候罢？天色已经薄暮，远远望过去，在板桥的后面，是一座席棚式的小饭馆，题着“六朝小吃馆”。好雅致的名字。

小吃馆的前面就是那条旧板桥，有一部记载明末秦淮妓女生活的书，就题作《板桥杂记》。我和 W 立在这渐就倾颓的旧板桥上对着落日寒波，惆怅了许久。

桥右面有一棵只剩下几枝枯条的柳树在寒风里飘拂，旧日的河房，曾经作过妓楼的，也全凋落得不成样子了，那浸在水里的木桩，已经腐朽得将就折断。有名的画舫，寂寞地泊在河里，过去的悠长的岁月，已经剥蚀掉船身的美丽的彩色，只还剩下了宽阔的舱面和那特异的篷架，使人一看就会联想到人们泛舟时可以作的许多事情，吃酒、打牌……这种零落的画舫似乎可以使人记起明末的许多事情，如《桃花扇》中所记，其实它们至多也不过是太平军后的遗物。当南京刚刚规复以后，当时的统帅，“理学名臣”的曾国藩为繁荣这劫后城市所颁布的第一条办法，就是恢复秦淮的画舫，想从女人的身上，取回已经逝去了的繁华。知道这故事的人恐怕已经很少了。

一路走着，我们沉醉于南京的市招的名色的多样性而有趣，纸店，装池店，甚至嫁妆店都在匆匆一望中使人流连。虽然市面是那么萧条，在暮色苍茫中走过市街，想想这已经沦陷了五年的城市，在满目尘沙中，很自然地想起了“黄昏胡骑尘满城”的诗句。

晚上在那间充满了冷气的大屋子里，坐下写一封信，告诉上海的朋友在我们的长途跋涉的第一段旅程中所得的印象。想起了昨夜的别宴，她们都上了装，还赶了来，那是一个凄凉的聚会，浅浅的红唇，失去了风姿的笑靥，那一种沉重的感情，真使人觉得难于负载了。

第二天早晨，从枕上看到窗玻璃上结着冰凌，北风一夜都没有停，炭炉里的微火，不知在什么时候早已熄了。太阳光微弱的黄焰，简直没有一点温暖。

×太太要到市场去买东西，要我们陪了去，几个人坐在一连串洋车上，从铺着石子的小巷里穿过，车子的底座上都装着响铃，在车夫如飞的脚步中叮当地响着，打碎了这古城的角落里死一样的寂静。久违了这种洋车的铃声，不想在这里还好好地保存着。

我们走过市场里的一家服装店，这一家里有十几个伙计，顾客却只有我们一起，所以全部的店员都跑来接待，从他们过分的殷勤中，更看出了商业的凋零。

从市场里出来，我们又浩浩荡荡地回到旅馆里去。×太太又要出门访友去了。留给我们的任务是替她看守房子，她还告诫了我们关于行旅人所应注意的事，我们的任务于是就成为很必要的了。

我和W寂寞地在炉边向火，剥着橘子吃，把橘皮投向炽热的炭上，让它烧出一种很像鸦片的香味来。

我们却打算着怎样在这仅有的一天的勾留中，看看这大城里的几个地方。

在下午四点钟左右，我和 W 到鸡鸣寺去。这是从极南到极北的一段路，在车夫的平稳的脚步中，我们坐在车上，浏览着街景，任北风从大衣领子里吹进去。南京的大陆性气候在冬天特别显著，这种气候给人的是一种僵冻的感觉，手部脸部都在北风里隐隐地痛，实在并不必要等风刮在脸上才有如割的感觉。

在北风中捱过了三刻钟，车子在一片陡坡前停下来。一片红墙蜿蜒在高处，一段曲折的台阶，衬得山门高高的，远远的。慢慢地踱上台阶，抬头看见那个竖立着的小小的扁额，“敕建古鸡鸣寺”。山门两侧的红墙上，墨书着“大千世界，不二法门”两行字。一种娟秀而又阔大的气势，很和谐地予人一种美的印象。

这是一座废寺，走上去却费了我们很长的时间。供着山神土地的殿宇里，门窗都失去了，神像也有的破碎不全，座前的石香炉里却还有不少香烬，应当是不久以前还有香客来过。我们经过每一个院落，每一条小径曲折地走上去，很可以领略这古建筑物结构的精巧。

因为是这样一个严冬的傍晚，寺里几乎没有一个人，自然更没有品茶的人了。我们走了许久寻找豁蒙楼，始终没有找到。绕过了寺后的和尚墓塔，还走进掘得深深还十分完整的堡垒，这应当是二十七年冬天战后的遗迹。这曲折的沟垒真是阴森得可怕，不时还可以发现许多兵士的遗物、稻草、标语，我们都有一种重过古战场的感觉。最后在堡垒的顶上向下看时，整个的南京城都在眼底了，眼前的一所宽广的建筑物的每一个房顶上，都飘拂着一面青天白日旗，可是上面多了个三角形的小黄条，这就是那一出丑恶的傀儡戏的演出的地方。

我们拣了路上台城，疾速地走着，急遽地呼吸着干燥而寒冷的空气，肺部有着燃烧似的感觉。立在这一片六朝故垒的顶上，不得不油然地使你缅想着古昔。眼前是一望无际的江天，一片荒寒的白水，疏落地散布着几个小洲，在一片夕阳里，无数的水鸟飞起飞落，多荒凉的地方。这时风更紧了，呼呼地吹着，我们坐在平台上已经颓了的残垒上，打开了地图，它像一片金属似的在风里振动着响。我大声地叫喊，然而耳朵里只听到呼呼的风声。

重新站起来，让劲急的北风，戏弄着我们的衣襟头发。我感到自己是一个渺小的人，站在这么一个古老而空阔的地方。

我们想起了还在下面等着的车夫，不得不离开了台城走下去。找到了车夫以后，看看地图上远在西隅的扫叶楼，觉得是要有待于它日的重来了。不料车夫却答应了在日落以前赶到，就重新坐上车去。

这时已经是五点钟左右。车子在一些不知名的小巷里穿来穿去，看看那生活在卑陋的屋檐下面的人们时，不禁有着非常亲切的感情。这些靠着小本营生糊口的人们，他们的停滞在手工艺时代的技巧：装池，打铁，木作。从这些渺小的人们的手里，精致地雕琢出一些小器具，传到我们的手里时，使人不缺乏亲切之感，不是那些 Mass Production 的制成品所可及的。可是恐怕这一些仅存的技艺，也将要慢慢地消灭了。

车子离开了陋巷，又出现在一条宽阔的街上了。我打开地图看，回头去告诉 W 这是“随园”的遗址，这是曾经藏了丁丙善本的龙蟠里。光线越来越暗，路却越来越荒凉了，在路上我们看见了不少牵了马的兵，看那黄呢军服，尖尖的帽子，和圆圆的皮枪壳，以为是“皇军”的巡逻队，仔细看去，才知道也是一些“同胞”，他们用好奇的眼光看着我们这在薄暮时出城去的人，使我们也不禁惴惴然。

最后车子停在一片山坡的下面。这时虽然还没有全黑，太阳却早已落下去了。得了车夫的指示，我们跑向一个寺院的旁门。到了门口才知道门是关着的，门口贴了一个什么筹备处的条子。我就不管这些上去敲门了，心里却猜疑着会出来怎样的一个人物，一个大兵呢，还是一个副官？半天以后才传来了悠长微弱的声音：“谁？”

门随着开开了。一个穿了黑色袈裟的中年的和尚，一只手竖在胸前，“二位居士的兴致真好。”

我们惊异着在落日孤城里见了这样的人物，就告诉他我们明天就要离开南京，想用了这匆促的时间看看扫叶楼的意思。

我们被导引着从一道孤悬着的楼梯走上去，走近了一间小楼。这时天色已经完全昏黑了，楼里边看不见一点东西，只依稀看见四壁都是白垩了的，还挂着许多木刻的楹联。W 走近去仔细看了其中一幅的下款，告诉我这是江亢虎的，我说：“那就不必看了罢。”

我们凭了窗槛下望一片迷蒙的莫愁湖，和那一片城堞。从和尚的口里，我们听到了关于石头城的许多故事，和胜棋楼也已经倾圮了的消息。他的黯淡的声音，缓慢地述说着一些兴亡的史迹，好像听见了低回地读着的一首挽歌辞。

最后他告诉了我们他的身世，是一个军人半路出家了的。他诉说着寺里的贫苦，全仗春秋两季卖茶的收入维持，而现在却是寒冬，难得看见一次游客。我们捐出了一点钱，他感激地收下了，点上了一个灯碗，引我们到他的禅房里去。在暗黄的浮光里，我们走进了一间森寒黑暗的屋子，他从零乱的壁橱里找出了一册寄售的谈金陵古迹的书相送，还有一幅他自己画的兰草，并不十分高明。这些我们都已经寄给上海的朋友了。

从扫叶楼出来，我们坐上原来的车子，回到夫子庙前去。车子沿了石头城的女墙跑着，很久很久，才看见稀疏的灯光。

这正巧是一个三角形，连接了这个城市的三个角落。我们毕竟又从荒凉黑暗里回到响着歌声弦管的秦淮河畔了。吃饭的地方是一家很大的馆子，一间间白漆木槅隔开了的房间里多半空着。我们找了一间坐下来以后，先要了一个火盆来烤手。谈着这几小时的游踪，那个和尚，翻着他送的那一本书。我想到离沪以前所作的一点小小的工作。搜集了不少材料，写了个以南唐历史作背景的戏，因为匆促没有能上演，这时大概还压在和平村一间房子里的一堆琴谱下面吧？

吃了点黄酒，走到街上时，从雪亮的电灯光下面的地摊买了黄黄的橘子剥了吃。到哪里去呢？去听听有名的秦淮的清唱吧。走上了一间楼厅，在进门的“皇军”处验了市民证，坐下来看戏了。清唱的那一种姿势使我很厌恶，想想这就是秦淮河畔，这些商女和这歌声。又想起了朋友K在一小张报道商情的报纸上编着的一个副刊，那正是“一·二八”以后，上海几乎是万籁无声的了，那一张小报上却还经常的有短短的杂文在发表。有一次在记载电影女明星“晋京觐见”的消息之后，附了一句“不禁有‘烟笼寒水月笼沙’之感”，被嗅觉灵敏的吧儿闻到，K就被挤下来的事。坐在这悬满了“玉润珠圆”之类的锦额，映着雪亮的灯光，充满了嘈杂刺耳的弦管歌声的茶楼里，我重复着唐代诗人同样的感情。

第三天，就要离开这城市了。又是一个严寒的天气。早晨起来到邮局去发了一封航空信。看着地图，穿过许多窄得几乎容不下一辆人力车的小巷，其中有一条就是乌衣巷。这里全是一些狭小的房子，贫苦的人家。巷子的尽头，有一片池塘，旁边堆着从各处运来的垃圾。地图上却标明着“白鹭洲”，一个雅致的名字。这冬天的早晨，洲边上结了不少冰碴，有几个穿了短短的红绿棉衣的女孩子，伸着生满了冻疮的小手，突了冻红的小嘴，在唱着一些不成腔调的京戏。从那些颤抖着的生硬的巧腔，勉强的花哨里，似乎可以听见师父响亮的皮鞭子的声音。

等到这些女孩子的花腔熟练了，就让她们走到台上去，用那一种姿势表演，万一得到什么人的青睐，成了什么“总统”、“亲王”，那么她的“师父”或“父亲”就可以得到一笔很大的财富。这正是一种颇有希望的“行业”，多少人都投资进去，让他们的——有许多是买来的——小女儿在这寒冷的早晨到这一湾臭水前面来喊嗓子。

这就是秦淮，一个从东晋以来就出名了的出产着美丽的歌女的地方。

一九四三年十月十二日

旅京随笔

鸡 鸣 寺

编者要我写一点南京的“文化”情形，这事真困难。南京有什么“文化”呢？干脆地说一句，我找不到什么。在这劫余的首都，民生凋敝，文物荡然。这里有大官的汽车，歌女的惨笑，可是绝对找不出什么文化来。夫子庙成了杂耍场，这已经是“古已如斯”的事了，状元境、三山街一带，几乎成了妓女的大本营，跑旧书铺的结果是空带了两手灰尘回来。风流歇绝，我想不仅是“有心人”才会叹息的吧？

我不是复古论者，但是在这种情景之下，如果不高兴去欣赏酒吧间里美国兵的疯狂的音乐与女人们的恶劣的舞姿，而且不认那是“文化”的就只有一条路可走，去看看这六朝旧都的古迹似乎还有点意思。然而这也不免要时常遇到煞风景的事，譬如我现在还穿了身军装，——这也没有办法，我没有余钱去治装——走来走去，低徊于胜迹之侧，就不免为人所奇怪，这岂不是“雅”得有些“俗”了吗？

今天去蓝家庄去看了梁漱溟先生。他老先生的水晶眼镜，白布小褂，双梁布鞋，很使我佩服。我忽然觉得，南京的文化是在这里了。他老先生道貌岸然，使人敬畏，也许是看了我这一套 G. I. 有点与特殊人物相似吧，有些保留地不大肯多说话，这也是煞风景之又一端，没有办法的。

从蓝家庄出来，经过考试院，看了那金碧辉煌的建筑物，只有厌恶，不，南京的文化也绝不在这种"雅"得令人肌肤起粟的地方。

到了鸡鸣寺，看了胭脂井，旁边一位背了枪的"同志"警告我不可久留，因为这儿已经成为"军事重地"了，防空司令部在此办公。我只有用了两年来养成的习惯，说了一句："God Damv it!"

走进鸡鸣寺中，一看豁蒙楼安放了几十张床铺，两只办公桌子，玻璃窗上写了"谢绝参观"的"美术字"，于是完结，这里不用英文，还是用国粹的"呜呼"吧！

只好在大殿里靠窗吃茶，有许多中学生在吃茶念书，预备升学考试，也有不少善男信女于清磬声中，膜拜求福。

凉风中望后湖的芰荷，荒芜的台城，心里平静得很，好像在脑子里开了一部电影，从孙吴开到现在，一部历史电影，还有配音，"玄武湖中玉漏催，鸡鸣埭口绣襦迴"……呀！南京的劫余的"文化"，其在是乎？于喧声笑语之中，我也哼了几句：

> 眢井空遗六代祠，美人风雨泣燕支。
> 明珰留忆他生梦，笺擘犹传绝妙词。
> 王树歌残春似水，景阳钟断梦成丝。
> 旧情更向何人说，惆怅城头落照时。

好了好了，不再多作笺注，以免无聊。现在日光向暝，满湖芰荷，别有一番零落芜秽之致，我真正十分惆怅，十分惆怅了。

九月四日于鸡鸣寺

关于泽存书库

冶城的秋色已深，无情风雨，带来了新凉。在这已凉天气未寒时，似乎最宜于登临访胜，记者生涯是忙碌的，原无暇作此雅事，然而近来和平谈判已入牛角尖，一半时恐怕也转不出来，与其整日为此无益之事多费时间，还不如来看看南京的文化，“点缀升平”来得有意思。

前天下午到宁海路十九号去看周逆佛海，吃了闭门羹，出来后就在山西路上闲遛。偶尔走进一家旧书店，买了两本端木子畴先生旧藏手题的词集，与老板闲谈，知道山西路口的中央图书馆北城阅览处，即是以前陈逆群的泽存书库的遗址。心里一动，遂即走去，投刺之后，被引入一间小巧玲珑的客厅里，里边布置楚楚，沙发古画，不染纤尘，窗外小池假山，居然颇有幽趣。一会，屈万里先生出见。这是一位山东鱼台的老乡，人极朴实，是负责中央图书馆特藏组的，这一组的任务是收藏整理善本、字画、边疆语文、档案、违碍书等。现在他事实上负责北城阅览处的善本整理事宜，将来重庆的善本下运，日本的善本索回，存于沪港的善本再来，这个北城阅览处将成为中央图书馆的善本丛集之处，与北方的北平图书馆将为公藏的南北双璧了。

我提出了汉奸陈群的泽存书库的事问他，屈先生很详细的为我说了一下这个书库的历史，颇有趣味，大可加入“书林逸话”。陈群字人鹤，是伪府中的老汉奸之一，如果照系统说来，是应当属于“前汉”的。他当过伪内政部长、伪江苏省长，这都是肥缺，刮钱不少，他大都用来买书，当南京沦陷之初，满街都是旧书，没有人敢买，也没有人买得起，这些书大抵连造还魂纸都没人要，大多烧火而已。陈群这时开始收书，于是一般书贾才将这些“废物”收集起来，稍加整理，去拿给陈群去看。

照我们在那家旧书铺中听来，书店老板提起“陈部长”来，真好像是在说开元、天宝遗事的样子了，那时他们三五成群，夹了书到伪部里去，陈群常亲自接见，忙时也将书留下来，这样，他在伪内政部长、伪江苏省政府任内，买书不少；等后来做了伪考试院长以后，刮钱不易，遂渐不能买书。他的泽存书库共分三库，他在“自剖书”中自称一百万册，实际南京有四十万册，上海、苏州两地有廿八万至卅万册。是他在临命之前昏迷了呢，还是后来有了走漏，不得而知，总之百万之数是远不到的。

最难得的是他家中（南京）还有十多万册，这大抵是最精善的本子，他仰药前亲自写了数百封遗书，都编了目，又督促家人亲自动手整理家中的书籍，编目送到这里，然后才仰药自尽。遗嘱中对泽存书库还念念不忘，嘱管事人照旧做事，据那个旧书店老板说还将心爱的古董每人分赠一件以为遗念。总之，这一切，在汉奸中，算是作风特殊的，也可以说是一个畸人。

这批书，胜利后经行政院批交中央图书馆接收。自本年四月廿三日起开始编目整理，至今大致粗毕，大约再有十数日，即可完事呈报了。现有的书目即已有一千多张。

我顺便又问屈先生关于汪逆精卫的遗书，他说在颐和路三十四号汪宅中共有七千册左右的书，大抵是平常本子的词曲书，倒并无什么可观，至多也仅是明本而已。

我要求屈先生带我去看看书，我们走出客厅，穿出月亮门，一大间房子里，满地都是蒲包，里边满满的装了零乱的日文书，还没有整理完。

这整个的院子是圆形的，有两层楼，大约有大的藏书房廿余间，里边是一排排的木板架子，触手琳琅，缥缃满架。我们顺序开了门进去看，因为时间的关系，偶尔拿两部看看，就已经有不少善本，现在随便记一点：

一、徐乾学的《明史列传》的稿本（或是传抄本）六十五大册。

二、宋本《春秋集传》。

三、经厂本《诗经大全》，原装大册，明代的豪华装，蓝绫面依然存在。

四、宋绍圣四年（一〇九七）福州东禅寺刻《正法念处经》，字画古拙，是北宋遗风，纸极厚重。

五、四雪草堂的《隋唐演义》。

六、弘治本（?）《琵琶记》。

七、《西厢记》（李卓吾评本，万历本，金谷园本。都有精图，还有一种满汉金碧精抄本，抄手工致之至，满文译的汉书，我还是第一次见到）。

八、万历本《三宝太监西洋记》（小说）。

陈群的收书大约很像陶兰泉的收开花纸书，即极意求好，他有殿本的《康熙字典》与《全唐文》，都是最初印本，触手若新，实在是书林尤物。此外我还看了几种高丽刊本与抄本，大册皮纸，非常可爱。因为书还没有归类，检查不便，我看了一下厚厚一叠的善本书目，宋本有：一、《隋书》（建本，残），二、《范文正公集》（残），三、苏集，四、《龙田水心二先生文粹》，五、《黄帝内经素问》（杨守敬跋）。元本有：一、《唐文粹》（全），二、《群书钩玄》，三、《荀子》，四、《李太白诗》，五、《续宋中兴编年资治通鉴》，六、《黻藻文章百段锦》，七、《中和集》，八、《困学纪闻》，九、《汉书艺文志考证》等。

这只不过是匆匆过眼的结果，疏漏自所不免，而浅学又不能做像缪艺风所发明的那一套“黑口，双阑……”之类的提要，于学人或无用处，不过意在使大家知道在南京，还有这样一个看书的地方而已。

最后我想附说一句，陈群在收书之际，也正是上海我们教育部的委托人在收书的时候，照一些记载，这事不啻是一场争夺战；据说陈群又是不大讲究的，书送来好坏都要，然而他毕竟也收了这些。宋、元本固无足观，明本倒的确是不少，而且陈群特别喜欢集部，所以别集类的秘藏尤多。屈先生告诉我说，在日本的一部分中央图书馆的书中，明代史料独多，有些真是外面从未听到过的秘籍。听了这话，不仅使我为之怦然心动。真的什么时候才得生活安定，重有余暇来看书呢？在落日秋风之中，走出了泽存书库，我心里还是这样的想着。

九月十九日深夜

访盋山精舍

在石头城的角落里，清凉山旁边，有一个清代留下的古老的书院，清道光年间两江总督陶澍为了纪念晋代在石头城与苏峻作战的陶侃——那个无事时搬砖的老头儿，说是要惜分阴的——建立了惜阴书院。咸丰年间遭乱，毁了一大部分，后来又重修，光绪二十七年(一九〇一)改办学校。当时钱塘八千卷楼丁丙的藏书，有继陆氏皕宋楼售与静嘉堂之后更让给日本人之议。缪荃孙大声疾呼,以为不可以,以为这是国耻。得到了当时的两江总督端午桥(方)的帮助,用了七万两银子买下了,又用了三万多两银子造了四十间藏书楼,是为江南图书馆。丁家的书一起有十二万册,更加上了武昌范氏木樨香馆及宋教仁遗书,共有十六万册,这是民国十六年(一九二七)的数字。

这一次战事,这里的书不曾运出去(只有一小部分由柳馆长诒徵运往江西),经过日本人的没收,运到朝天宫的故宫博物院里存藏。胜利以后清查,居然没有损失多少。其中的宋本都完全保存,元本损失了四十余种,听说是被一位小伪官拿去送礼了,陈群处也发现过一种。盋山图书馆自印的秘籍,现在只剩了三千余册(原有九万本),所以我想去买一部阮大铖的《咏怀堂集》也没有成功。现在的志书有二三十架,三间大房子,在江南藏志者中可以算是巨擘了。还有一个特点值得提出来的,这里的主持人倒还颇有一点古风,他们重视传抄的工作,如果你拿了丹铅砚笔,带了普通的本子想去借他们的宋本来对勘或抄录的话,他们是非常高兴的。不像北平图书馆那样重门深锁,将宋本书放在玻璃箱中,只有特种学者如胡适之之流才有福气看的。大家都在喊学问是公器,可是许多人都不肯拿出藏本来给人看,以免抢去了他的教授的金饭碗,这情形,只要一看那些专作冷门学问的教授中的情形,即可明了。因为这些东西一向不为人所注意,他们搜到了一二稀见册籍,即可雄据砧坛大加铺陈,据为私产,殊有专利之势。一旦要钱用时,还可以高价售与图书馆,不过这一着大抵是不大用的,因为这等于卖绝了自己的生路,其悲哀犹如李后主之失去南唐,盖可原谅也。

废话少说,因为主人的好意,我也有幸登楼看了一下好书。

由两位老先生（他们服务本馆已经数十年了）引导，沿了已经将要颓坏的木梯上楼，开了门进去，在这空洞洞的大楼中，放了几排木书架，没有玻璃，听说这些还是几经努力才向朱家骅要来的。一架架都满满的装了书，样子比泽存书库拥挤得多了。据说他们原有的书橱，楠木制的旧橱，已经被当柴来烧掉了，现在还剩下一只，放在隔壁，算是纪念品。

秋阳从窗口照进来，长书桌边还放满了没有整理的书，用草绳拴着。我真为这批书痛心，用草绳拴的地方，那些宋纸都有些磨损了，这是我们用来对待海内孤本的方法！这样一个图书馆，只有七个人负责理书，没有一部车子（车子都运兵、运军火和装姨太太去了），馆方好容易从有关方面借了一部卡车，将积存他处的全部珍本扔上车去，运到龙蟠里，再卸下来，堆在地上。当天因为雇不到工人，于是这些宋、元本就只能在潮湿地上睡一夜，幸而还不曾下雨。现在是用每天四千元的工资雇了工人来将这些书陆续运上楼，草绳作捆，掷在楼角，如果你去一翻的话，那全是《四库》底本，商务的《四部丛刊》《古逸丛书》的底本，毛抄黄跋。……这简直是一种“传奇”，可怜得不能使人相信的“传奇”。

居停主人殷勤地从书堆中找书来给我看。第一部找到了宋小字本《晋书》，这是商务曾经影印过的，板式甚小，厚纸，磁青面。初到手使你不觉得这就是如何可珍的册籍，可是你一看那铁划银钩的字迹、一笔不苟的刻法，你将叹诧这比了麻沙本的字体、比了黄善夫本《史记》的字体，更可爱。我又看了宋本《汉书》，这是有如黄善夫刊书的字体了，墨光如漆，薄纸上有如云状的墨痕，有如看宋人墨迹，加于读书的兴趣之外。

关于小字本《晋书》，傅增湘说过：“盖北宋本也（按指自藏小字本《唐书》)，字体秀劲，笔意在褚、颜之间，断为闽中所刻，与宋建本之锋棱峭厉者迥然不同，盖北宋尚存古意，不似南宋以后专以精丽为长，此时代刀法之变迁，不廛缮工之有优劣也。余旧藏百衲本《通鉴》，其小字十五六行者与此正同，他如日本官库所藏《初学记》、江南馆所藏《晋书》，其细行密楷，亦类此。”

我前面所写意殊未尽，翻检藏记，偶得傅沅叔的一段话，抄了来说明正好。傅氏是老辈藏书家，凡老辈都喜欢考究避讳，与白口、黑口的一大套，而这里却能提出版刻的风气加以注意，难得之至。我虽然不能一定断定那本《晋书》的确是北宋刻，然而它与南宋本的不同，则是不容漠视的事。

黄荛圃自称“词山曲海”，然而士礼居藏词曲为外间所见者绝少，近年来才少有发现，这里有一部元刻的《阳春白雪》，可以算是非常的珍品了。书是蝴蝶装，最可爱的是书前的一张柳如是的小像，作道家装。图作于清初，悬想当是曾经亲自看见过河东君的人物所写，三百年前秦淮河上的名妓，后人曾经为她作过“事辑”，她曾经追求过陈卧子，自称女弟，陈不敢接受；后来才转而看上了钱牧斋，在我闻室中为牧斋检书抄文，有如女秘书。《春浮园集》中有记云：“钱牧老语余言，每诗文成，举以示柳夫人，当得意处，夫人辄凝睇注视，赏咏终日。”原书后面有黄跋，当时未细看，回来检《士礼居藏书题跋》又不见，不知曾否提到书的来历，也许这是绛云楼中故物，小像也是原写，那么就更有意义了。

此外有王菉友《说文句读》的稿本，丹铅满纸，可以窥见一二百年前人著书的遗风。宋乾道本《颐堂先生文集》是商务《古逸丛书》的底本。嘉祐本《唐书》，明活字本《鹤山大全集》，宋巾箱本《欧阳文粹》。宋本《医说》，与明嘉靖翻本对读，真是有趣的事，字体、行格全同，有如临摹古帖，然而风韵相差是不能掩饰的，这里可以看出明翻宋本的可珍，更可以看出宋本的风神，如此，庶几不会从书贾手中买到“宋本”的翻刊书了吧！

明活字本《壁水群英待问会元》九十卷，明陈白阳藏。宋朝曾经有过胶泥活字，长沙叶德辉藏有《韦苏州集》，说就是胶泥活字。这一本后边有“牌子”，罗列“丽泽堂活版印行，姑苏胡升缮写，章凤刻，赵昂印”，可以算是中国活字版史上的纪程碑了。

一部宋刻、宋纸、宋印的《云仙散录》，所用的是宋朝的公文纸，每张都盖有官印，并纪年代，有开禧元年（一二〇五）六月、嘉泰四年（一二〇四）十二月字样，都剜空衬纸，以便观览。

这时柳老先生翼谋进来了，戴了眼镜，穿了旧夹袍，六十八岁的高龄，说起话来还是精神贯注的。我有机缘与老先生坐谈，听他述说了九年来流离的经过，他说到激昂的时候，总是说“非人力所能为”。看了这批书又重新被整理，放在书架上，他说：“书住在此楼三十余年了，八年中迁居流浪了一次，今天仍旧回来，真是神灵呵护……”这使我想起了藏书家在题跋中所常说的那一套神话，然而这却是极富于感情的。

柳老先生追述九年前逃到武汉与当局交涉运书，那时的江苏省教育厅长，柳先生说“就是周逆佛海”，给了他多少留难，漠视，规避……

胜利以后，他马上飞回来看书，与杭次长立武几次交涉，才在接收大员的机位中占了一个位子。他是非常感慨于南京接收时的紊乱的，曾几次说及。这里我想追述一件已经为图书馆界熟悉了的故事。山东陷敌时，济南的山东省立图书馆长王献唐作了呈文给韩复榘要求派车，韩在呈文上批了两个大字“不理”。

现在，柳先生几次请江苏省教育厅派人来馆看看，得到的结果还是“不理”。据说他们不愿来看，是不敢来，一看之下，书橱没有、人手不足……在在都要增加经费，可是省府正在关注“苏北难民”，想请“上海小姐”们给弄一笔钱，又哪里管得这些连烧火都不燃的宋、元本呢？

我陪了柳老先生缓步去看了他们的藏书，看工人在运书，走下了楼，穿过陶风楼，柳先生告诉我，这是纪念陶侃、陶澍与端陶斋（方）的。走过庭前，双梧高耸，旧时的庭宇依然，书房如旧，柳先生指点着这些说，俞理初、胡培翚都在这儿做过山长，这些旧房中也住过不少名人，如薛时雨的姻戚袁爽秋，都是这儿出身的学生……叩别出门，坐洋车回去，看看石头城上的一片落日，也真感到有些“古意”，也感到异常的黯然。

九月二十八日于上海

【附记】今年夏天，在来薰阁买到两册《阳春白雪》，即是那曾经柳如是校过的元本的樵刻本，黄跋也照样影刻了。可惜书中的校笔，与书前的河东君小像没有办法照样刊下来。

一九四七年七月二日重校记

“美人肝”

南京是所谓六朝古都，秦汉以前不谈，仅自孙吴大帝黄龙元年（二二九）建都开始，到现在已经是一千七百多年了。其间虽然经过多少次变革、兵火，到现在，总算仍旧是政府所在的地方。想看看南京的文化，极容易联想到古昔，事实上似乎也只有“古昔”还可看。要想找民国三十五年度的新文化，可以说并没有。除了中央研究院的房子还漂亮之外，似乎只有一二种仿效上海方型小报的豆腐干周刊了吧？说也难怪，胜利虽已一年，干戈却尚未化成玉帛，乒乓之声起于天末，又哪里有闲心逸致来讲求礼乐弦歌之事呢？因此，要在这方面找材料，就异常干枯，而且这仅余的一点“古昔”，也将为当局的“粉饰”而日益消亡。灵谷寺改为阵亡将士墓，豁蒙楼上住了防空的大员，“南朝四百八十寺”这一修饰会弄得古迹荡然，阮步兵的墓碑上刻了党徽，朋友说笑话，不料这位晋代的狂诗人千年之后却变成了“本党同志”，阮公地下有知，不知当怎样“咏怀”也。念郁达夫遗诗，“唱破家山饰太平”，即使在多晴好的秋阳之下，也不免有些愤懑了。

提起文化，这应该是历史流传的结晶品，这中间自然包含了两种，其一是太平盛世，衣食丰足之余的余绪，另一种则是世纪末人们疯狂的享乐。前者可以举出曹雪芹的祖父曹寅。曹官江宁织造时，曾刻《楝亭十二种》，其中有《粥谱》等一二种，讲究吃而及于吃粥，可谓精致了。原书少见，读者大抵还都熟悉《红楼梦》上宝玉挨打以后吃莲叶羹的情形吧？至于后一种则可以举出较近的南明作例，一翻《板桥杂记》之类的书，总该惊异于那些“名士”、“美人”是怎样地在吃着，玩着，穿着。却说明朝的南京，与现在稍有不同，现在繁华中心的新街口一带，当时还是“大内”，商业集中处还在聚宝门（今改中华门）一带。如果想了解明代金陵的繁昌情形，我想是非在中华门内外一带多走走不可的罢？自中华门沿城西行，在现在已经十分荒落的西南隅里，正是当时的达官贵人们的园囿所在之地。仅举一例，阮大铖的石巢园即在此处，当时人称之为“裤子裆”，现在是库司坊，还有一湾小池，两片断石，正是当时咏怀堂遗址，上演《春灯》《燕子》的所在。中华门外，过长干桥，经雨花路，两旁的店铺古色古香，还都十足的带了“旧味”，我想当是太平军后的遗迹吧，自然，时代逐渐加上去的色彩也还是有的。在这里，在仅余一楹的大报恩寺的对过有一家十分不起眼的小店——马祥兴。

店虽小而却十分有名，是一家清真教门馆子，以一味“美人肝”驰誉当世。听说当汪逆兆铭开伪府于金陵时，曾经时常深更半夜以荣宝斋小笺自书“汪公馆点菜，军警一律放行”，派汽车到这里来买菜回去。这事至今在南京的小报上还津津乐道，甲申三百年祭，金陵就更有了新的马、阮，如果依照“历史循环论”讲来，也真是“并非偶然”的吧？

我与朋友也自然是想领略一下这名菜的。坐在暗黑的房子里边，据了一张古老的座头，与堂倌商量，回答却是没有。原来所谓“美人肝”是一种鸭胰，每只鸭子只有一只胰脏，大小约一吋罢？如果要拼成一盘菜，似乎就非几十百只鸭子不办。店中经常派人在市场上面收，收得与否是没有一定的。

我们就另外请堂倌推荐两样拿手的，就又要了“凤尾虾”与“蛋烧卖”，要半斤黄酒，没有“美人肝”，究竟未免有些遗憾。

看看这家店，前面一间是柜台与锅灶所在地。后面一大间就是卖座的地方，上面搭了席棚，听说战前不是这样子，这是轰炸以后的遗址。里面用木板搭起来的一间，则是“雅座”了。与我们并排而坐的，正是一些“贩夫走卒”，短蓝衫，大肚皮，一杯一杯的喝着。再隔壁，就又有衣冠楚楚的“上流人物”，还带了“红襟翠袖”

来。如果讲“民主”，这里却还有一点点，“上流人”的台面亦只不过加上一张白布单，因为他们是在请客。

一会，胖胖的老板用荷叶包了刚刚收到的一些鸭胰给我们看了，他的脸上充满了欣喜之情：“刚刚收到了这一些，就给你加一只美人肝吧。”我们自然欣然接受了。多美丽的质朴的“人情味”。

我的确觉得这是古昔的文化的所在了。我又想到北平的沙锅居，与另外一家吃烧牛肉的地方。也是这么一个逼狭老旧的小房子，也是这样的九流三教拥挤一堂，一同欣赏他们的美味的方式。西欧与英国人似乎还可以欣赏这些，美国商人大抵绝对不能了解这个了。无论生意多好，沙锅居每天只卖半只猪，决不增加，宁愿让十一点来的顾客失望而去，明日请早。清朝的大臣们早朝退班后不及更衣，全副盛服，抬起一脚与贩夫走卒一起围炉烧牛肉吃，老板没有想到“雅座”，更不必说“女招待”了。这大约是中国人的一种特别想法吧，在南京也曾有过陈后主的“临春”、“结绮”，但是词人们总是慨叹于“眼看他起朱楼，眼看他宴宾客，眼看他楼坍了”，很自然地归结于“知足长乐”、“满招损，谦受益”，融合了道教分子的所谓儒家思想就是这样。它的好坏与留给中国人民的影响不提，这是地道的中国文化的遗留的事，总是真确的吧？

看题目好像是要大谈其“食道”，不过这个我是不懂的。“美人肝”在我看来殊无异于炒鸡丝，虽然更多一点清淡味，而且它的名字又那么好。此外，我们的便饭实在只用了很少一点钱，比到什么“三六九”之类的地方还要便宜。

十月九日

随　园

我对袁子才一向没有好感。说一句不敬的话，觉得还是在《子不语》中的假古董——《控鹤监秘记》写得呒啥，《随园诗话》虽然大大有名，我在小时候也并不喜读，不知何故，对他那种顾影自怜的名士才情始终不能欣赏，实在是无可如何的事。

关于袁子才的故事，人们一定都是熟悉的，我也没有兴趣去多讲。这次在南京，随园遗址却去了两次，照了一些照片。这地方是在上海路与珠江路交界的地方，一片土山——即是小仓山，上面杂植了榆柳，袁简斋的墓就在上面。南京的普通市民实在已经比不上《儒林外史》中的“贩夫走卒”，不但没有“六朝烟水气”，问问他们袁随园，也大抵是不晓得的，他们熟悉的倒是在上海路侧日本人造的钢骨水泥的神社大门。

小仓山——那一片土山，在我看来真是毫不足道，不过袁子才却说得它天花乱坠，如何的了不得。他的措词真是妙得很，他说：

> 凡称金陵之胜者，南曰雨花台，西南曰莫愁湖，北曰钟山，东曰冶城，东北曰孝陵、曰鸡鸣寺。登小仓山，诸景隆然上浮，凡江湖之大，云雨之变，非山之所有者，皆山之所有也。（《随园记》）

说来有如许好处，其实全是别人的，他不过是站在那个土堆子上面看看而已。后面又说他怎样舍不得这个园子，而不惜弃了官，肉麻已极。

一天，从美大使馆出来，天色尚早，而阴阴欲雨，在上海路的转角处看见了两座用砖砌起来的门楼，上面横着一个用洋铅皮做的门额，黑漆，白字，写着“清袁随园先生墓”。字迹已经模糊得很了，看那字体，大概是吴稚晖先生的手笔。走进去，左近是赶马车人的住居，有几匹马在那里吃草。再向前走就有一条小道爬上土山去。在那道旁，有一块石柱础般的界碑，已经向右倾斜下去了，四周雕了细致的花纹，上面写了“皇清袁随园先生墓道”。上了土山，向右面一转，有一个土围子，里边平列了三座坟。最右面的一座是袁简斋与他的太太王太宜人合葬的，左面的两个坟全是袁公的侧室，每墓三人，共有姨太太六名之多。袁的父母的墓则在三墓之后。

袁墓前的碑只有小小一块，如果不是仔细地看恐怕看不出了。我站在高处，默想着袁枚的大收女弟子，多讨姨太太，即在他的《随园廿四咏》中的咏梅花、玉兰的诗中，也有“素女三千人，乱笑含春风”的句子，还有他的与人书中论生子的妙解。难怪其被世人所欢喜赞叹，而奉之为“风流盟主”也。

袁子才曾因孔双湖太守禁秦淮妓而大打不平，作诗若干首，有几首很妙：

追溯唐虞太古风，早留此辈可怜虫。三皇也有洪厓妓，曾载《康熙字典》中。

棨戟横排太守衙，威行八县唤民爷。如何济世安民略，只管河阳几树花。

女闾三百置当垆，齐国曾供士大夫。此日闻声吃虚警，弹章合到管夷吾。

赵瓯北对他的这种“义举”也表示钦佩，因为那时袁已经是“八十衰翁”了。其实上面所说的话也并不算新奇，而且随便拿来骂任何时代的官吏也都无不可。他们总之是没有一定的见解的，一个说要禁，一个说要弛，禁禁弛弛，官儿才有事做，而且也达到了“徒教胥吏添生计”的效果，也就是所谓“官分买笑金”。时代虽然已经不同，事实终究还是一样的，所谓“古已有之”，也就是袁子才所说的见于《康熙字典》也。

翻看朱书，“袁子才先生祠，破椽一楹，当干河沿北，今又筑为马路，随园旧迹，扫地尽矣。”就去找那只有一楹破椽的袁祠，问讯之余，知道有一位替袁家看守祭田的人家，住在高处，他们是知道的。这地方是在所谓干河沿北，有小石阶，上面有一棵古槐，枝条已经枯了，上面有一只乌鸦窠。看看墙上的路名牌，正写了“随园”两字。

找了许久，在后面的一间小房中找到了那祭户，他说袁子才祠堂早已没有了，已经改为一座小洋房，这小洋房大约是敌伪产业，没有人住，上面贴着封条。

后　湖

玄武湖一名“后湖”，系与城东道上的“前湖”——燕雀湖相对而言，据说是当年宋孝武帝练水军之处。极易使人想起的是“玄武湖中玉漏催，鸡鸣埭口绣襦回”的诗句，仿佛可以想象当年一艘艘战船在那湖里荡来荡去的情景。这地方在南京极有名，如果到南京来玩而不到玄武湖，那将如画大观园图而忘掉了刘姥姥，正是所谓“缺了典”。而且还有一个重要的条件，是必需带了女朋友或太太来。我们这些光棍，其实是并无游玄武湖的资格的。朋友某公告余，《金陵杂记》中的玄武湖一章应该留给他去写。这在原则上当然是应该的。不过单身汉游湖也有好处，有一些地方，小姐们大抵是不要去的。而这些小地方如果不去，就又正是“缺了典”了。

玄武湖又以吃著名。临湖有几家小馆子，竹亭水榭，名字也都甚雅，叫作什么“又一村”之类。这里的干丝是有名的。可是问问老南京，又说这里的干丝没有道理，不及夫子庙远矣。不过坐在那种水亭之上，远望湖光，倒还有一种趣味。

在一个盛夏的早晨与仁渊在山西路口相遇，一起走到玄武门，顺了那一条堤岸走到有亭子的地方去。热得很，找了一副临湖的座头坐下了。吃茶，远处的钟山上照满了骄阳，游人很不少，都是红男绿女，一对一对的。我们只是谈着闲天，这地方因为有名，大抵很有一些名人来过了的。茶馆附带照相，有成品陈列在外面，看看全是女性或成双成对，也全是站在某一块奇怪的石头下面或船上，千篇一律，使人兴趣索然。谈天也没有什么好谈，翻翻书，知道这儿本来是五个小洲，过去的旧名不详，现在却叫做什么欧洲、亚洲……，即所谓五洲公园者是，有点煞风景。不料忽然发现，原来在那“澳洲”上有着郭璞的墓，名郭仙墩。郭君的《游仙》诗是有名的。别的不谈，他那种神仙的奇想总可佩服，后来的方士、道家的奇怪行径差不多都由那里脱胎而出。这样的名迹怎么可以不去呢？就到柳荫之下，雇了一只小船，仁渊会划船，我只能拿一只桨在水上乱搅，搅来搅去，“澳洲”到了。

这“澳洲”上生满了野桑，有几个渡口，停泊了几只油漆剥尽了的“画舫”。我们正想上岸，一个乡下女孩子警告说，桨是会给人偷了去的。于是不得已，每人肩了两只桨，钻进桑林里去。

桑林极密，中间只有一条小径可通，转来转去，前面有了人家。有一个孩子在那里拾野草。没有办法，问他郭仙墩，果然不知道。又问是一个坟，他回答他的外祖母葬在那边，完全不得要领。这时因为肩了木桨的关系，弄了一身大汗，然而又不肯就此罢休，所以还是向前走。有几家人家在作木器生活，问问他们，也是不知道。

最后是决定了自己去发现，就在高粱堆里、杂树丛中走来走去，钻到一处，有一片桃林，上面结了半青半红的桃子，有一个乡下人在那里看守。问了他一句，他却以为我们是打桃子的主意的，笑而不答，毫无办法。后来想想，大约是因为我们都穿了“老虎皮”的原故。

找到了原路，走回渡头，下船，摇回去。这就是“按图索骥”去找郭璞墓的经过。我想这在小姐们,大抵是不肯的吧?

回舟经过一处桥洞,停舟洞下,一时有五六只小船全部挤在一起,真是了不得,走不动了。风来,极凉爽。舟身动荡,用手去扶了洞壁,乃忽然发现,这都是用有字的砖砌了起来的,上面大抵是一些年号与官衔之类。看那规制,大约是明朝的遗砖。南京的风雅即在此等处,不论是太平门外贫民的房子、鸡鸣寺的山路、这里的桥洞,全都是用了古砖,而这种气派也的确大得很。这些有四五百年历史的砖,在美国,也许早就进了博物馆,而我们却拿来铺地。

梁武帝太清二年(五四六),侯景自寿阳举兵反,至建康,曾经表演了一次决堤灌城。那时的玄武湖可以练水军,与长江相连,当然不是现在这样逼窄的样子。

三年多以前,离沪西行,道经南京,曾经在一个薄暮,与宗江到这里来。从鸡鸣寺侧的台城上望后湖,严寒,朔风怒号,我们的衣服都给风吹得飘起来。打开一张地图,也被风吹得铺不开。台城上有几座洞口,已被利用了来做了防空洞,走进去看看,还有残零的钢盔,悬想大概是南京围城时战士的遗物。那时的玄武湖,才是真的一片荒寒,芦荻萧萧,白花似雪,在疯狂的北风里宛如翻天的浊浪。虽然那么冷,我们毕竟也还站了一刻钟光景。

等顺了城垣走下来的时候,就又看见了考试院那座宫殿楼顶上的许多旗帜,青天白日还是老样,不同的是上面都添了一个小三角黄旗,当时是颇有一点感慨的。

这一次重游是早秋的头与残夏之尾。南京的天气热得是有些特别的,而且游兴也不及从前了,往往是顺便走过。一次是看了梁漱溟先生之后,还有一次则是去“宫殿”里去访问傅斯年先生，正遇见他在午睡，无聊已极，就又到了玄武湖。又赶上了雨，满湖烟荷，为雨一激，更多了一层朦胧之致。照了一张相，朋友看了，都猜不出这是哪里的风景。心情淡漠，早没有了从前的激情，一个人在水阁中看雨，坐了半天，倒也没有什么要作诗的意思，这大约也不能说不是一种进步吧？

莫愁湖

莫愁湖在水西门外。这一带是过去所谓的水码头，当铁路还未通时，这里是南都水运的集散地，至今登水西门楼下望，还可以看见市街的繁荣状态。街的形势也全不是新式的，鲜货庄、米行，在那儿的街上一走，极易使人想到旧小说如《七侠五义》所写，仿佛走入汴梁的大街上去了。

还有一个联想，说来也颇可笑。往日听旧戏，《四进士》中宋士杰在公堂上被打以后，走出衙门，看见了他的义子义女，唱道："你不在河南上蔡县，你不在南京水西门。"听了以后留给我一种凄然之感。这个在尘世被压迫的小人物就住在那样凄凉而寂寞的闹市中。今日走到水西门外一看，虽不必在斜阳里，那感应正是相同的。

经过一条已经将近朽腐了的木桥以后，再走过一条街（这街就叫莫愁路）右折，有一片空地，远处是一座小庙围墙，就是华严庵。

进庵门，有一条砖石铺成的路面，两旁杂植柳树，正面即是胜棋楼。相传明太祖与徐达角棋于此，达胜，太祖遂以此楼赐之。这事的可信与否不可知，楼的旧址原是郁金堂，出于沈佺期的诗句"卢家少妇郁金香"，为纪念莫愁者。据朱偰《图考》，莫愁有三说。第一个根据梁武帝《河中之水歌》中句，"河中之水向东流，洛阳女儿名莫愁”，说明莫愁是洛阳女儿；其二据《唐书·乐志》，“石城有女子名莫愁，善歌谣石城乐”，说她是金陵人；第三说见洪容斋的《随笔》，说她其实是竟陵之石城女而非金陵人。这些在我并无兴趣，揣想古时女子大约有不少名莫愁者，与现在的娟、华之类相类。不过这名字的确好，而因沈佺期的一首诗，卢家莫愁遂名传千古，有如公式。在昆明看见过陈沅的石像，在成都也看见了薛涛的石像，在这里，就又有了莫愁的石像。都刻在石碑之上，经过多少年来的摩拓，石面也都乌黑的一片，风姿也大抵相差不远，总是那样的宫装的纤弱古美人。这儿也有不少对联，而且佳制颇多，大概因为地利的关系，英雄儿女混在一起，做起排偶来也格外容易生色的吧！

最有名的是王壬秋的联语，据刘禺生说，原联本作“莫轻他北地燕支，看艇子初来，江南儿女无颜色；尽消受六朝金粉，只青山依旧，春来桃李又芳菲”，后来经过“江南儿女”的抗议，加以删改，所以现在挂在胜棋楼上的对联，“无颜色”已改为“生颜色”，“青山依旧”改为“青山无恙”了。这一删改，自然离开原意颇远，而且上句颇为矛盾，使人有不知所云之感。联后有跋语：“同治十年（一八七一）重新莫愁湖亭，桂芗亭司使邀游索题。余按乐府词，莫愁以河中人嫁卢氏，卢亦北方名族也，石城艇子，说者歧异，盖丽质嘉名，流传词赋，如宋子齐姜之氏，不宜侪于苏子真娘也。故为附引，以谂好事。”说法颇通达，不过名教之见犹存，斤斤于名分，其实莫愁倒实在与真娘是一流人物，绝非齐姜那样的贵族。

此外薛慰农（时雨）的一联也颇好，“山温水腻，风雨常存，几人打桨清游，倩小伎新弦，翻一曲齐梁乐府；局冷棋枯，英雄安在，有客登楼凭眺，仰宗臣遗像，压当年常沐勋名。”

这里就正是英雄儿女对照的写法，下联所说压倒了常遇春与沐英两位"宗臣"的中山王徐达的遗像，就挂在楼上，不过我想这大约也并非真迹。使我觉得有趣的，倒还是楼下的一幅。这是一幅新画，为徐氏裔孙所制，画的是徐君在阶上俯伏的样子。据上面的题词，这故事是"一日，（太祖）与公之邸。强饮之，罪（想系醉字之误）蒙之误舁卧正寝，醒而惊，趋下阶俯伏称罪。帝觇之大悦，乃命有司即旧邸治甲第，表其坊曰'大功坊'。"

这图上所画的俯伏的样子，实在好笑。整个身子缩成一团，头部不见了，只有冠上的璎珞还在。画虽不高明，我想实际的情形倒是差不多的。无怪太祖大悦，以为这是极好的奴才，要加以赏赐了。

关于这事，我想以后再来谈。

与仁渊到莫愁湖去的一天，是先到了扫叶楼的。沿城走到水西门，便出城到湖上，十分疲倦，就在湖楼临窗处泡茶来喝。湖里满满的都是田田的荷叶，拥塞得非常，使人有一种局促之感。一片石头城沿湖西去，远远看，倒还有点烟水苍茫的意思。就在湖中有几个小女孩子，撑了木制的小艇，好像浴桶一般的小艇，在那儿采莲。

这里就只剩下了这孤零零的一座楼，旁边的阁子都已经倾圮了。没有倒的几所，看来也都摇摇欲坠，柱础都歪了。

在这旁边，本来是有一个曾公阁的，祀曾国藩。上面有曾的画像，并传说联语有"江天小阁坐人豪"之句，很多人都常常称道。现在曾公阁没有了，遗像也不知何处去，只有一张照片还挂在胜棋楼中，穿了大布袍子，长髯垂拂，大有"仙风道骨"之意。曾在重收金陵之后，重建湖楼，恢复秦淮画舫，然而却不曾因此而被骂成叛徒，俨然仍高踞“道统”之尊，选古文，修文庙，除了中兴了清朝的统治之外，也中兴了从韩愈以来就衰微了的“圣道”。虽然到了现在，社会上的毁誉不一，有的痛骂，有的大捧，一部《家书》，也成了升官的秘册宝笈。然而在南京，曾的遗迹真是零落殆尽了。一所祠堂现已改为蒙藏委员会，几进大厅都成了办公室或宿舍，只在这里还可以看到一张照片。

在这里喝喝茶，女侍拿上来了瓜子。开了窗子，湖风飒然，远处清凉山在日光下面一片红色，上面覆了一小片青翠，倒还是个休息的好地方。

何绍基有一首题莫愁湖的诗：“烟水荒寒不可收，昔年曾作冶城游。湖山自有佳时节，儿女宽心且莫愁。”诗人的情感，总是相通的。无论楼阁如何破败，湖水怎样荒寒，在这儿小坐，总还可以有片刻的闲静。古时候少女的喜欢取名莫愁，未必真正是整日在娇憨地做天真态，然而别人看来却好像永远是不知愁的，如王昌龄笔下的“闺中少妇”，这大约也是一个永恒的悲剧吧！

梅花山

很早就知道汪精卫葬在南京的梅花山。在重庆时就从朋友的信中知道汪的遗嘱还要人家为他树一块“诗人汪××”的墓碑，这是效自叹“误尽生平是一官”的吴梅村的故技的。这梅花山的名字也许与史阁部的梅花岭有着影射的作用。总之，汪是在弄得身败名裂之余也还想使人家相信他是“爱国者”。当汪作的一首《不寐》诗传到大后方以后，很多人都注意了。郭沫若先生还作了“考证”，终于不知道“如含瓦石”那一句说的是什么。原诗如次：

> 忧患重重到枕边，心光镫影照无眠。梦回龙战玄黄地，坐晓鸡鸣风雨天。不尽波澜思往事，如含瓦石愧前贤。郊原仍作青春色，酖毒山川亦可怜。（原注：《广雅堂集·金陵杂咏》有云：“兵力无如刘宋强，励精图治是萧梁。缘何不享百年祚，酖毒山川是建康。”其然，岂其然乎？）

这诗很能写出汪的心事。这诗作于南京，金陵四战之地，郊原春色，大约很使这位投机者心中不能宁帖了。诗中那句“鸡鸣风雨”，使我想起一个故事。听说有一位老先生重游南京，登鸡鸣寺下望考试院，知道这就是汪的伪府的办事处以后，喟然叹曰：“汪逆不愧为风流人物，傀儡登场，还选了这样一个风雅的地方。可惜处身于饿鬼道、辱井之间，不覆败何待？”

“饿鬼道”是说梁武帝饿死地的台城，“辱井”则是胭脂井。

一九四二年冬过金陵，在一个寒风凛冽的向晚时分，登台城一望，伪府的那些崇楼高阁上插了不少旗帜，当时心想过几年收京之日再过此地一看，一定会有今昔之感的。

经过洛阳，看见汪精卫、陈璧君两逆的铁像跪在街旁，小便满身的样子，完全是仿效西湖岳坟前面秦桧夫妇的格局，当时即想他日归来，伪府的一切，大约要给人打得粉碎了吧？要想看看傀儡的遗迹也将不可得。其实这倒是过虑了。考试院还是考试院，那样漂亮的房子怎么舍得拆掉呢？也不曾在前面树起一块碑，记下当年汪逆精卫曾经傀儡登场于此之类的话头，有点遗憾。更遗憾的是那“青山不幸埋奸骨”的梅花山也很少有人知道了。打听起来颇为费事，而且走到那里，即使已经站在那地面上了也还不知道，遗迹破坏得非常彻底。不用说，在我这样有一点点“历史癖”的人觉得缺憾，即使是有“正义感”者想去小便一通也没有了目标，真是可惜之至。

打听梅花山这名字，是一件困难的事情。在南京是不大有人能说出它的坐落来的。只得到一点印象，说这是在中山门外，与中山陵在一起的。真不知道一个“有鬼论”者将要怎样想象，孙中山先生也许要派了阴兵来将汪精卫赶出去的吧？有如《今古奇观》上所写的羊角哀的故事一般。一夜风雨之声，金戈铁马之声，结果是地面上斑斑点点的血迹……

现在却已经有另外的一批人将汪精卫赶走了。也神秘得很，至今没有人能说出这是一批怎样的人物，只知道梅花山上现在是已经没有什么墓的了。

听朋友说在明孝陵的宝城上面可以望见汪墓。一天与 C 出城，先跑到了孝陵，天很热，站在孝陵的宝城上披襟当风，看满天骄阳，和那像蒸笼一般的南京城。在眼前，有一片浅浅的湖水，好像也将要为强烈的太阳蒸发得干了的样子，去找那小山冈，却总是找不到。四顾荒芜，没有一个地方像是曾经起过墓的样子。

口干舌燥了，到茶馆里去吃茶去。就在孝陵前面，有两家茶馆，卖茶，也卖汽水，生意很不错。豆棚瓜架，一头小毛驴睡在草棚旁边。我们在葫芦架下泡了两杯浓茶，歇歇疲乏的脚。茶博士是一个小孩子，走出走进忙碌得很。我们向他问了些我们所需要知道的事，他忙得很，只回答一两句，就跑到别的地方去了。这样，经过好几次的问答，我们知道了一些事。

梅花山就是茶馆对过的那座山。梅树的确是有的，小得很，好像刚刚弄起来的树圃，更加上半人高的荒草堆满了山，更显得荒芜了。

这山本来是吴王山，据说吴大帝孙权的墓在这山上。不过后来我们跑了好久，终于没有找到一点断碑残碣——听说是还有一块碑的。

汪精卫的墓就在这山上。胜利之后这里忽然又热闹了一个星期，便衣人布满了岗，没有人准许到山上去。白天没有动静，晚上听见隆隆的炸声和一阵阵的火光，还有一批批的卡车在那条新辟的山路上来往。一星期后，一切寂静，山上也再没有什么遗痕了。

付了茶钱以后，穿行于没胫的蔓草之间上了山。当路之处有几座小房子，是陵园管理处之类的机关。再向右折，有一条汽车路，旁边堆满了还没有用的水泥碎片，杂树丛生。走到上面，四望廓然，明陵与中山陵都在眼底，这是一块孤悬的高地，再向下走就没有路了。

这里就是曾经费了一个星期的时间发掘过的地方，奇怪的是完全看不出发掘的痕迹，好像又用压路机压平了的样子。只留下了几块断石，其中一块是只余一半的断碑，碑面磨得平滑得很，上面还不曾刻上字迹。

发掘出来的事物运到了什么地方，没有人能知道。

又从什么小报上看到过这样的记载，当初汪的棺木运到这儿之前有过另一次出丧，也许葬在此地本来即是"疑冢"。

到底实际的情形如何，没有人能知道。

燕 子 矶

从城里坐车子到燕子矶去，现在十分方便，要有半小时的汽车路程。一出城门，车子就开始“跳舞”，江南汽车公司有的是军用车，美国的军用车马力特别足，然而耗起油来也比普通车子多得多。大战结束，这样的车子在美国国内要卖给老百姓是没有人肯要的，然而在中国却有用。就像到燕子矶的公路上，普通的车子的寿命是维持不了好久的，有时候乘客拥挤，马力小的车子根本就爬不上山坡。

经过晓庄，这是陶行知先生的葬处，也是陶先生毕生精力所瘁之处。他所创办的晓庄师范就在这儿。燕子矶是长江边上一块突出来的岩石，在下江这已经算是难得的名迹了，然而经过三峡上溯重庆过的人看来实在并不足为奇。至于为什么叫燕子矶，不大看得出，也许是象征了一个打算飞过江去的燕子吧。没有例外，这儿也有着乾隆皇帝的御碑与摩崖题壁的半通不通的皇帝诗，而更糟的是这块燕子矶的碑已经为一个红砖头堆了起来的破亭子罩起，一点都没有什么好看了。

燕子矶上站满了人，照相，谈笑。好像听说从前此地有过一个牌子，写着“想一想”、“死不得”之类话头，然而现在却不见。自杀的人还很不少，照现在的情形看起来，这里跳崖的人大约还得添加起来的吧？然而这天的天气好得很，到处全是游春的人，也都异常快活的样子。

下望长江，烟波飘渺。悬崖上面，丛树杂生，底下不时有小船走过。沙滩上排列着一些帆船，气势颇为壮伟。

顺了一条江边小路可以走到头台、二台、三台三个洞，这一带算是颇美丽的风景区。在前面还有一个观音洞，洞边的悬崖上有一个“名迹”——铁链锁孤舟。抬头仰视，找了很久，在山崖乱生的丛树之间才看见一小段铁链条，与吉普车所用的链条无异，只有四五节。

据说这就是“千寻铁锁沉江底”的铁链，也有人说是明太祖皇后马娘娘锁舟之处，我是已经失去了考索的兴趣了。

头台洞里有一位八十五岁的老妪，她的精神真好。她会拉住你说上好半日，从她的到这洞来开始，怎样因保护菩萨而为日本人斩去了一个指头……她的谈锋之健实在可惊，据说可以讲上一天一夜也不终止，如果你不加以阻挠的话。

然而我们却没有这兴致了，走出门来，她也一直追了出来，还要我们站在富贵楼下面照相，如果发了财、做了官，就来给她的菩萨装金。她用手一指，两尊菩萨的泥坯站在旁边，身上已经有了不少裂缝，手里插着一根草标，草标上面是一面小纸旗“招塑金身”。好可怜的菩萨！

二台洞中有盛开的春花。

三台洞中有一个“吴道子观音像”的石刻。在上面，有一个小阁楼可以俯瞰大江，倒十分有趣，大有凌空飘举之意。在这儿照了一张相，正好借用李后主的词“独自莫凭栏，无限江山”，虽然感情有点小小的不同。这一首词曾经很引起了一点小小的争辩。胡适博士一定要考出“莫”是“暮”字的古写，希望将它说成“实写”；冯友兰先生在他的新著《新知言》中却只承认李氏原作只是“它是说江山，说别离”，至于其他的情感却“只可思议”。

不知冯先生对“莫”字作何解释？

一个是讲“实验主义”的文学，一个是谈“形而上”的哲学，却都要将李后主弄得僵死。呜呼！

明太祖与徐达

明太祖在中国的皇帝中，有着极特别也极典型的一种性格，又由于他的影响下及子孙，所以“明朝的皇帝十九凶恶”。他的儿子，燕王朱棣也是一个出色的魔王。明朝开国以后，屡兴文字狱、党狱，恐怖政治，使一时的人心震吓至极。相传明初的大臣，上朝之前先要与妻子诀别，因为他们不知道是否还可以平安地回来。俗语云：“今日脱了鞋和袜，不知明日穿不穿。”又云：“伴君如伴虎。”用来描写当日的大臣的心理，可谓得当。关于朱元璋，吴辰伯（晗）先生有一册《明太祖》，可供观览。关于他们父子的暴政，也已经有很多人说过了。现在我想从明代的野史中选择一二故事，多少可以看出朱元璋的性格的，加以铺叙。也连带说及他手下第一员大将的徐达，由这两位共过患难的老朋友，同时也是君臣的人物之间的关系，大约也可以看出一点当日恐怖政治的面影来吧。

明朝在南京建都了两代（其实是一代加上一点零头），燕王永乐靖难以后，大约是他看见在南京所流的血太多了——在明故宫的广场上，今日就还立着一块靖难诸臣的血迹碑——近自朝廊，远及附郭的雨花台，都血迹斑斑，难免目击而心有不安，所以毅然迁都到了北京。南京此后虽然寂寞了二百年，然而杀人的事实总不是容易抹去的。碧血青磷，到现在也仍然存在，在南京城里城外走走，随处都可以踏到那一个恐怖时代所遗留的残迹，虽然秋郊明媚，风日澄鲜，也总不能免去一种肃然之感。更何况，历史又往往会表演轮回的好戏，朱元璋虽然已经死去了三百多年，流风余韵，正未稍斩。也正因为这个，我的翻古书、抄旧记，也还未能看作“骸骨迷恋”;“游山玩水”，“赏咏流连”，也未必即是新的“遗少”。

朱元璋出身微贱，做过牧儿，做过和尚。年荒岁乱，和尚都无法混下去了，才当了兵。渐至成事，做了皇帝。然而他并不说谎，如唐朝的李氏，一定要找老子来做祖宗;汉朝的弄一条蛇来要弄一套赤帝白帝的把戏。《皇明纪略》中记:“太祖开国之初所降诏书，一则曰‘朕本淮右小民’，一则曰‘朕本淮右布衣’。”这故事大约是真实的，第一次还爽直，第二次则改得文绉绉的，虽然仍然是诚实。不过这情形未能持久，马上得天下的人多少总对读书人有些猜忌，疑心日益增加，总疑心这批读书人暗地里在玩他的花样。明初的文字狱是有名的。无论写文章、进贺表，尽管字面用得堂皇典雅，却往往被这位大皇帝看出了破绽。有些故事，简直近于猜谜，卷帘……的一套花样，真使我们平常人一望不易知其得罪之由。这一类故事极多，杨仪《明良记》记一故事:

> 袁凯佯狂避世，太祖命题画虎诗，曰:“画得花斑斑，只是难相聚。虽有父子情，相亲复相顾。”太祖虽知其意在讽刺，然惜其才，不忍加罪。后因雷震田父，题于长安门曰:“雷哥哥，近前来，我和你说个缘由。耕牛田父，与你有甚冤仇?怎么不拣一个大得人憎的，与他一个辣手!”太祖见之，批其后曰:“袁凯这厮，放纵不才。打他四十，为民当差。”既放归田里，遣使潜察之。凯益为狂废，以糖和熟米，抟为犬豕粪状，夜密弃墙根草际，尽取为食。使者见之，以为食犬豕粪也。

归陈状，得免祸。后闻太祖崩，始归理发，有“从此一梳梳得去”之句。

这是颇珍贵的材料。两位都写白话诗，这在四百年前大是难得，可惜胡适博士未曾看见，否则在杨诚斋、朱敦儒之外，岂不又得了一个“同志”？老实讲，太祖的白话诗文还不只此，其所为御旨中，也常常间杂了无赖的口吻。这大约是一种风气，元朝的碑文就是白话的，我想如果要编一册《皇帝文学史》的话，这些都应该是上乘之作，而乾隆的诗不与焉！

再看袁凯的两首诗，在现在看来，也是平常得很的，然而连这也不许说。至于挨了板子，放归田里以后还要派人监视的一点，则大有近代作风了。终于弄得袁凯装吃狗屎，不敢薙头，一直到太祖死了以后才得自由。然而可慨的是《明良记》的作者还要为太祖辩护，“世传太祖用法太严，凯二诗狂悖过甚，自敌已以下所不能堪，而卒容之，于此可以仰窥圣祖容人之量，非前代帝王所及。人之蒙祸，多其自取，盖当乱国之后，蔑弃礼法，不得已而加之刑辱耳。”

这里的辩护真是做得面面俱到。然而这也是“不得已”，因为他不想做袁凯，然而事实却毕竟记录了下来，使我现在有抄录的机会，其实还是值得感谢的。

在这种高压之下，也自然还有一批“傻子”要来饶舌。后世史家称之为“愚忠”，我看也真有些“愚不可及”。明李贤作《古穰杂录》即记有一个标准的故事：

高庙亦难受谏。翰林编修张姓者能直言，至不能容，出为山西蒲州学正。例庆贺撰表，高庙阅之，识其名，见其表词有曰“天下有道”，又曰“万寿无疆”，发怒曰：“此老还谤我以疆道二字。”疑之，即差人逮来引见曰：“送法司问汝，更何说？”张曰：“臣有一言，奏毕就死。陛下有旨，表文不许杜撰，务出经典。臣谓‘天下有道’，乃先圣孔子之格言；臣谓‘万寿无疆’，乃《诗经》臣子祝君之至情。今谓臣诽谤，不过如此。”闻其说良久，曰：“此老还嘴强！”放去竟不问。左右相谓曰：“数年以来，才见容此一人而已。”

看李贤的记载，可见过去凡被疑心有诽谤之嫌的，即行杀掉，这次居然放免，难怪被认为是奇迹了。

在朱元璋的统治下，人命真是贱极了。动不动就要杀人，像有名的胡惟庸、蓝玉两党案，被株连杀却的有五万人，这是大规模的屠杀。至于闲来无事，随便杀几个人消遣消遣，更是不足为奇的事。

吴晗先生《明太祖》中有一段说：“在他在位的三十一年中，根据他自己的著作《大诰》《大诰续编》《大诰三编》和《大诰武臣》的统计，所列凌迟、枭示有几千案，弃市以下的有一万多。《三编》所定算是最宽容了，所记进士、监生罪名，从一犯到四犯仍有三百六十四人。最优待的办法是暂赦死刑，仍回原职，戴斩罪办事！”

清朝虽然也有过军前失利，摘去顶戴仍着办事的办法，然而与这比起来，真不可同日而语。寄下本应摘去的一颗头颅，仍然为主子效忠，我不能想象这专制已经到了怎样的地步。现在再来看几件“兴之所至”的杀人把戏。

《明良记》：“高皇帝尝欲食汤饼，光禄寺上供，治具不精，多所诛戮。因言往时入一山寺中，僧进汤饼甚佳，今竟不能致。马后闻之，乃亲制数盘，极粗粝，以献帝，帝一时食尽。后问何如？帝曰佳甚。后曰：‘往时入山寺，乃当困乏时，食物觉美。今富有四海，锦衣玉食，餍饫之余，顾以口腹枉害人命乎！’遣使寻山寺僧问法，乃以嫩鸡作粉搜面为之。使复命，尽戮寺僧。”

马娘娘是一位比较能够明白人情的人，或者正是所谓妇人之仁，在太祖晚年极坏的脾气之下，她还为可怜的奴才的性命说些好话，至今南京民间的俗传关于马娘娘者还很不少。在明故宫遗址有一座石制堡垒，已经大半倾圮了，制作颇为奇特，大有印度佛教建筑的风味，田夫野老指示这就是马娘娘的梳妆台。

明太祖杀和尚的故事也与马娘娘有关。据说一日马娘娘在台上梳妆，和尚对她有猥亵的举动。太祖得知，即关城门大屠众僧，将庙宇一齐赶到×门外去，所以今日×门外的寺院独多。这故事显然有造作的痕迹，然而在南京居民的心目中却是极可靠的逸史，也足证明初的大屠杀留给南京人的印象之深。

太祖对于这位贫贱夫妻厮守至老的马皇后，感情是很不错的。三湘马生龙著《凤凰台纪事》，收入《稗乘》中，所纪大多是洪武中事，也记了他们夫妇间的一段逸事：“高皇后足最大，上尝戏之曰：‘焉有妇人足大如此而贵为皇后乎？’后答曰：‘若无此足，安能镇定得天下！’”不料这一双大足，却又引出另一桩惨案。关于此事，俗传也颇多，《凤凰台纪事》的说法是这样的：“元宵都城张灯，太祖微行至聚宝门外，见民间张一灯，灯上绘一大足妇人怀一西瓜而坐。上意其有淮西妇人大足之讪，乃剿除一家九族三百余口，邻里俱发充军。”

教他儿子的业师因为一点小事，也被腰斩，《皇明纪略》：“太祖尝命状元张信训诸王子，信以杜诗‘舍下笋穿壁’四句为字式，太祖怒曰：‘堂堂天朝何讥诮如此！’腰斩以徇。”

太祖晚年神经的确有点失常，不但动辄发怒，也时常有一些莫名其妙的举动,《凤凰台纪事》有一段故事最可看出这老头儿神志的不宁静:“太祖进膳,有发。召问光禄官,对曰:‘非发也,龙须耳。’因即捋须得一二茎,遂叱去,不复问。”一个贫贱出身,又作了别人主子的皇帝的神情,被活画了出来。

不但是人,连自然界的静物(从前这也是被人情化了的)也要加以管束,“高帝既都金陵,观山川形胜,势皆内辅,惟牛首山外向,乃特定其罪,杖之百下,发令太平府编置。今牛首税丝,独隶太平收纳。”脾气发到山的身上,还要打板子,看了真不禁使人发笑。然而我想,在他自己看来,这正是庄严而正经不过的事。世界上的专制暴君所做之事,每每类此,他们自己也都是不自知其愚蠢的。

小时候不曾读过书,做了皇帝以后,为事势所迫,不得不与一些文人在一起,却实在看不起这一批人,想时时加以凌辱。明太祖知道文人的重要,要统治天下不能不用,所以也极力想拉拢读书人,有一些聪明人都借端离开,不肯应召;一些傻子投奔了来,用过之后,变为“药渣”,就都给杀掉了。明太祖虽然不曾以儒冠作溺器,然而对于一批儒生举在头上作为祖师的孔圣人,却极尽腹诽之能事,对考亭朱熹更不客气,称之为“迂阔老儒”。每次儒臣进讲,都为太祖大加批评。可怜的是这批文臣,对这种议论不但不敢认为“非圣无法”,还得吹捧一声“议论英发”。《古穰杂录》记云:“又讲‘攻乎异端,斯害也已’,辩曰:‘攻是攻城之攻。已,止也。孔子之意,盖谓攻去异端,则邪说之害止而正道可行也。宋儒乃以攻为专治而欲精之,为害也甚,岂不谬哉!’”这样的议论,在一些老师宿儒看来,胡子都要吹断。如是小学生,早已被打屁股,现在是大皇帝,就只得说:“汉、唐以来,人君能事《诗》《书》如此留意者，亦不多见。由其天资高迈，所以不袭故常，能将许多见识来说。”真可惜没有传下一部《洪武御批论语》来，给天下学童诵习，明朝的科举考试依旧根据了朱注，真是可惜之至。

太祖自己是小兵出身，对军人难免有点偏爱。大宴群臣，例应作诗，然而武官又哪能与文官相比，难免不出丑。于是想了个办法：“高皇将宴群臣，预题一诗，命武臣习之。至日，群臣应制作诗，而武臣特首倡云：‘皇帝一十八年冬，百官筵宴正阳宫。大明日出照天下，五湖四海春融融。’群臣知上意也，皆谢不能。”（《皇明纪略》）这诗一看即知为“皇帝诗”，如何敢作得比他更好？只能退避了。

我抄了这些小故事以后，有一点感想。虽然明太祖喜欢杀人，喜欢作怪事，然而作风却不脱濠濮间英雄本色。杀人明目张胆地杀，并不像后代的使异己者暗暗地死去，“杀人如草不闻声”。如果用一句史官的话来形容，这正是“开国皇帝”的气概。因为他还相信自己的控制的力量。等到后来觉得杀得有些手颤了，由公开转为秘密，锦衣卫与东西厂慢慢出现，等这些机关发展到极盛的时候，明朝也就亡掉了。

其次，就是这些为民间所记录的“野史”，当时也未加禁止，可见除了明骂以外，记录一点这种不大好听的故事也还可以容忍一二。这也是比较气局阔大的一面。如前面所引各书，都散见明代的几部有名的丛书中，如《历代小史》《纪录汇编》《稗乘》，使我们现在还有可以知道当时种种情形的机会，也是可以佩服的事。

现在我们可以回到胜棋楼中的那副徐达的画像了，将不再奇怪为什么他会俯伏得那么可笑，而太祖又为什么会大喜而赏给他一所华丽的园第大功坊了。

关于徐达给明太祖打天下的功劳，那是说不胜说的。只要一翻《鸿猷录》之类的书，就可以看见南征北讨，领兵的大半全是徐达。然而等到群雄扫定，天下太平以后，这位大将军就给留在南京，造一所大房子给他住，整天过着忧愁的日子。陪着皇帝下棋吃酒，酒醉失态，吓得俯伏了不敢动。《凤凰台纪事》中有一段动人的故事：

> 高皇微行大中桥傍，闻一人言繁刑者，语近不逊。上怒，遂幸徐武宁第。武宁已出，夫人出迎，上问王安在？夫人对以何事在何所。夫人欲命召，止之，乃曰："嫂知吾怒乎？"夫人谢不知，因大惧，恐为王也，叩首请其故，上曰："吾为人欺侮。"又请之，上怒甚，不言久之。命左右往召某兵官帅兵三千持兵来，上默坐以待之。夫人益惧，以为决屠其家也，又不敢呼王。少顷兵至，上令二兵伺守大中、淮清二桥，使兵自东而西诛之，当时顿灭数千家，上坐以伺，返命乃兴。

这真是古今少见的暴君，人性灭绝。徐中山王夫人的恐惧，读了这一段至今犹可以想象。

在盋山精舍，我借读了一部明小字本《皇明开国功臣录》，定远黄金著。所记徐达、常遇春……诸人事迹极详，在徐达的一篇里，我发现了太祖给的铁券的原文。当时曾经抄录，可惜现在找不到了。那话说得是非常有趣的，大意是说，因为你的功大，所以赏你铁券。除了造反不赦外，可以赦你两次死罪，赦你儿子一次死罪。君臣之间，完全是一副讨价还价的口吻，话说得又非常干脆，除了我的老本不许动之外，小错可以马虎了吧，而且还有两次的优待。真是天下的奇文。

这位大将军，大约是因为有着铁券而又善于俯伏的关系吧，总算得到善终。在廖永忠、朱亮祖、周德兴、傅友德，都被杀死，据说会造《推背图》的刘伯温也给毒死以后，终于轮到了徐达。在我所能看到的书里，都说他是病死的，却不知病死的还别有花样。吴晗先生的《明太祖》中说："徐达为开国功臣第一，小心谨慎，也逃不过。洪武十八年（一三八五）病了，生背疽，最忌蒸鹅。病重时皇帝却赐蒸鹅，只好流着泪，对使者吃了，不多日就死了。"

【附记】关于明太祖赐予徐达的铁券原文，前两天检书时寻到了，就抄在下面：

> 朕闻自古帝王创业垂统，皆赖英杰之臣，削群雄，平暴乱。……尔自起兵以来，为朕首将。十有六年，廓清江汉淮楚，重归两浙。……朕无以报尔，是用加尔爵禄，使尔子孙世世承袭。朕本疏愚，皆遵前代哲王之典礼，兹与尔誓：若谋逆不宥，其余若犯死罪，免尔二死，子免一死，以报尔功……

原文见《皇明开国功臣录》。全书三十二卷，明刊小字本，嘉惠堂丁氏藏书，现归盋山精舍。定远黄金著，金字良贵，成化甲辰（一四八四）进士，历官吏部郎中……首有国史兼经筵讲官余姚黄珣序，已残阙。开国诸臣常遇春、李文忠、吴良、吴桢、康茂才、邓愈等皆有传，所收至为详尽。

徐达死去以后，明太祖却大表演了一次，"上恸悼罢朝，亲为文祭之"，给葬在钟山之阴。后来又对群臣发表谈话说："大将军为朕股肱心膂，戮力行阵。……而太阴屡犯上将，不意遽殒其命，天何夺吾将之速！朕夜来竟夕不寐，欷歔流涕，思尽心国家为社稷之重，安得复有斯人？乃欲有心报之，无所用其情耳。"

徐达墓在太平门外。与仁渊跑到天堡城上去的一次，曾经在山腰上远望，太平门外的公路上丰碑高矗，在那一带绿荫中显得特别突出。后来亲自去看了一次，那块神道碑的规模的确宏伟，比明孝陵中四方城内的一座还大些，碑石甚佳，现在看来字还清楚得很，碑文是明太祖亲撰的，有圈点，颇为特别。墓在碑后的小阜上，荒榛没径，仅有一条牧童赶牛羊踏出来的小径，翁仲都立在荒草之中，牵马人的头都没有了。站在墓上回头一望，钟山的两峰凹处正对着那一块碑，在太平门外诸墓之中，这里的形势是最好的。

在城里的大功坊，现在也仅存其名而已。有一条瞻园路，路上的瞻园也是徐氏的故园，现在是"内政部"的所在地，不曾去看过。只在大全福巷后找了很久，找到了在高阜上的那一块玲珑山石，倒还站在那儿，四周全是脏东西。据朱偰《图考》，这块石头上面本来是还有老藤的，现在没有了。本来是在人家的后院内，四围都是高墙的，现在是在一大片敞地上连瓦片都不见一块。夕阳影里，下望夫子庙和城里的人家，都已笼上一层淡灰色的暮霭。这石头多寂寞，多孤单。

至于徐氏的遗裔，更有一段绝顶凄凉的故事。

吴梅村集中有《遇南厢园叟感赋八十韵》一首五古，里边有几句：

> 回头望鸡笼，庙貌诸侯王。左李右邓沐，中坐徐与常。……重来访遗迹，落日唯牛羊。吁嗟中山孙，志气胡勿昂。生世苟如此，不如死道旁。惜哉裸体辱，仍在功臣坊。

故事记在《板桥杂记》中：

> 中山公子徐青君，魏国介弟也。家赀钜万，性豪侈，自奉甚丰。广蓄姬妾，造园大功坊侧，树石亭台，拟于平泉金谷。

每当夏月，置宴河房，选名妓四五人，邀宾侑酒……弘光朝，加中府都督，前驱班列，呵导入朝，愈荣显矣。乙酉鼎革，籍没田产，遂无立锥。群姬雨散，一身孑然，与佣丐为伍，乃至为人代杖。其居第易为兵道衙门，一日与当刑人约定杖数，计偿若干。受杖时，其数过倍，青君大呼曰："我徐青君也。"兵宪林公骇问左右，有哀王孙者，跪而对曰："此魏国公之公子徐青君也。穷苦为人代杖。此堂乃其家厅，不觉伤心呼号耳。"林公怜而释之，慰藉甚至，且曰："君尚有非钦产可清还者，本道当为查给，以终馀生。"青君跪曰："花园是某自造，非钦产也。"林公唯唯，厚赠遣之，查还其园，卖花石、货柱础以自活。

这一段故事，记在《板桥杂记》里，在《记丽》《雅游》之中，恐怕是最值得一读的了。三百年前的接收大员，在分配"敌伪"产业的时候，似乎比现在还有人情些。那一块玲珑山石，大约当日也是由徐青君卖出来的，不知道为什么还立在那儿——大功坊侧的花园外面。

秦淮拾梦记

在住处安顿下来，主人留下一张南京地图，嘱咐我好好休息一下就离开了。遵命躺在床上，可是无论如何也睡不着，只好打开地图来看，一面计划着游程。后来终于躺不住，索性走出去。

在珠江路口跳上电车，只一站就是新街口。这个闹市中心对我来说已经完全变成了一个陌生的地方，新建的市楼吞没了旧时仅有的几幢"洋楼"。三十年前，按照我的记忆，这地方就像被敲掉了满口牙齿的赤裸的牙床，只新装了一两颗"金牙"，此外就全是残留着参差断根的豁口。通往夫子庙的大路一眼望不到底，似乎可以一直看到秦淮河。

在地图上很容易就找到了就在附近的羊皮巷和户部街。

三十三年以前，报社的办事处就设在户部街上。这真是一个可怜的办事处，在十来亩大小的院落里，零落地放着许多大缸，原来这是一个酱园的作坊。前面有一排房子，办事处借用了两间斗室，睡觉、办公、写稿就都在这里。门口也没有挂什么招牌，在当时这倒不失为一种聪明的措置。

我就在这里紧张而又悠闲地生活过一段日子，也并没有什么不满足。特别是从《白下琐言》等书里发现，这里曾经有过一座小虹桥，是南唐故宫遗址所在，什么澄心堂、瑶光殿都在这附近时，就更产生了一种虚幻的满足。这就是李后主曾经与大周后、小周后演出过多少恋爱悲喜剧的地方，也是他醉生梦死地写下许多流传至今的歌词的地方，他后来被樊若水所卖，被俘北去，仓皇辞庙"挥泪对宫娥"之际，应当也曾在这座桥上走过。在我的记忆里，户部街西面的洪武路，也就是卢妃巷的南面有一条小河，河上是一座桥，河身只剩下一潭深黑色的淤泥，桥身下半也已埋在土里，桥背与街面几乎已经拉平。这座可怜的桥不知是否就是当年小虹桥的遗蜕。

三十年前的旧梦依然保留着昔日的温馨。这条小街曾经是很热闹的，每当华灯初上，街上就充满了熙攘的人声，还飘荡着过往的黄包车清脆的铃声，小吃店里的小笼包子正好开笼，咸水鸭肥白的躯体就挂在案头。一直到夜深，人声也不会完全萧寂。在夜半一点前后，工作结束放下电话时，还能听到街上叫卖夜宵云吞和卤煮鸡蛋的声音，这时我就走出去，从小贩手中换取一些温暖……总之，我已完全忽视并忘却这条可以代表南京市内陋巷风格而无愧的小巷的种种，高低不平的路面，从路边菜圃一直延伸过来的沟渠，污水面上还满覆了浮萍。雨后，路上就到处布满了一个个小水潭……

这一切，今天是大大变化了，但有的却没有什么变化。那个酱园作坊的大院子，不用说，是没有找到。户部街的两侧，已经新建了许多工厂、机关……再也没有了那样的空地，但街面依旧像当年一样逼仄。这时正在翻修下水道，路面中间挖起了一条深沟。人们只能在沟边的泥水塘中跳来跳去，要这样一直走到杨公井。寻找旧居的企图是失败了，但这跳来跳去的经验倒还与当年无异。

还是到秦淮河畔去看看吧！

在建康路下车，走过去就是贡院西街。我走来走去找了许久，也没有找到那座已经成为夫子庙标记的亭子。但我毫不怀疑，那拥挤的人群、繁盛的市场，那种特有的气氛，是只有夫子庙才会有的。晚明顾起元在《客座赘语》中提到这一带时说，“百货聚焉”、“市魁驵侩，千百嘈哄其中”。这样的气氛，依然保留了下来，但社会的性质完全改变了，一切自然也与过去不同。

与三十年前相比，黄包车、稀饭摊子、草药铺、测字摊、穿了长衫走来走去的人们都不见了，现在这里是各种类型的百货店、饮食店……还有挂了招牌，出售每斤九角一分的河蟹的小铺，和为一个热闹的市井所不可少的一切店铺，甚至在路边上我还发现了一个旧书摊。

穿过街去，就到了著名的秦淮。河边有一排精巧的石栏，有许多老人都在石栏上闲坐，栏杆表面发着油亮的光泽，就像出土的古玉，地上放着一排排鸟笼子。过去对河挂了“六朝小吃馆”店招的地方现在是一色新修的围墙。走近去凭栏一望，不禁吃了一惊。秦淮河还是那么浅，甚至更浅了，记忆中惨绿的河水现在变成了暗红，散发出来的气味好像也与从前不同了。

在文德桥侧边是新建的白鹭洲菜场，卡车正停在门口卸货。过桥就是钞库街，在一个堆了煤块的曲折的小弄墙角，挂着一块白地红字搪瓷路牌，上面写着“乌衣巷”。这时已是下午四时，巷口是一片照得人眼睛发花的火红的夕阳。

乌衣巷是一条曲折的小巷，不用说汽车，脚踏车在这里也只能慢慢地穿过。巷里的人家屋宇还保留着古老的面貌，偶然也能看到小小的院落、花木，但王谢家族那样的第宅是连影子也没有，自然也不会看到什么燕子。

巷子后半路面放宽了，两侧的建筑也整齐起来。笔直穿出去就是白鹭洲公园，但却紧紧地闭着铁门。向一位老人请教，才知道要走到小石坝街的前门才能进去。我顺便又向他探问了一些秦淮河畔的变迁，老人的兴致很好，热情地向我推荐了能吃到可口的蟹粉包子和干丝的地方，但也时时流露出一种惆怅的颜色，当我告诉他三十多年前曾来过这里时，老人睁大了眼睛，“噢，噢，变了，变了。”他指引给我走到小石坝街去的方向，我道了谢，走开去，找到了正门，踏进了白鹭洲公园。

这是一处完全和旧有印象不同了的园林。一切都是新的，包括了草地、新植的树木和水泥制作的仿古亭台。干净、安谧，空阔甚至清冷。我找了一个临水的地方坐下，眼前是夕阳影里的钟山和一排城堞。我搜寻着过去的记忆，记得这里有着一堵败落的白垩围墙，嵌着四字篆书“东园故址”的砖雕门额，后面是几株枯树，树上吊着一个老鸦窠。这样荒凉破败的一座“东园”，今天是完全变了。

园里虽然有相当宽阔的水面，但这地方并非当年李白所说的白鹭洲。几十年前，一个聪明的商人在破败的“东园”遗址开了一个茶馆，借用了这个美丽的名字，还曾请名人撰写过一块碑记。碑上记下了得名的由来，也并未掩饰历史的真相，应该还要算是老实的。

在一处经过重新修缮彩绘的曲槛回廊后面，正举行着菊展，菊花都安置在过去的老屋里，这时暮色已经袭来，看不真切了。名种的菊花错落地陈列在架上、地上，但盆上并没有标出花的名色，像“幺凤”、“青鸾”、“玉搔头”、“紫雪窝”这样的名色，一个都不见。这就使我有些失望。我不懂赏花，正如也不懂读画一样，看画时兴趣只在题跋，看花就必然注意名色。从花房里走出，无意中却在门口发现了那块“东园故址”的旧额，真是如逢旧识。不过看得出来，这是被捶碎以后重新镶拼起来的，面上还涂了一层白粉。即使如此，我还是非常满意。整个白鹭洲公园，此外再没有一块旧题、匾对、碑碣……这是一座风格大半西化了的园林，却恰恰坐落在秦淮河上。

坐在生意兴旺的有名的店里吃着著名的蟹粉小笼包饺和干丝，味道确实不坏。干丝上面还铺着一层切得细细的嫩黄姜丝。这是在副食品刚刚调整了价格之后，但生意似乎并未受到怎样的影响。一位老人匆匆走进来和我同坐，他本意是来吃干丝的，不巧卖完了，只好改叫了一碗面。他对我说：“调整了价格，生意还是这么好。不过干丝是素的，每碗也提高了五分钱，这是没有道理的。”我想，他的意见不错。

杂七搭八地和老人谈话，顺便也向他打听这里的情形，经过他的指点，才知道过去南京著名的一些酒家，如六华春、太平洋……就曾开设在窗外的一条街上，我从窗口张望了一下，黝黑的一片，什么也看不见。我记起三十多年前曾在六华春举行过一次“盛宴”，邀请了南京电话局长途台的全体女接线员，请求她们协助，打破国民党反动派的干扰，使我每晚打出的新闻专电畅通无阻的旧事。这些年轻女孩子叽叽喳喳的笑语，她们一口就答应下来的爽朗、干脆的姿态，这一切都好像正在目前。

自公元三世纪以来，南京曾经是八个王朝的首都。宫廷政治中心一直在城市的北部、中部，城南一带则是主要的平民生活区。像乌衣巷，曾是豪族的住宅区，不过后来败落了，秦淮河的两岸变成了市民经济和文化生活的中心。明代后期这种发展趋势尤为显著，形成商业中心的各行各业、百工货物几乎都集中在这里，繁复的文化娱乐活动也随之而发展。这里既是王公贵族、官僚地主享乐的地方，也是老百姓游息的场所。不过人们记得的只是写进《板桥杂记》《桃花扇》里的场景，对普通市民和社会下层的状况则所知甚少，其实他们的存在倒是更为重要的，是全部的基础。曾国藩在镇压了太平天国起义以后，第一件紧急措施就是恢复秦淮的画舫。他不再顾及"理学名臣"的招牌，只想在娼女身上重新找回封建末世的繁荣，动机和手段都是清清楚楚的。

穿着高贵的黑色华服的王谢子弟，早已从历史的屏幕上消失了；披了白袷春衫的明末的贵公子，也只能在旧剧舞台上看见他们的影子。今天在秦淮河畔摩肩擦背地走着的只是那些"寻常百姓"，过去如此，今后也仍将如此，不同的是今天的"寻常百姓"已经不是千多年来一直被压迫、被侮辱损害的一群了。

从饭店里出来，走到街上，突然被刚散场的电影院里涌出的人群裹住，几乎移动不得，就这样一路被推送到电车站，被送进了候车的人群。天已经完全昏黑了，我站在车站上寻思，在三十年以后我重访了秦淮，没有了河房，没有了画舫，没有了茶楼，也没有了"桨声灯影"，这一切似乎都理所当然地成了历史的陈迹。可是我们应该怎样更好地安排人民的休息、娱乐和文化生活呢？人们爱这个地方，爱这个祖祖辈辈的"游钓之地"，我们应该怎样来满足人民炽热的愿望呢？

一九七九年十二月二日

【补记】偶然找到一张三十年前拍的旧照片，是当时白鹭洲公园的入口处，门上有“东园故址”的横额。

东园是明中山王徐达的东花园，又名太傅园，其西园即今天的瞻园，两园相去约四五里。可知徐达的赐第和私园都在秦淮附近，更可见其煊赫豪奢之状。可参阅王世贞《弇州名园记》和正德《江宁县志》。永乐中成为外戚府第的蔬圃，正德中又经过布置改建，遂为金陵名园之一。

清末，园已荒废。白鹭洲茶庐开始出现于辛亥革命之后，曾悬有一副对联——“此地为东园故址，其名出太白遗诗”，简单说明了取名的由来。原址辟为公园，则在北伐以后了。一九七一年南京大学吴新雷于园中发现一块断碑，系一九二四年所立之《白鹭洲茶庐建筑碑记》，茶庐的故事大抵见于此碑。碑今已不存。

至于李白所说的白鹭洲，据《景定建康志》，当在石头城外的长江中。余怀《咏怀古迹》说，应“在府西南大江傍”；余鸿客《金陵览古》说，“西出驯象门，滨河……河东为白鹭洲，广轮二十五里，无葭苇。村村植柳，柳荫相接。柳色照行人，衣白者皆碧。旧有赏心、白鹭、二水三亭，踞城瞰洲。城下有折柳亭，宋张乖崖建，为送客之所。今城既变更，亭亦废没。”所记要算是详细的。这是清初的情况。大约在南宋以后因泥沙淤积，江流西移，洲址已与陆地相衔，不复存在了。现在这地方还有个白鹭村，属江东公社江东大队白鹭生产队。

一九七九年十二月八日

重过鸡鸣寺

从南京回来已经四十多天了，在手提包里带回了一册日记，上面记着几天来的游踪、见闻，还有一些零碎的感想。这大半是每天深夜在旅舍的灯光下记下的，零乱得很也简单得很。至今还保留着新闻记者的习惯，无论走到哪里，随身总带着一个小本子，时时要记点什么下来。日记，其实就是这些札记的复写，只不过少少加详了一点。我想，即使落到有出色嗅觉的吧儿们手中，也会使他们感到失望的。

日记是写给自己看的，它不如书简，能让更多的朋友分享从旅行中得到的愉乐。当然，愉乐也不会是清一色的，我们到底还不是住在完美无缺的天堂里。关于南京，我保存着好几重的记忆，这似乎有些像考古发掘中的堆集层。一九四二年的冬天，我带着一个“逃亡者”的心情第一次路过这个城市，只停留了两天；另一次是一九四六年的秋天，住的时间比较长一点，心情大不同了。一九四九年秋天又来过一次，以后还有过几次短暂的过路，接下去就是二十多年的暌隔。几次经过，简直代表了好几个不同的时代。你可以想象，当我走出南京车站的时候，心头有着怎样的“历史的重载”。我这样说，不是有些可笑吗？但它却是实实在在的。

三十七年以前一个冬天的薄暮，我和一个朋友从秦淮河畔来到了鸡鸣寺，发现这个有名的南朝胜迹竟是这样一个荒凉破败的所在，内心充满了惊异，还有就是颓唐。当我们登上那座破烂的大殿，凭窗远望后湖时，面前差不多就是姜白石说的“游人去后无歌鼓，白水青山生晚寒”那样一幅图画。那是严寒的冬天的傍晚，哪里有什么游人，更哪儿来的歌鼓，只看到了一两个拱肩缩背、穿着破棉僧袍的和尚，在枯瘦的脸庞上，两只圆睁的大眼睛吃惊地望着我们这两位风雅的游客。还不等他们捧出茶盏，我们就飞也似的逃出大殿，逃出山门，逃下山来了。这就是我第一次瞻拜鸡鸣寺的经过。

第二次游鸡鸣寺是在四年以后一个秋天的下午。那时我已经是一个记者了，刚从蓝家庄的民盟总部采访出来，想找个地方写新闻稿，就选中了鸡鸣寺里的豁蒙楼。结果碰了壁，原来那里变成什么“防空司令部”的宿舍了，后来只能跑到那间大殿里吃茶。新闻没有写成，却写了一段短短的随笔，尽量地发了一通牢骚，后来还收进一本散文集里。这回找出来重看，自己也不禁失笑，不知道哪里来的那么一股怨气。随笔中出现了骂娘的字眼，用的还是英文。这种生动的词汇，在大学的课堂上是学不到的，但它对抒写当时的感情却是有用的。这也说明，在我的文字中一直就有着怎样一种粗野的文风。在那篇短文的结尾，我还写入了当时的茶桌上诌出的一首七律。说是诗，还不如说是从头脑里找到、凑出的一些历史的音符，还夹杂了一些无聊的情感，因此也就真正是不足道的了。

这次的重访鸡鸣寺，则在又过了三十三年之后。那是到南京后的第二天，一早，Y 就到宿舍里来访，说是要陪我到玄武湖玩。这当然是非去不可的重点风景区。我们乘电车到鼓楼，走到玄武门，顺便买了一斤小橘子。看那重新修整过的玄武门时，朴素大方，坚实稳重，还很好地保存了明初的风貌，非常满意。一进门，眼前顿时开阔，宽大的柏油路，花草树木，楼阁亭台，很像杭州的西山公园，不同的是这里有空阔的水面，因而更显得明净。

过去我只是遥望，并没有游过玄武湖。我知道明代在这里收贮黄册，是皇家档案馆那样的地方。过去，因为年久失修，湖里长满了水草，很荒秽逼仄了。现在这一切都已有了根本的改变。不过，眼前的玄武湖好像已经完全成了一个近代的公园，很少留下余存的古意，却不免有些可惜。

在“梁洲”的“白苑”前面徘徊了一会，时间还早，不能走进去。这“白苑”倒是一所非常漂亮的建筑，整体都是白的。后来总算找到一处临湖的水榭，进去休息。剥了非常酸的、并非“南丰”的小橘子吃着，一面不停地驱赶一直向脸上扑来的蚊群。一点都不夸张，这里正是蚊雷成阵。也真怪，已经是晚秋了，玄武湖还有这样多的蚊子。

在“樱洲”的一角匆匆吃了午饭，就忙不迭地穿过“菱桥”、“花架”，出解放门，踏上了微微显得有些逼仄的鸡鸣寺路。好像直到这时，游兴才终于高涨了起来。一路上注意地留心右面傍山的一侧，惟恐错过久别重逢的喜悦。可是，几乎已经走到靠近北极阁，却还不曾发现那条窄窄的石级和那座暗红色的小巧山门。只好折回来细细寻觅，好不容易才发现了一条登山的小路，路上也还留下些残坏的砖块，但路面两侧的石砌已经没有了。走上去，最后发现了一角断垣，上面还残留着旧日的朱红，这才最后打消了猜疑，知道这确是原来山门的旧址。

前些时翻检书丛，找到了一张三十多年前留下的鸡鸣寺山门照片。那条废砖铺起的路面，看来相当整齐。那山门，也是我所见的最经济也最古朴的古建筑。小小的一座门楼，顶端有简单的装饰，两侧各有一只鸱尾。下面是蓝地填金的“古鸡鸣寺”四字，上端小字横书“敕建”两字。下面是一座小巧的门，两侧壁上嵌着“大千世界，不二法门”的门联。侧翼各有短短一段山墙，向后微敛。这只是象征性的，其实全寺根本就没有围墙。

整个山门涂了暗红，极素朴而庄严；门联上的八个字是黑色的，那块小小的门额则是蓝色和金色的。只是这点简单的色彩配合，就能给人带来一种沉醉的感觉。现在仅存的一角断垣，正是当年右侧山墙的遗痕。

我们在这里停留了好一会。我又翻回去看那路面铺着的古砖，开始时几乎疑心这是一些雕成整齐方块的石料，后来发现上面有字迹，才确知这实在是城砖。经过多年行人的践踏，砖面已经油光闪亮了。砖上写着“武昌府提调官通判张勖司吏……”和“武昌府提调官县丞张时敬司吏……”等字样，字体肥重。我起初疑心是宋砖，但后来在南京博物院里看到同样完整的几块，才知道这实在是明初的遗物。这是不能不使人感叹的，竟自阔气到用六七百年前的古砖来铺路。早在几十年或上百年前，有人就已干着这种“废物利用”的勾当了。

从山门走上去，有颇长的一段山路，树木是有的，但没有什么参天的古木，杂草丛生，一片荒秽。走到山巅，也就是鸡鸣寺的所在了。这里却有着牢固的围墙，关得紧紧的大门旁边照例也挂着“闲人免进”的牌子。

沿着山墙周围窄窄的小径，拨开没胫的荒草荆棘，兜到寺的后边，那下面应该就是著名的台城。不过什么都没有看到，只有杂七杂八的一些不成规制的房子，拥塞在狭狭的一条空隙里。我想，即使豁蒙楼依然无恙，凭栏远眺，也绝不会引起什么怀古的遐想，那是一定无疑的了。

这时，“呀”的一声，后山墙角一扇小门开处，走出来一个人。他是跑来查看我们这两个陌生人的动静的。这里大概已经很久没有游客，即使有，也不会跑到后山墙外来看风景，说实在的，这里又有什么“风景”可看呢？

只是彼此打量了一下，没有说话。我们又沿着围墙走回前面来，那人也随后从小门走进去了。

当我们重新站在寺门前徘徊时，那人又从前门里出现了。虽然只不过隔了两三分钟，第二次见面时就仿佛是旧识。先是彼此笑笑，接下去就开始谈话，终于从他口中打听到了关于鸡鸣寺过去遭遇和未来远景的约略情况。他是一位留守，是由鸡鸣寺改建的一座电子元件厂的留守。厂是停办了，因为已经决定要恢复鸡鸣寺，重建的一百万元经费已经拨下，只是由于人工、材料缺乏，看来要一九八〇年才能慢慢动手。十多年来，鸡鸣寺经过破坏，火烧，拆建，原来的遗址，据说已经没有什么留存。这时我就顺便提出让我们进去看看的请求，同时摸出了证件。那人为难地一笑，委婉地谢绝了，他说：“还是不看的好……”

我是懂得他的意思的。不知怎的，忽然想起《红楼梦》第三回写林黛玉初到贾府去拜见贾赦，“一时人来回说，‘老爷说了，连日身上不好，见了姑娘彼此倒伤心，暂且不忍相见……’”的几句话。我并不熟读《红楼梦》，这几句话在整部大书中也并不占怎样重要的地位，可是我偏偏记得清楚，又偏偏在这时想起……真是不可思议的事。

剩下来就只有去找胭脂井，摸来摸去终于不曾找到。后来听说，那井是还在的，并不曾填没，可是我们就是没有能够找到。

关于这井，作《板桥杂记》的余淡心在《咏怀古迹》中留下了一首诗，前面还有一篇小序：

> 一名“辱井”，在台城内。隋兵渡江，陈后主仓卒无计，与张丽华、孔贵嫔相抱投井中，其井阑石脉有胭脂痕，故名。
>
> 可怜陈主最风流，张孔承恩在下头。玉树后庭俱寂寞，胭脂井上草三秋。

余淡心在这里简要地叙述了这个井出名的原委，但毕竟太简略了，陈后主跳井的事前事后都还有许多精彩表演。就以跳井以后而论，隋兵攻入台城，不见陈后主的下落，后来发现了这井，“军士窥井呼，不应。将欲下石，乃闻嚣声。以绳引之，惊其太重。及出，与张贵妃、孔贵嫔同束而上。”以上是从余淡心的儿子余鸿客的《金陵览古》里抄来的，而他大抵又是从《南史》或《陈书》中抄来的。

我怀疑施耐庵“撰”《水浒》时，可能曾受到这故事的影响。黑旋风下井救柴进，也有过类似的表演。不过李铁牛声势汹汹在井下责问，却不是陈后主所能同日而语的了。

一九八〇年一月十二日

南唐二陵

这一篇本来是应该紧接在《献花岩》后面的，可是一直拖到现在才来动笔，想想牛首山上应该已是一片浓绿了。

去年秋天我们到祖堂山去，从山后的竹林穿过，走下山来没有好久就能看到脚下光秃秃的荒岭上有两个不起眼的土堆，如果不是土堆前面各有一个进口，仿佛还装着什么门板一类的东西，那就无论是谁都很难辨识，这里曾经埋葬过南唐先主和中主。他们是五代十国那个混乱时代里一个小国里的小皇帝，不过有一位却是我国文学史上著名的词人，而他的儿子则是一位更大的词人。

五十年代初期，二陵发现后不久，我曾来访问过一次。二十多年过去了，这里几乎没有任何变化。这真是个荒凉寂寞的地方，四周几乎没有一点绿色，不用说陵墓前面的石刻，简直连残砖碎瓦也没有。就在陵墓前方的明兵部尚书王以旗的墓道，却还留下了几个石翁仲。可见在明代，这里已经就是这样子。他们不约而同都选中了这个地方作葬地，大约信奉的是堪舆学的同一流派。但在我看来，却实在看不出这里的风水好在哪里。

墓前不远，还留下一个小水塘，但已邻近干涸，我在这“池塘”前面立了一会，迎面吹着呼呼的西风，不禁想起了中主的两句词：“菡萏香销翠叶残，西风愁起绿波间。”同时又想起了王国维对这两句的评赞，“大有众芳芜秽、美人迟暮之感”，这是说得不错的。此时我所有的也正是这样的感觉。虽然眼前的“池塘”里并没有什么荷花、莲叶，只是一点浅浅的深黄色的烂泥浆。

我们又走进墓室里去参观。陪同我们参观的是负责照顾这两座墓室的七十一岁的夏在培老人，他摸出钥匙打开了门上的锁。这门不过是从他家里扛来的两块板，胡乱地装起来就算是“门”了。原来的门在十多年前被红卫兵捣毁，本来还准备进去砸烂墓室，被老人和大队里的农民所阻止。老人在大队里有些威望，三十年前这两座墓也是他最早发现的。

墓里也还是二十多年前的老样子。一些残存的殉葬品都已搬去藏在南京博物院里，这里只剩下搬不动或不必搬的石棺座，和中室北壁两座浮雕的武士像。这两位戴盔、披甲、身前竖着长剑的武士，站立在这里已经整整一千年了。看那神态，与其说是威猛的武士，还不如说是两个耕作得疲倦了正在休息的农夫。

武士的身上和彩画的枋额、斗栱、画柱，双龙夺珠的浮雕，原来都是涂金敷彩的，不过现在已经几乎脱尽了，只剩下石刻缝隙里偶然留存的暗红的朱砂痕迹。室顶满绘着天上的景象，日、月、南北极、满天星宿，都用朱线联接起来。地面上铺着的大青石板上则凿出了弯曲的江河的纹路。棺座是六块大青石组成的，表面边缘有牡丹和龙的平雕。非常简单，比起成都的王建墓来差得很远。前蜀的王建和南唐的李昪的时代和身份都差不多，但王建的陵墓中，棺座是由四个武士用力抬起的，武士们只雕出了上半身，神态逼真，巧妙地表现出他们虽然用尽平生力气，还是不能不使下半身陷入了地下。王建的棺座四周更精致地雕出了神色飞动的十几位歌舞伎，她们或弹琴擘阮，或舞袖轻飏，简直就是一组活生生的乐舞队。前蜀收留了不少唐朝逃来的士族、文人，如韦庄、毛文锡等，也带去了唐的典章文物和文艺风习。在这一点上与南唐也是近似的。后来我们从李昪的墓室走出，到邻近不远的李璟墓室去看，虽然规制大致相仿，但更是简陋草率。很容易理解，南唐的国力，到了后主为中主建造陵墓时，已经更为衰弱、疲敝，不能不马虎应付了。

所谓“南唐二陵”，也不过就是这样。值得人们流连的还是李璟留下的四首词。这数量绝不能算是多，但只是这一点，就足以使他长久地在中国文学史上存在下去。

“细雨梦回鸡塞远，小楼吹彻玉笙寒。”这样的句子是使人难忘的。同样也是著名词人兼贵官的冯延巳曾以此向中主拍马奉承的材料，但还是不能不承认他说得不错。

站在二陵外面不能不想到中主的儿子后主。他是被宋太宗毒死后葬在洛阳的北邙的，他的葬地恐怕连偶然被发现的机会也将不会有。

清代的钦善在《读陆氏南唐书》中说：“窃谓误用小人之祸，振古有之。而《南唐书》之小人，大半词人。夫不以伶宦奉己，不以贪黩殃民，讲《易》赋诗，以文彩亡其国者，古未有之，自南唐始矣。”（《吉堂文稿》卷七）

这种意见，在过去的读书人中间，恐怕是有代表性的。李后主不过是一个“生于深宫之中，长于妇人之手”的特级“大少爷”。他也绝不是什么宽厚的统治者，民间鹅生双子、柳条结絮他都要抽税，也算得是空前绝后的奇闻。我想不通柳絮怎样课税，难道说要收拢来过秤么？宋太祖对他的评论倒是实事求是的：“乃一翰林学士耳。”李煜的词是作得好的，也极用功。金陵城破之日，他还在埋头填那首著名的“樱桃落尽春归去……”宋太祖说：“李煜若以作诗工夫治国事，岂为吾虏也！”也说得不错。这和钦善的是两种出发点完全不同的意见，对照一下，是颇有趣味的。

后来我们又到夏在培老人家里去拜访。坐在他新造的房子里吃茶，听他谈二陵最初发现的故事。那是一九五〇年的春天，放牛的小孩在这个大土堆上玩，发现有一个洞，探进去恰好是一只龛，可以从中摸得明器和土木偶，卖给古董铺，每件可得三元。二陵就是这样被发现的。老人还说，二陵发现后，南京博物院的院长曾昭燏始终主持着发掘和研究的工作，在二陵附近住了半年多。后来发表了完整的调查报告。她死后也葬在这里。“文革”中墓碑被砸坏，用红笔大书“反动祖师爷”云云，到现在也还没有修复。

【附记】故宫博物院藏有传说是南唐名画家周文矩所作《重屏会棋图》，据《挥麈录》说，画面正中南面夹册正坐的正是李璟。这样我们就不但可以看到他的画像，而且能知道他的日常生活情况和当时的人物衣冠、居室器物以至文娱用品……这真是令人高兴的事。

一九八〇年五月三日

金陵杂记

一九四六年的下半年，我在南京住过一些日子，曾经写过一束随笔，在报上连载，题为《金陵杂记》。剪报久已失落了，但内容还约略记得。至今想起也还不能不为当时旺盛的精力和非凡的好兴致而神往。那时我是一家报纸驻南京的记者。记者的任务是每天到许多地方奔走，从不同渠道打听着不同的消息，到了晚上就将这些写成要闻，用长途电话报告给编辑部，工作结束时总是深夜了。这并不是轻松的工作，可是也并不感到是怎样沉重的负担。第二天照样要在这个荒凉宽阔的古城里走来走去，有时为一个路牌、一个地名所吸引，就走进去看看。南京是六朝古都，时间虽然已经过去了一千多年，又经过若干次战乱，但遗迹还是丰富的，是骚人墨客吊古的好地方，可惜我并不是，随身带着的也仅是一册《金陵古迹图考》，如果遇到了真正的“雅人”，怕是要为之齿冷的。

最近偶然看到某先生那时在南京写的一首旧诗，其中有一句是“白门衰柳群鸦舞”，回忆起来，当时的政治局面也差不多就是如此。如果要更全面、形象些，较好的说法应该是这样：一面是庄严的工作，一面却是荒淫与无耻。这是不能不使人感到气闷的。吊古必然要伤今，恐怕也是古往今来的一条通例，“思古之幽情”并非无条件就可以触发的。虽然曾被“四人帮”之流“借古讽今”

的棍子打得晕头转向，我还是不能不坦率地指出这一点。

因在文章中曾经记下过一些感慨，所以至今也还清楚地记得一些事情。有一次在什么地方漫游，忽然发现了阮步兵（籍）的衣冠冢，还保存着一块旧时的墓碑，这真使我异常高兴了。仔细看时，碑的顶端却新刻了一个青天白日的花样，当时年少气盛，不由得又愤激起来。这位古代狂诗人，在一千多年以后竟自成了“本党同志”，阮君地下有知，当不知如何咏怀也。

又一次是按照野史中提供的线索，跑到中华门内去“访古”，居然被我找到了一条叫作“库司坊”的小巷，也就是南明时老百姓称之为“裤子裆”的地方。更为意外的是，竟又找到了据说是阮大铖咏怀堂的故址。记得住在那里的一位老医生介绍说，这里不久前还曾遗留下一座楠木结构的厅堂，在抗日战争中已经拆卖了，此刻就只剩下一湾池水、几块假山的废圃，旁边杂植着桃花。想想这就是当年上演《春灯》《燕子》的所在，真是不胜感慨系之。为什么要对阮大铖这样的角色发生如此浓厚的兴趣呢？“四人帮”的爪牙们曾经查问过，我自然什么也没有回答。这样的问题难道能和这些东西说得清楚么？

一晃三十多年过去，最近才得到重新访问的机会。正是江南晚秋最好的季节，几天里抓紧时间跑了一些地方，不过到底也没有能够一一遍访当年的旧游之处。城市的面貌确实有了很大的变化，许多地方都已与旧时记忆完全不能吻合。走出车站，乘电车来到鼓楼广场，发现这里已是一个重建的崭新的地方。在一排新起的高层大楼的转角，一家饭店的市招上俨然写着“马祥兴”。这使我惊喜，也自然地想起中华门外只不过两间篷屋、七八副座头的马祥兴旧址。到底是大大不同了，至少在外表上看来如此。

这样，我的这次漫游，也可以说是另一种意义的“访古”。三十年来，胡乱读过一些旧书，时时遇到有关金陵故事的材料，有时也作些札记，想找个机会重订草率卤莽的旧作。可是性情疏懒，工作断断续续，一直没有认真进行。中间又经过十年浩劫，积存的书册、笔记多已荡为云烟。不过我想，这也未始不是一件好事。有关金陵的旧记浩瀚极了，要一一搜寻了来考证、爬梳，那就绝非个人微力在短期内所能做到的。有时，一空依傍也还有它的好处的。因此这次出游，就什么参考书也不带，就连手抄的一本余鸿客的《金陵览古》也留在家里。余鸿客是《板桥杂记》作者余淡心的儿子，也是一位遗民。这本著作里收录了六十首诗，每诗前都有详细的诗叙，整体形成一册相当完整的有关金陵古迹的考证著作。我得到此书是在一九五〇年，当时就深悔写《金陵杂记》时未能引用有关材料，不然成绩可能会要好些。现在就想少少利用一下。

考证的工作虽然为某些人讥为繁琐，脱离现实，但其实是很不容易的，也并非毫无用处。今天提倡求实的精神，要求实，在很多地方就不能不作考证。上面曾经提到过阮嗣宗的衣冠冢，原址就在凤凰台。《儒林外史》的作者吴敬梓在《金陵景物图诗》里就曾提到此处，他所说的是雍、乾之际的情况。他说：“台在花露岗，城内秦淮、城外护河二水之间。”这就是说，今天地图上“花露岗”的名目早在清初就已有了。吴敬梓又说：“又台下有阮籍墓，谓明时掘断碑得之。按籍陈留尉氏人，殁于景元四年。后二年魏始禅晋，又十五年晋平吴。籍始终魏人，固不得葬于吴地。《一统志》记，籍墓在尉氏县东四十五里，是其实也。或疑阮孝绪墓，孝绪字士宗，音同而传讹焉。”

吴敬梓是小说家，但也搞考证。他怀疑这个墓不是真墓，好像清初时阮墓碑碣也并不说明是衣冠冢，他的意见自然也有道理，可供进一步讨论的参考。不过天下古迹，并非全部都经得起科学考定，有些难免出于“好事者”的捏造。但时代既久，得到了人民的承认，它们的存在就有了新的理由。考证是必要的，它利于辨明是非；但现实也应顾及，对一些有疑问的遗迹也还是应该“姑仍其旧”，作为一种民间传说的痕迹也好。

但对目前凤凰台畔的阮墓，却已不再需要这样的斟酌、考虑了。据《雨花》月刊（一九七九年十月）一篇文章的描绘，“四十三中校园内的阮籍衣冠冢已被彻底平掉了，我在乱石堆中只找到大约十分之一块墓碑。”这是不能不使人感到可惜的。学校是文化园地，在校园里为一位古代诗人留一块栖身之地并不就辱没了谁，在我看倒应是一种光宠。

凤凰台就是这次想去而没有去的一个地方，因此只能用“卧游”的办法来回顾一下，希望今后其他古迹不再出现类似情况。

一九八〇年十一月二十九日

秦淮旧事

二十年前，在重庆读书，偶然到沙坪坝中央大学去玩，在教职员宿舍某先生壁上得见胡小石先生手写条幅一幅，是一首六言诗：

> 总角簪花旧院，白头泼墨橛庵。鸡山烟霞绝世，归来何必江南！

当时还不知道这诗里所写的人物故实，只是为末两句所触动，觉得实在是好极了。这和自己当时那种“少年子弟江湖老”的感伤情怀是完全合拍的。记得壁上并排还挂着汪辟疆先生一首七律，那开头两句是“嘉陵水色女儿肤，比似春莼碧不殊”，也留下了深刻的印象。这两句诗所写的嘉陵江，在宿舍外面的松林间就可以望见，那江水绿如醇醪，真亏诗人想得出女儿肤色的绝美比喻。

胡、汪两先生都在中大任教，近在咫尺，奇怪得很，当时却并没有起过拜谒的念头。

不久到了昆明，从翠湖图书馆里偶然看到什么笔记里记着明末云南的著名和尚担当的故事，才想起小石先生的诗原来写的就是他。担当俗名唐泰，字大来。少年时曾远游江南，也是秦淮河上著名的人物，因而有簪花旧院的故事。算起行辈来，恐怕仅次于王百谷、马湘兰，比起金陵四公子来还要算是前辈。甲申（一六四四)以后即落发为僧,居鸡足山。所为诗自明亡以后改题《橛庵草》。这样,小石先生的诗,算是完全了解了。

当时此诗给我的激动,和诗人注入原诗的情感也还是有一定距离的。作为一个正直的爱国知识分子,诗人痛感抗战胜利无期,不禁有归来何日之慨。那末两句说的正是反话,可以抵得庾子山一篇《哀江南赋》,这在当时还是一个年轻学生的我,是不可能完全理解的。

直到解放初的一九四九年秋,我又到了南京。为了替报纸组稿,在秦淮河上的六华春酒家备了一席酒,把南京大学的几位老先生都请来了,其中自然有胡先生在。这才算是第一次识荆,当时胡老的豪情今天还历历如在目前。解放给他带来的快慰真是无可言说的,记得当筵我背了这首诗给他听,他哈哈大笑,说了一句什么,原话记不起来了,总之,他是把那首诗里自己的抑塞情怀一股脑儿都否定了的。

酒酣耳热,就又扯到了秦淮旧事,很自然地提到了写《板桥杂记》的余淡心。胡老揎拳挽袖,大声地说:"我给你讲一个有趣的故事。"

他曾在无意中买得余淡心的一部遗著的清写稿本——《东山谈苑》,是作者自己手校过的。最妙的是,书中有几个地方,为了避清朝皇帝的御讳,抄手缺了笔,余淡心用笔蘸饱了银朱,浓浓地补上一点,那朱墨竟自透过了好几层纸。胡先生说:"只这一点,就把遗民的心情完全发泄出来了。"

这部《东山谈苑》,后来由江南图书馆影印出来。可惜是石印,自然已经看不到这一点的余痕了。

胡先生又告诉我,他看到过一幅画。山水树石之间,杂坐着一些名士闺媛，人物衣冠都是晚明风气。在太湖石上坐着一个风神倜傥的少年公子，衣服华美，秀色夺人。原图既无题识，又无画人姓氏，苦苦寻思，终不知是怎样的人物。最后无意中在少年的襟袖之侧发现了小楷细书"余怀"二字，不禁狂喜。胡先生说，"《板桥杂记》之出于如此人物之手，是完全可以相信的。"可惜当时匆匆不曾追问胡先生原图的踪迹。

过了一年，我买得清初汲古阁刻澹心《咏怀古迹》《江山集》《看花诗》等三种，就把这一段故事记于书前，日久几乎淡忘。小石先生于今春在南京逝世，偶与友人谈及，感念无已，遂拉杂记此旧事，以为纪念云尔。

一九六二年

柳如是

柳在明末的女伎中，可以算是一个代表人物。她虽然没有像陈圆圆那样的“以一身系天下之安危”，然而因为曾经是“江左三家”的首领钱牧斋的爱妾的关系，名气也大得很。而且她的遭时不偶，运气之坏，似乎也不下于其他几位。不过李香君有人给她作了《桃花扇》，陈圆圆也博得一首《圆圆曲》，董小宛更是热闹得很，命运比较最寂寞的是柳如是与顾横波了。作为一部娼女传，来看看她们的身世，正可以反映出多少事情，如果想看看南明社会的全貌的话，极好的素题应当是着落在她们身上的。

最显明的一点，她们都是才女。我在故宫书画展里曾经看见过马湘兰的画兰，的确是美得很，不下于男才子唐伯虎一流人。关于柳如是，《觚剩》纪云：

> 柳如是名是，一字蘼芜，本名爱，柳其寓姓也。丰姿逸丽，翩若惊鸿。性嬛慧，赋诗辄工，尤长近体七言。作书得虞、褚法。

她们又极喜与文人相来往，当时的士人好像也并不以狎妓为不道德，看看一般清流如吴梅村、冒辟疆、侯方域都在文集中畅谈其与妓女的交往可知。这是很可注意的一点，可以看出晚明的社会风气，当时似乎已经不是一人娼门即不能吃冷猪肉的情形，复社诸君子大骂阮大铖，主持正义，他们的办事处就正是这些才女的妆

阁。使我觉得有趣的是第一个与柳如是发生关系的正是当时清流的盟主、复社党魁的张溥(天如)。《觚剩》记:

先是,我邑盛泽归家院有名妓徐佛者,能琴,善画兰草。虽僻居湖市,而四方才流,履满其室。丙子春,娄东张西铭以庶常在假,过吴江泊垂虹亭下,易小舟访之。佛他适,其弟子曰杨爱,色美于徐,绮谈雅什亦复过之。西铭一见倾意,携至垂虹,缱绻而别。

从此柳即颇自负,身价也高了起来。三吴之间的那些膏粱纨绔,在她看来都成为"木偶"了;那些摇头晃脑,大做帖括文章的举子,在她看来也都成了"伧父"。她觉得委身之人非得要"博学好古,旷代逸才"不可,她开始去追求男人了,第二个目标是陈卧子。那时农民起义已经大起,天下骚乱,柳如是移居松江。世纪末的时代感弥漫江南,虽然时局是那样的坏,可是妓院的生意却并不因而减色。

(柳)闻茸城陈卧子为云间绣虎,移家结邻,觊有所遇。维时海内鼎沸,严关重镇半化丘墟,虎旅熊师日闻挠败,黄巾交于伊洛,赤羽迫于淮徐,而江左士大夫曾无延林之恐,益事宴游。其于征色选声,极意精讨,以此狭邪红粉,各以容伎相尚,而一时喧誉,独推章台。居松久之,屡以刺谒陈,陈严正不易近,且观其名纸,自称"女弟",意滋不悦。

从这里可以看出当时的风气,妓女可以拿片子拜客,而且自称"女弟",俨然女名士。柳曾有一卷《河东君尺牍》,尺牍中柳自称"弟",在三百年前这实在是惊世骇俗的事。尺牍文情俱胜,虽然不脱华绮,然而绝不俚俗,比起并世的山人文学来高明的多,更无论现在的假小品、鸳蝴派了。选抄一笺：

> 鹃声雨梦，遂若与先生为隔世游矣。至归途黯瑟，惟有轻浪萍花与断魂杨柳耳。回想先生种种深情，应如铜台高揭，汉水西流，岂止桃花千尺也。但离别微茫，非若麻姑方平，则为刘阮重来耳。秋间之约，尚怀渺渺，所望于先生维持之矣，便羽即当续及。昔人相思字每付之断鸿声里，弟于先生亦正如是。书次惘然。

柳用了这种豪爽不羁的态度去追求陈卧子，使他很不舒服，不置答，“柳恚，登门骂陈曰：‘风尘中不辨物色，何足为天下名士。’”（《板桥杂记补》）

这次追求失败了，女人是好胜的，追求陈不成，更进一步去找比陈资望更高的人物去：

> 而虞山宗伯与陈齐望，巍科赡学，又于陈为先辈，因昌言于人曰：“天下唯虞山钱学士始可言才，我非才如学士者不嫁。”

关于柳、钱的初遇，有两种不同的说法。《板桥杂记补》中《柳如是轶事》称：

> 闻虞山有钱学士谦益者，实为当今李杜。欲一见其丰裁，乃驾扁舟来虞，为士人妆，坐肩舆造钱投谒。易杨以柳，易爱以是。刺入，钱辞以他往，盖目之为俗士也。柳于诗内微露色相，牧翁得其诗，大惊，诘阍者曰：“昨投诗者士人乎？”阍者曰：“士人也。”牧翁愈疑，急登舆访柳于舟中，则嫣然一美姝也。……

《虞初新志》则称：“而宗伯公亦雅重之曰：‘昔人以游蓬岛宴

桃溪，不如一见温仲圭，可当吾世失此人乎？’遂因缘委币。”则是经过门客的传语之后，钱自己去迎了来的了。

牧斋的学生顾苓曾绘《河东君初访半野堂小影》，上附柳传，描写初会时情形谓：

> 崇祯庚辰冬，扁舟访宗伯，幅巾弓鞋，著男子服，语言便给，神情洒落，有林下风。

无论顾氏所描写的与“轶事”所记，都说柳是“士人装”的。这与装于《阳春白雪》卷首的一幅小像相同。那张像画于宣纸上，作圆形。图中人戴了幅巾，宽袖，笼手，颇像现在的道士装。眉目萧疏，面容丰腴。照全谢山的说法，当时柳年二十四。《小影》后面的“古梅华源木义庵白牛道者”的题跋说：“吾友减堂氏为余言，是身材不逾中人，而色甚艳。冬月御单夹衣，双颊作朝霞色，即之体温然……”

柳归钱后，牧斋为筑绛云楼、我闻室。适为岁暮，“促席围炉，相与饯岁”。这以后他们过的是才子佳人的快乐日子，绛云楼的藏书是有名的，检书，下棋，作诗，日夕晤对。有一联诗云：“争先石鼎搜联句，薄暮银镫算劫棋。”实在快乐得很。柳更帮助了钱的著作生涯，“宗伯吟披之好，晚龄益笃，图史校雠，惟柳是问。每于画眉余暇，临文有所讨论，柳辄上楼翻阅，虽缥缃浮栋，而某书某卷，拈示尖纤，百不失一。或用事微有舛讹，随亦辨正。宗伯悦其慧解，益加怜重。”(《觚剩》)

据顾苓所说，钱不但“怜重”，而且是非常“宠惮”她的。如《牧翁事迹》中所记的一条：

> 一门生具腆仪，走干仆，自远省奉缄于牧翁，内列古书中僻字数十条，恳师剖晰。牧翁逐条裁答，复出己见，详加论

定。中有昔昔盐三事，尚待凝思。柳姬如是从旁笑曰：“太史公腹中书乃告窘耶？是出古乐府，昔昔盐乃歌行体之一耳。盐宜读行，想俗音沿讹也。”牧翁亦笑曰：“余老健忘，若子之年，何待起予。”

不但是闺中的良伴，有时还代钱见客，《河东君传》：

> 客有挟著述愿登龙门者，杂沓而至，几无虚日。钱或倦见客，柳即与酬应。时或貂冠锦靴，时或羽衣霞帔，清辩泉流，座客为之倾倒。客当答拜者，则肩筭舆，随女奴，代主人过访于逆旅，即事指题，共相唱和，竟日盘桓，牧翁殊不芥蒂，尝曰：“此我高弟，亦良记室也。”戏称为“柳儒士”。

绛云灾后移居红豆山庄时的生活，是快乐的，美满的。在中国旧式文人的心目中，才子佳人，什么事比这个还更可希求呢？无怪别人要以“神仙”目之了。不过说来也可笑。他们结合的时候，柳年二十四，钱牧斋却已六十四了，《觚剩》记：“方宗伯初遇柳时，黝颜鲐背，发已鬖鬖斑白，而柳则盛鬋堆鸦，凝脂竟体。燕尔之夕，钱曰：‘我甚爱卿如云之墨、如玉之白也。’柳曰：‘我亦甚爱君发如妾之肤，肤如妾之发也。’因相与大笑，故当时酬赠有‘风前柳欲窥青眼，雪里山应想白头’之句。”这与赵孟頫、管夫人的故事同为竞传人口的“世说”。

郁达夫《娱霞杂载》中录柳如是《春日我闻室》一诗，多排误，各书亦多异字，现在来校正一下附在后面，诗作得非常曼妙，有一种骀荡之致：

> 裁红晕碧泪漫漫，南国春来正薄寒。此去柳花如梦里，向来烟月是愁端。画堂消息何人晓，宝镜容颜独自看。珍重

君家兰桂室，春风取次一凭阑。

盔山图书馆藏的《阳春白雪》，照黄丕烈跋，说是绛云楼的烬余。可能就是当时钱、柳一同过着快乐的日子中所校，《绛云楼俊遇》中记一事云：

> 柳夫人生一女，嫁无锡赵编修玉森之子。柳以爱女故，招婿至虞，同居于红豆村。后柳殁，其婿携柳小照至锡，赵之姻戚咸得式瞻焉。其容瘦小，而意态悠娴，丰神秀媚，帧幅间几呼之欲活矣。坐一榻，一手倚几，一手执编，牙签标轴，浮积几榻，自跋数语于幅端，知写照时，适牧翁选列朝诗，其中闺秀一集，柳为勘定。故即景写图也。

《柳如是事辑》，雪苑怀圃居士录，光绪癸卯（一九〇三）刻。中记"春浮园集"一条，也颇有趣，因用作这一段的殿尾：

> 钱牧老语余言，每诗文成笔以示柳夫人，当得意处，夫人辄凝睇注视，赏咏终日。

钱谦益与阮大铖交结，夏允彝的《幸存录》中本有记录，不过现在却看不见了。全祖望《鲒埼亭集外编》跋《幸存录》云："《幸存录》有二本，其一稍详，且志阮大铖语曰：'此敝门生钱谦益也。'而一本无之。愚疑前一本乃足本，若芟之者，乃丙戌以后，东涧之客代为洗雪而削去之耳。"这里的阀阅势力真不小，竟与清朝皇帝的修《四库》有同等的力量，而且还要大一些。晚明史籍，本多禁书，今更经此一删，遂使后世无法得知他们的渊源。钱谦益经马、阮的援引，于弘光称帝以后，到小朝廷中去做了一个闲官——礼部尚书，当然也带了柳如是同行。柳君仍不脱女光棍的作风，《续幸存录》云：

"阮圆海誓师江上，衣素蟒，围碧玉，见者叱为梨园装束，钱谦益家妓为妻者柳隐冠插雉羽，戎服入国门，如明妃出塞状。大兵大礼皆倡优排演之场，欲国之不亡，安可得哉！"《鹿樵纪闻》也有同样的记载。不过在《牧翁事略》中，就别有一番解释，这种荒唐举动，一变而为"名士风流"了：

"弘光僭立，牧翁应召，柳夫人从之。道出丹阳，同车携手，或令柳策驴而己随其后，私语柳曰：'此一幅昭君出塞图也。'邑中遂喧传钱令柳扮昭君故事，招摇道路。悠悠之口，固可畏哉。"我想这大抵也是"东涧之客"所作的书，所以立言如此。

钱谦益本是东林中人，在北都时曾与周延儒闹过意见的。现在投入了马、阮门下，奉表称扬马、阮的功德，本已人格扫地了，夏淳古更骂他"淫昏献妾"，这献的就正是柳如是。《明季北略》：

"大铖据要津，虞山末路失节投之。一日，觞阮于家，以其妾出为奉酒。阮赠以珠冠一顶，价值千金。钱命柳谢阮，且移席近阮，其丑状令人欲呕。"这真是丑。其实这种侑酒的事，在钱谦益已经是招待客人的常规了，并不稀奇的。即使如此，马、阮的旧憾仍未尽释，想借妖僧大悲一案罗织谦益，后来钱以疏得解。

清兵渡江，谦益投降。这时，据说曾经有过这样一件事：

> 乙酉五月之变，柳夫人劝牧翁曰："是宜取义全大节，以副盛名。"牧翁有难色，柳奋身欲沉池水中，持之不得入。其时长洲沈明伦馆于牧翁家，其亲见归说如此。

投降的一幕也是非常丑恶的。记得在什么书上还看见过他献给豫王的一张礼物的清单，有金器、玉器数十百件，据说钱还说他是清官，没有家财，这还算是一份"薄礼"。迎降时青衣小帽，俯伏道旁，丑态毕露。天寒手冻，也无暇翻书具引了，只在《鹿樵纪闻》

中抄一点。当时清兵已至，大臣聚议，有两种办法，争议未决。一种是从福王逃走，另一种是留在南京。有人大声地说："今日之事，从驾为轻，保国为重，吾辈当图其重。"这说法正与数年前的一些人所标榜的苦留陷区，保存××之类的相同。其实这第二策即是投降的障眼法，我们且看钱谦益如何"保国"：

> 翌日，豫王兵至城下，见门未启，遣使呼曰："既迎天兵，何闭也？"有老人登陴应曰："自五鼓候此，待城中稍定，即出谒。"骑曰："若为谁？"复自喝曰："礼部尚书钱谦益。"

这样，钱谦益就又做了清朝的礼部右侍郎。不过这投机也没有什么好结果，不久退归林下，又因为点小事给捉了起来。去救他的还是柳如是：

> 牧翁事本朝亦不得志，以礼部侍郎内宏文院学士还乡里。丁亥忽为蜚语所中，被急征，河东君实为职橐饘。长君孙爱性暗懦，一筹莫展。牧翁于金陵狱中和东坡御史台寄弟诗有"恸哭临江无孝子，从行赴难有贤妻"，盖纪实也。孙爱见此诗，恐为人口实，托翁所知，百计请改"孝子"二字。今集中刻"壮子"，是更定者。

这真与现在在老虎桥中作诗的故事相像。而那些大汉奸夫人的辇金奔走，也是有着前例的：

> 牧翁妾柳氏，宠嬖非常，丁亥被逮，柳氏束装挈重贿北上。先入燕京，贿于权要，曲为斡旋，然后牧翁徐到，竟得释放，生还里门。始知此妇才智，又不当以闺阁细谨律之矣。（《野语秘集》）

从此，牧斋就又回到了红豆山庄，过着与河东君"吟咏，茗椀，薰炉，绣床禅榻”的生活。钱有一诗：“青袍便拟休官去，红粉还能入道无？筵散酒醒成一笑，鬓丝禅榻正疏芜。”其心情之荒寂可想。他对这一位如夫人，真是感激、佩服，无话可说，对她更非常畏惮，有这样一件故事流传：

> 后牧翁偕柳游拂水山庄，见石涧流泉，澄洁可爱。牧翁欲濯足其中，而不胜前却，柳笑而戏语曰：“此沟渠水，岂秦淮河耶？”牧翁有恧容。（《绛云楼俊遇》）

这是承接着上面一段柳劝钱殉节之后的故事。话说的固然极妙，但是也更有一种凄苦之情。她选择了这样一位丈夫，结果却失望若此，这在笑语中是含有多少凄凉的。我直觉的断定这正是真实，并非后之“好事者”编造出来的。这么一句波俏的声口，插入上面所写的河东君的故事中，就正画出了活泼泼的一个不平凡的女性。

钱牧斋晚年的政治生涯，失节投机，不用说旁人，连柳夫人也是不赞成的。曹倦圃（溶）《绛云楼书目》题词中云：“（宗伯）晚岁浮沉南国，操委蛇术容其身。所荐某某，大异平居所持论，物望为之顿减。人北未久，称疾告归。”似乎还为他辩护。牧斋回到虞山的红豆山庄，整理绛云楼的藏书，自己说：“我晚而贫，书则可云富矣。”想从事编国史（明史）的工作。不过绛云楼旋即被灾，奇书秘册一时都尽，遂大懊伤，柳夫人也不自得，女儿出嫁以后，也下发入道了，这以后即是钱牧斋的死。

> 逾二年而宗伯病，柳闻之自村奔候。未几，宗伯捐馆，柳留城守丧，不及归也。初，宗伯与其族素不相睦，乃托言宗伯旧有所负，枭悍之徒，聚百人交讧于堂。柳泫然曰：“家有长嫡，义不坐受凌削，未亡人奁有薄资，留固无用，当捐此以赂

凶而纾难。”立出帑千金授之。诘朝喧集如故，柳遣问曰：“今将奚为？”宗人曰：“昨所颁者，夫人之长物耳，未足以赡族。长君华馆连云，腴田错绮，独不可割其半以给贫窭耶？”嗣子惧不敢出。柳自念欲餍其求则如宋之割地，地不尽兵不止，非计也。乃密召宗伯懿亲及门人素厚者，复纠纪纲之仆数辈，部画已定，与之誓曰：“苟念旧德，勿渝此言。”咸应曰诺。柳出厅事婉以致辞曰：“妾之赀尽矣，诚不足为赠，其以明日，置酒合宴，其有所须，多寡惟命。府君之业固在，不我惜也。”众始解散。是夕执豕烹羔，肆筵设席。申旦而群宗麇至，柳谕使列坐丧次，潜令健者阖其前扉，乃入室登荣木楼，若将持物以出者，逡巡久之，家人心讶，入视则已投缳毕命，而大书于壁曰：“并力缚饮者，而后报官。”嗣君见之，与家人相向号恸，绋綷之属，先一日预聚于室，随出以尽缚凶党，门闭无得脱者。须臾邑令至，穷治得实，系凶于狱，以其事上闻，置之法。（《觚剩》）

世俗嘲笑女人的看家伎俩是一哭二闹三上吊，盖以无赖目之。柳夫人的生平行径是绝对没有无赖的成分的，然而却终于不得不投缳了事，中国旧式大家庭的悲剧，一个出身不正的女人的被凌视，人情之险诈，这里写尽了。

上面《觚剩》记载的还是外人的传闻之词，《钱氏家变录》中更有《柳夫人遗嘱》一首：

汝父死后，先是某某并无起头，竟来面前大骂。某某还道我有银，差遵王来逼迫。遵王、某某，皆是汝父极亲切之人，竟是如此诈我。钱天章犯罪，是我劝汝父一力救出，今反先串张国贤，骗去官银官契，献与某某。当时原云诸事消释，谁知又逼汝兄之田，献与某某。赖我银子，反开虚账，来逼我命。无一人念及汝父者。家人尽皆捉去，汝年纪幼小，不知我之苦处，手无三两，立索三千金，逼得汝与官人进退无门，可痛可恨也。我想汝兄妹二人，必然性命不保。我来汝家二十五年，从不受人之气，今竟当面凌辱，我不得不死。但我死之后，汝事兄嫂如事父母，我之冤仇，汝当同哥哥出头露面，拜求汝父相知。我愬阴司，汝父决不轻放一人。垂绝书示小姐。

这遗嘱中所说威逼主使的"某某"是钱朝鼎，入仕清朝，官至御史。"汝兄"是钱儒饴，"官人"是指的小姐的丈夫，无锡赵玉森编修之子，名赵管。"小姐"是柳夫人所生，辛丑赘婿赵管，年仅十四，家变在甲辰，年才十七，所以说是"年纪幼小"。

推算柳夫人得年四十九。初嫁牧斋年二十四，遗嘱中说"来汝家二十五年"，合计之为四十九。

使人感慨的是牧斋死后，威逼孤寡的人物中有钱遵王在。《读书敏求记》赵孟升序曰："遵王钱先生，牧翁之老孙子也，以布衣聚书。"遵王在《敏求记》中也有过这样的话："牧翁绛云楼，读书者之藏书也；赵清常脉望馆，藏书者之藏书也。清常没，其书尽归牧翁，武康山中白昼鬼哭，嗜书之精爽若是。然绛云一烬之后，凡清常手校秘抄书，都未为六丁取去，牧翁悉作蔡邕之赠。"是绛云楼灾后，牧斋将藏书珍秘一齐赠予了遵王。在《初学集》中，有《钱遵王诗序》和与遵王的唱和诗，钱笺杜诗，亦标明"分校"字样。两人的形迹相亲如此，而牧翁死后，遵王却是第一个来争产的人，世情如此，真使人不及料，殊无怪归元恭骂钱遵王是"狗彘不食其余"也。

柳夫人墓在虞山麓拂水山庄遗址，前为秋水阁，旁为耦耕堂，道光初年陈云伯宰常熟，重为修治，清查揆梅史撰《河东君墓碣》。前面所引黄荛圃跋，所说即是此事。

陈圆圆

我最爱读的鲁迅杂文中间，有一篇是《阿金》。回忆在那“史无前例”的日子里，手里什么书都没有了，却意外地还“藏”着一本《且介亭杂文》，破破烂烂的，倒是初版本。记得这是先生逝世后一年左右，我跑到上海四马路的开明书店买来的。这本书前后读了不知道有多少遍了，可是每次一上手总还是兴味盎然，而且每次总要读一遍《阿金》。后来又忍不住向“硕果仅存”的一两位朋友去推荐。他们不置可否，只是给我一个鬼脸。我想，他们大概都是读过的，不但读过，也许同样读了不只一两遍了。

《阿金》里有一段文字，我一直极佩服，而且这佩服的历史也有了三十年以上了。鲁迅先生说：

> 我一向不相信昭君出塞会安汉，木兰从军就可以保隋；也不信妲己亡殷，西施沼吴，杨妃乱唐的那些古老话。我以为在男权社会里，女人是决不会有这种大力量的，兴亡的责任，都应该男的负。但向来的男性的作者，大抵将败亡的大罪，推在女性身上，这真是一钱不值的没有出息的男人。

鲁迅先生接下去说，不料阿金的出现却动摇了他的“宿信”，使他“连对于人事也从新疑惑起来了”。这是别一个问题。我在这里想说的，只不过是曾经由前面那一节话引出的一些奇怪想法。

我曾想，中国历代的诗人、文士，大抵都是很喜欢对历史人物发表各种意见的。这当然不只是诗人才如此。可惜一般老百姓有的只是口头意见，不曾录音，也自然没有文集流传下来，因此只能由文士们逞强。诗文集中有“史论”和“怀古”这样的门类，遇见历史上的名人，人们大抵总是不肯放过的。最近我翻过一些诗集，发现几乎每本都多少有一两首钓台诗，说明着他们对严子陵的意见。而早在明代前期，就已有人搜罗了这样的诗文，汇编了一部《钓台集》了。严子陵是“隐士”，人们对他的兴趣尚且如此浓烈，更何况西子、王嫱这些赫赫的绝代美人。譬如，在明清之际有关西施的《苧萝志》（还不只一种）就早已编印了，而且有厚厚的四大本。当然也有漏略，关于王昭君的专书就至今还没有人来动手编辑，我想这工作还是值得做的。我们现在要开王昭君讨论会，规模搞得大些也许可以邀请一百来位专家作者吧。可是好好编一本《青冢集》（姑妄名之），就等于邀请了两千年来不同时代不同观点的人物来开大型座谈会，七嘴八舌，议论纷纷，成绩将更为可观。

照我想，这样的名单是可以开出一长串来的。

三十多年前住在昆明，无聊得很，也许是偶然记起了鲁迅先生的话吧，忽然想起三百年前一位有名的女人——陈圆圆，她的最终归宿就在昆明。于是就起劲地寻访起她的遗迹来，最后还写了一篇杂记。说来可怜，当时手边几乎没有什么参考书，想借也借不到。我知道有人编过一本《畹芬录》的小册子，却是隔了十来年之后才在昆明市上搜到一本。后来又看到了一册《陈圆圆事辑》，“临桂况周颐夔笙辑”，于一九三一年由李根源在苏州刊成，后面附有李氏的“续辑”一卷。这书收集的资料并不算怎样完备，不过一些有关系的文件，是大致都在的。一晃又是多少年，最近看到《李自成》的作者、小说家姚雪垠的《论〈圆圆曲〉》（《文学遗产》季刊一九八〇年第一期），立即拜读了。作者下了很大的功夫，对围绕着陈圆圆活动的种种人物、展开的历史事件进行了探索，对历史的真实与评断说出了自己的看法。一位小说家肯下这样的功夫做研究，首先就是可贵的，因为这是创作的基础与出发点。记得也是鲁迅先生曾经说过的，像这样花了极大气力写成的历史小说，虽然会被人讥为"教授小说"，其实倒是很难组织之作。先生是深知、也说出了此中甘苦的。

除此以外，在我看来，姚文还提出了以下一些问题：历史小说的创作原则、野史与小说的分野、史诗与"政治传奇抒情诗"的区别、诗人吴梅村的评价等等。更为重要的是对大顺农民起义军及其主要领导人的看法，以及由此而来的创作思想、方法问题。这许多，也确是非常重要的问题。

姚文的"结论"说，歌妓陈圆圆是被皇亲田宏遇从苏州买下，带到北京的。不久，田死，吴三桂"闻陈圆圆艳名，派人随吴襄到京，从田府将她买去，送往宁远。她到了宁远后，心情悒郁，又过不惯关外生活，不久病死。""大顺军进入北京时她已在宁远早死。关于她被李自成或刘宗敏所得，以及刘宗敏为索她拷掠吴襄，全是胡说。"

这个"结论"与吴梅村的《圆圆曲》《鹿樵纪闻》及清初的许多记载是全然不同的，不失为崭新的研究成果。研究者的方法是一方面分析批判了旧说的许多矛盾、错误之处，又从正面举出了"有较多参考价值"的史料，加以推论而成。姚文举出的正面史料是钱軹的《甲申传信录》，引据的重要章节是：

闯入京师，伪权将军刘宗敏处田宏遇第，闻寿（按：同为田宏遇买来的著名姑苏歌妓）从优人潜遁，而沅（按：即圆圆）先为吴襄市去，乃枭优人七人而系襄索沅。襄具言遣送宁远，已死。宗敏坚疑不信，故掠襄。

陈圆圆不但早已到了宁远，而且随即死掉，这是在刘宗敏逼索之下吴三桂父亲吴襄的招供。“结论”中的主要判断都是据此推论而来的。但最重要的基本内容，刘宗敏的逼索陈沅，则被作者断为“误传”而舍弃了。既然刘宗敏不曾为了陈沅而逼问吴襄，那么吴襄的招供也是“莫须有”的“误传”无疑了，怎么又可以据以作出结论呢？

这里就提出了一个问题，怎样实事求是地看待和使用野史，对史料的取舍应该采取一种怎样的态度，当然，也不只是在野史上才存在着这样的问题。

有一部题为《庭闻录》的书，作者刘健的父亲在吴三桂开藩云南时曾任云南府同知，吃过很大的苦头，有许多见闻。这书是康熙五十八年（一七一九）刘健“追忆趋庭所闻”的笔录，是时代较早、见闻较切的有关吴藩的重要史料，光绪中武进庄士敏又据以增删改定为《滇事总录》二卷。这里据《事辑》转录涉及陈沅的几节：

陈沅之事，言者多殊。陆次云《陈沅传》以夺沅者为李自成，不知其为宗敏也。传文虽详，考究未确，其点缀处尤多已甚之词。

崇祯辛巳年，田宏遇进香普陀，道经苏州，购沅以归。三桂奉命出镇，宏遇饯之，出沅佐觞。三桂悦之，以为请，宏遇许俟终年。后果送至襄宅，襄不敢受，仍归田氏，而客以报。三桂时有入卫之命，疾驰赴京，欲乘便取沅。中途闻刘宗敏踞宏遇宅，挟沅日事酣宴，遂大怒，出关乞师。

> 吴妓陈沅、顾寿并名噪一时，田宏遇以重价市寿，而沅名更高，不易得。会其婿以细故得罪，欲求好，无以通媚，百计购沅以献。宏遇善之如初。未几，宏遇卒，襄入都。三桂使人持千金随襄市沅。既得，襄遣送宁远。京师陷，刘宗敏踞宏遇宅，闻沅、寿名索之。寿从优人私逸，而沅先为三桂购去。宗敏于是斩优人七而系襄索沅。襄具言送宁远已久，宗敏不信，拷掠备至。

关于《甲申传信录》，姚文说，“此书在清代经过长期手抄流传，错字和后人整段加入的地方都有。”可见并不是保持了原貌的旧本。我们试就《甲申传信录》和《庭闻录》所记陈沅被送到宁远的传说对比，可以看出两书大体上是一致的，甚至字句都颇少差异，可证同出一源。惟一的不同是陈沅到宁远后，《传信录》说“已死”，《庭闻录》则说“已久”。这可不是一般的字句微异，因为姚文的主要结论，就建筑在“已死”两字上面。还有一种理解，这是吴襄应付刘宗敏逼问的胡乱推托之词，那么不论“已久”还是“已死”，自然都不关重要了。

野史读起来有时也真令人头痛，异说纷纭，破绽时有，令人为难。造成这种局面的原因也是多种多样的。例如关于陈圆圆的记载，前人是早就发现了这种复杂错乱的情况的了。《事辑》在引录《庭闻录》的原文时就说，“二说彼此微异。至谓三桂入卫之时，方欲取沅，与谓沅在宁远者皆非也。惟吴梅村《圆圆曲》为得其真。当日梅村诗出，三桂大惭，厚赂求毁板，梅村不许。三桂虽横，卒无如何也。”

值得考虑的是，一旦出现了这种错综复杂的情况，是否就能从中得出结论，连主要的基本事实都不可信了呢？当然不应该如此。我们不妨回忆一下“十年动乱”中间广为传播、并为“四人帮”所严密追查的小道新闻。有些确是经过辗转流传，渲染夸张，言人人殊的。不过后来事实证明，尽管传说的种种细节都经不起细密的考证，但那重要事实却大抵是“基本属实”的。我们也绝不会因一些细节的出入从而否定“四人帮”人神共愤的如山罪案。在判断三百年前的吴陈事件时，我觉得也理应使用此法。

人们认为吴梅村的《圆圆曲》是最可信据的诗史，自然也有他们的理由。梅村此诗和《杂感》诗第十八首、《鹿樵纪闻》中的有关记载，基本上是一致的。可以证明诗歌的创作有一定的史实根据，自然是得之传闻。以吴梅村当日的身份，没有可能自由运用国家的档案，他只能像谈迁那样在民间作些调查研究。何况像这种牵涉到有名歌妓的政治“丑闻”，正史是不记的。正统派的史家也不屑记，吴三桂的同伙就更不肯记，畏惧吴的权势者也必然要多方回避。清初有关记载的稀少，是完全可以理解的。不过，有清一代，我们也不曾看见有谁站出来否认过这个传说。

吴梅村一生写了许多以明清易代之际史事人物为题材的长诗，他写了许多重大的历史事件、战役，写了杨机部、吴昌时、陈之遴……出现在他的诗中的还有公主、老妓、歌僮……各色人物，很久以来就有不少人对吴诗作过笺注，证明诗篇都有史实依据，颇少捕风捉影的悠谬之说，因此称之为诗史，梅村也以此自许。不能想象，他在吴三桂身上会栽赃诬陷，他是想敲“平西王”一笔竹杠么？却又坚决拒绝了吴三桂的“厚赂”。如果陈圆圆果然早已死于宁远，声势炙手可热的吴平西是不会听任吴梅村“诬蔑”而甘于缄默的。

吴梅村的诗只写到“斜谷”、“散关”为止，没有涉及圆圆在云南的故事。不过陈其年《妇人集》说，“李自成之乱，（圆圆）为贼帅刘宗敏所掠，我兵入燕京，圆圆归某王（按指吴平西）为次妃。”陈圆圆的同乡、曾经亲自看见她演剧的邹枢（贯衡）也说，“陈圆，女优也。少聪慧，色娟秀……后为田皇亲以二千金酬其母，挈去京师。闻又属之某王，宠冠后宫，入滇南终焉。”清代前期昆明著名诗人王思训（康熙四十二年，吴次尾的孙子吴铭道游云南，曾与思训过从。思训为吴的《滇海集》《京雒尘集》撰序）有《野园歌》，原诗注云：“吴三桂筑野园滇城北，以处陈圆圆。穷极土木，毁滇人庐墓无算，以拓其地。缙绅家有名花奇石，必穿屋破壁致之，虽数百里外不恤也。”《野园歌》中就有“浮云渺忽春城限，乐游谁拟姑苏台。夷光未去走麋鹿，红墙碧树鸟栖哀（原注：滇城破，圆圆犹在）。……亡魂徒结分香恨（原注：吴死衡阳，念圆圆不置），月冷荒台觅燕钗”这样的句子。

王思训还写过一首《圆圆歌》：

> 东海真珠溷泥滓，多情宜为将军死。将军留剑不轻施，
> 怒惜红颜投袂起。燕山定后丽人归，千队万骑西南飞。
> 玉女城连巫峡水，迷离妖梦春风围。春风正奏霓裳曲，
> 锦洞天荒新草绿。风高南渡雁无声，望断香魂悲小玉。

出于清代前期昆明诗人之手的这些诗篇至少可以说明一个事实，陈圆圆后来是随吴三桂到了云南的。如果她早已死于宁远，吴三桂为什么还要为她起造庭园宫馆呢？乾隆刻仪封张裕穀《滇中消日集》有《滇中秋兴》诗，作于乾隆四十三年（一七七八），诗注说，“（昆明）悯忠寺侧尚存圆圆妆楼，半就倾欹。”道光刻乌程范锴《苕溪渔隐诗稿》卷一有《安阜园杂事诗》，也有同样的记事。凡此都可

以说明，清代前期、中期许多人都知道，圆圆曾经到过云南。

姚文用了很大力量辩驳存在于许多纪事中的矛盾、错误。其中一些重要的问题，是前人已经发现并作过分析判断的。《事辑》收有被大顺农民军俘虏的明朝内监王永章的《甲申日记》，保存了吴三桂给吴襄的五封家书，又记："四月初九日，闯下伪诏亲征三桂。十二日起程，太子定王、代王、秦王、汉王、吴陈氏、吴氏、吴氏、吴李氏、伪后嫔妃皆从行。吴陈氏即圆圆，两吴氏皆三桂妹也。念五日战于一片石，闯大败，退入关，太子与圆圆遂皆至三桂军中。"下面的分析大概是况周颐所作：

> 按延陵复得圆圆，钮云驻师绛州将渡河时，陆云得之京师。据王氏日记，闯败于一片石，圆圆遂至三桂军中，其说独异。吴梅村《圆圆曲》云"若非壮士全师胜，争得蛾眉匹马还"，又云"蜡炬迎来在战场"。由钮之说，驻师绛州，追闯未及，无所为战胜；由陆之说，京师觅得，非战场迎来。延陵之师，唯一片石一战可云全胜，永章身陷贼中，见闻较确，其说固有可信之道。"若非壮士"二句，勃勃有英气，似乎乃公马上得之。梅村诗工于体物，倪由寻觅而得，词意必不如是。其"遍索绿珠"二句，言圆圆被掠，下即紧接"若非壮士"二句，可见当日珠还，未尝甚费周折。其言"箫鼓秦川"在"蜡炬迎来"后，可见迎圆圆一时一事，向秦川又一时一事。再下"画楼"、"妆镜"云云，则是延陵追闯，圆圆随军，道途供张之盛也。昔贤长篇名作，通篇有层次，即数句亦有层次。虽极抑扬跌宕之致，而条理不紊，事迹可寻，所以为诗史也。

况周颐是站在地主阶级的立场上的，问题讲得也不免有些琐细，但他的分析是清晰的，对吴梅村诗的解剖也是细致的，对读者颇有帮助。如果不能证明王永章的日记是伪作，那么这里的分析将难以推翻。

姚文也对《圆圆曲》作过一些分析，“按照这一节诗（指‘前身合是采莲人’以下三十句）看，陈圆圆的出身并非妓女，而是良家少女。诗中先说她‘前身合是采莲人，门前一片横塘水’，后边又说‘教就新声倾座客’，这是说陈圆圆原是良家少女，被买到田府以后才教会歌唱。后边又有‘教曲妓师怜尚在，浣纱女伴忆同行’，前一句的‘教曲妓师’是指在北京‘教就新声’的师傅，后一句的‘浣纱女伴’是指苏州家乡的女伴，不是妓女……”下面还有许多引证，主要是说，吴诗说“陈圆圆是良家姑娘，完全与事实不符”。这逻辑是非常奇怪的。世界上恐怕没有天生的妓女（除了明朝某些生下就被指定是“淫贱材儿”的政治敌手的后裔），只有卖入娼门的良家少女。为什么指出陈沅在堕落风尘之前的民间少女身份，就完全与事实不符了呢？“传来消息满江乡，乌桕红经十度霜。教曲妓师怜尚在，浣纱女伴亿同行。旧巢共是衔泥燕，飞上枝头变凤凰。长向尊前悲老大，有人夫婿擅侯王。”这一节诗是一个小的完整段落，是描写经过十年左右的岁月之后，圆圆家乡姑苏的女伴（女妓）和妓师得知圆圆在这段日子中的经历、后来终于成为平西王次妃的消息以后的反应。女伴、妓师都是姑苏的旧侣，羡慕圆圆的“好运”而在“尊前”悲叹自己年长色衰的凄凉身世的更绝不是良家，幸存的也只能是当年教过圆圆习曲的姑苏妓师。这是明明白白的。中国传统的古诗写法，绝不可能在整个抒写江乡的章节里突然插入一个在北京“教就新声”的师傅。这种不谐和的跳跃手法，是不可能在中国古代诗人笔下出现的。

姚文在很多地方援引明代的法令、规制以及宫廷制度等等，给予非常的信赖；同时对野史则并不尊重，采取了任意取舍的态度。两者之间，对照是鲜明的。野史固然有许多异说、破绽，但经过正确的分析辩证(不是任意草率的处理)，其可信据的程度，恐怕要远远超过封建统治阶级的高文典册。这是不待说的。崇祯是著名的“励精图治”的皇帝，十七年中发了无数的宣言，颁布了如毛的法令，有多少是兑现了的呢？更何况明代列祖列宗制订的那些规章制度？不知道曾经有过这样的文件、规制……是不行的，完全接受它的制约，捆住了自己的头脑、手脚就更危险。

姚文说，“不但甲申春天吴三桂没有到过北京，而且在甲申前几年内也没有进京机会。”理由是明朝的总兵官不奉召不能进京，和“我们从文献上找不到这几年中，吴三桂曾经奉召进京的任何资料”。吴三桂本来只不过是八总兵之一，直到甲申二月间才被封为平西伯，成为崇祯心目中的救命稻草。在这以前皇帝召见轮不到他，史官也没有为一个小小的总兵作起居注的责任。虽然甲申前数年中东线军事紧张，但是也不是完全没有间歇，吴三桂因公、因私回到北京的机会是不能完全排除的。像吴三桂这样的小军阀，不能相信他竟能恪守法制、甘居艰苦的军中，长期不到首都来“度假”。吴诗“白晰通侯最少年”一句的“通侯”二字，姚文说是隐喻平西伯，是不错的，下面又进而指实吴诗所写三桂赴田府家宴的时间必在三桂始封平西伯的甲申春(这是非常重要的一个前提，许多结论性的判断都是从此开始的。因此姚文不能不进行这一考证)。用这样的方法论诗，恐怕最谨严的史诗也将招架不住。诗人到底还剩下了多少自由？用一个“通侯”的泛指廋词，还要查年表、排时辰，诗人的工作也未免太枯燥也太苦了。

“尝闻倾国与倾城，翻使周郎受重名”一节诗，姚文的解释是，

“诗中的‘周郎’指吴三桂，是说他在田宏遇宅中听陈圆圆歌唱而爱上了她，使她后来出了大名。”实在不大好懂。我看《圆圆曲》中这六句诗，确是说出了吴梅村自己的意见，这意见是不错的。也就是“兴亡的责任，都应该男的负”的意思。“重名”是反话，指的当然是吴三桂背在身上、一直背进棺材、千秋万世永远摆脱不掉的“好名声”。

姚文对吴梅村的身世评价，所据也是一些传统的意见，同时还指出了梅村和钱牧斋的区别，说“钱在政治上是一个投机分子，而他则不是”，对吴梅村死前的一诗一词也寄以同情。我想在这里作一点补充。

吴梅村自然和钱牧斋不一样，不过是不是政治上的投机分子？怕也一时不好论定。

人们说梅村诗是诗史，不是没有因由的。他的作品中的故事最多，不只是关系家国兴亡的大事，个人的遭际、感慨也都随处可见。要了解诗人的生平和心事，他的作品是十分可贵的第一手资料。梅村集中有一篇《鸳湖曲》，是为吴昌时而作的。此人在晚明政局中是一个重要人物，他是复社成员，后来又成为首辅周延儒的心腹；梅村自己也是复社的重要分子，参预党魁张西铭决策的少数核心人物之一。他们策划了周延儒的再相，希望利用周施展复社在政治上的抱负，结果失败了，周延儒和吴昌时都被杀。《鸳湖曲》隐约地写了吴昌时的故事，情绪上特别沉痛，说明梅村自己在这场政治斗争中牵涉很深。这是明朝覆亡前夕发生的事。

清初，吴梅村应诏出山，在清政府中任职，通常的说法是他被荐之后不得已而就道，其实真正的原因并不如此简单。其间委曲梅村自己也曾在诗篇中有所透露，不过言词闪烁，不易索解而已。

投降了清朝的陈之遴是梅村的儿女亲家，陈之遴在政府里攫得了很大的权势，为了培植自己的势力，和以冯铨为首的北方政治集团较量，迫切希望复社重镇的吴伟业出来参加政府，这才是梅村出山的真正动力。梅村出山以后就一直不曾得意过。谈迁在《北游录》里常常有到梅村住处谈天的记事，那正是他坐冷板凳的时期。这一次政治活动不幸又失败了，结局几乎和前一次同样悲惨。人们看到他写的“误尽平生是一官”的诗句，是会引起同情的，却不知道他的“悔恨”远较一般人所了解的还要更深切得多。其实梅村在《咏拙政园山茶花》《赠辽左故人八首》等诗中都接触到了这件公案，诗之沉痛也颇不下于《鸳湖曲》。“一官误汝高门累，半子怜渠快婿才”，就是对随陈之遴全家遣戍辽左的女儿和女婿说的。从这些事实看，吴伟业实在是一个不能忘情于政治的人。他遗嘱在墓前树碑，要求只写“诗人吴梅村之墓”数字，并非声明自己不是政治家，只是说是个失败了的政治家。

对于吴梅村，清代前期人还是比较了解的，批评、讽刺他的很不少。后来离开那个时代愈来愈远，旧事也日益模糊，难怪慢慢糊涂起来。现在介绍仁和王曾祥的一种意见，在我所见种种批评中，要算是清醒、严正的一类：

> 胜国之际，乾坤何等时乎！梅村甲申以前，无一忧危之词见于豪牍。其出也，以陈海昌之援。既而陈以权败，遂置不任用。呜呼！天下之恶一也。陈父子（按指祖苞、之遴）负贰于昔，而窃柄于今。他日沈阳之窜，不待智者而可决矣，又足附乎哉！或犹以病中一词为原心之论。夫梅村惟不用也，斯沮丧无聊作此愧恨语耳。梅村而用，则阳和回斡（梅村颂海宁语——原注），梅村且有以自负矣。抑请发陵寝者为谁（按，

这是陈之遴向清政府上的条陈)，独无一言相正乎？于旧君故国乎何有！(《书梅村集后》二首之二，《静便斋集》卷八)

批判是严酷的，但也不能不说是深刻的。

姚文所力图论证的，归结到一点，就是陈圆圆和李自成、刘宗敏没有发生过任何关系，在大顺军进入北京之前，圆圆早已到了宁远，而且立即死掉了。因此，一切有关的传说，都只能是胡说。不只此也，“所谓吴襄因陈圆圆被拷掠，全家被抄，也是无稽之谈。各种野史所提供的追赃拷掠的名单中没有吴襄，只在谈到陈圆圆故事时提到此事。陈圆圆故事既属虚构，此事也就没有。”

这里说的可谓斩钉截铁。但在姚文曾引用过的赵士锦《甲申纪事》(中华书局据叶景葵旧藏抄本重刊)后面，附有据辽东海州卫生员张世珩探报的塘报一件，开头就说，“三桂差人进北京打探老总兵、圣上消息，有闯贼在北京捉拿勋戚文武大臣，拷打要银，将吴总兵父吴襄□打要银，止凑银五千两，已交人。……吴老总兵已受闯贼刑法将死，吴总兵闻之，不胜发竖……”就是一个例外。

一切记录，不论出之何人，只要提到陈圆圆被刘宗敏掠去，姚文对之都一概否定。连著名的以毕生精力研究晚明史的全祖望所记当日与圆圆同被宗敏掠去的名妓杨宛的叙述，“据杨宛叙言，与沅同见系于刘宗敏，既而沅为宗敏所携去，不知所往。”也判定为“大概是得自辗转误传，不应作为信史看待”。全祖望尚且不足信赖，其他的野史作者就更不在话下了。

即使把陈圆圆从刘宗敏身边拉开，看来形势也未必会有什么好转。杨宛不是曾被刘将军掠去过的么？还有《甲申纪闻》里所记，“是日(三月二十日)，予在宗敏宅前见一少妇，美而艳，数十女人随之而入，系国公家媳妇也。”(三月二十日)名妓杨宛和美艳的国公媳妇与陈圆圆之间有一条怎样的鸿沟呢？唯一的区别只是她们没有使吴三桂“冲冠一怒”而已。随便什么女人都不妨抢来，只有陈圆圆碰不得，似乎她有一种神力，能使历史发展为之停滞、倒退。

姚文还责怪“郭沫若同志在这个问题上又继续作了宣传，扩大了错误影响。”这指的是《甲申三百年祭》一文。姚文说，这是“完全上了清朝一部分谣言的当，制造那些谣言的动机既是鞭挞吴三桂，同时也诬蔑刘宗敏。诬蔑刘宗敏也就是诬蔑大顺军。”

这种推论方法非常面熟，看来作者是适可而止了，本来是还可以继续推论下去的。不过时至今日，绝大多数的中国人民都已懂得，尽量使英雄人物高大起来、纯洁下去的方法，并不是真心诚意歌颂英雄的好方法。

三百年前的大顺农民军和它的领导人物，和历史上多次发生过的农民起义一样，必然会带有他们的历史局限性，他们会做出这样那样的错事也毫不奇怪。按照历史的真实进行艺术的反映，是会带来应有的良好效果的，比起人为的、离开了真实的画像效果要好得多。沫若同志的论文写于一九四四年，他看到了并大声提醒革命者警惕存在于李自成、刘宗敏身上的局限性和弱点，大胆地摸了他们的屁股，这样做对人民有好处，理所当然地得到了人民的喝彩。当然也有人不舒服，在当时就曾引起过一场轩然大波。这些往事我们还记得的。在这个问题上沫若同志是看得远、说得对的，今天我们重读此文，依旧感到它有力、有益，也就是说，还不曾过时。

《甲申三百年祭》问世迄今，已经过去了三十六年。在这段时间里，我们一直在起劲地反对并希图消灭“资本主义”。待到背上吃了狠狠的一枪，这才回过头来，发现那里站着一个“封建主义”。怎么办呢？也还只能一刀一枪地作战，没有别的方法。

过去读古人的“史论”，在结尾处常常看见类似“不禁掷笔三叹”之类的话头，觉得很可笑。现在，我可是多少理解了古人的这种心情了。

还有一些小问题，如谈迁在吴梅村处见到《绥寇纪略》，是顺治而非崇祯十一年（一六三八）中事；《宛署杂记》是万历中临湘沈榜撰，不是孙承泽的作品，这里不一一细说了。

一九八〇年四月八日

【附记】明兴化李清，崇祯辛未（一六三一）进士，历官刑吏兵科给事中，撰《三垣笔记》。此书附识下记，“李自成陷京师……传吴帅三桂已上表请降，止因闯党权将军刘宗敏闻三桂所娶妓陈沅色艾……至是刘宗敏系三桂父襄，索沅不得，拷掠甚酷。三桂闻之，忿而中改……”（嘉业堂本）

卢生甫《东湖乘》卷一云：“先辈钱稺枳（应作稺农）尝至京师，为吴梅村所重，遍为延誉。值甲申之变，杂记其事，作十种，尚记其四。其一曰‘赤眉兵变’，言闯贼之乱；一曰‘大行骖乘’，言怀宗死节诸臣；一曰‘槐国衣冠’，言弘光时马、阮奸邪；一曰‘女戎召祸’，言李贼破京师时，吴襄为经营督，子三桂从其舅祖大受于辽东，有爱妾圆圆者，国色也，为贼权将军所得，三桂闻之怒，遂东入本朝乞兵讨贼，钱牧斋、吴梅村皆有《圆圆曲》，为道其事。”（《戊寅丛编》）

以上两条所记是同时人的见闻、纪录。说明陈吴事件在当时家喻户晓，广泛传说的状况。在辗转流传中，有种种不同异说，有明显的误说，但基本事实是一致的。

《众香词》六集，康熙二十九年庚午（一六九〇）吴绮序刻本。其第五"书集"收陈元词三首，前有小传：

> 陈元，字圆圆。初为女优，名擅吴中，与某公子有生死盟。田皇亲购得之，公之遣盗劫之江中，误载他姬以还。盗再往，已有备矣，力战易归。已而事露，祸且不测。公子度不能争，遂以献。既至，无宠，杂配梨园中。三桂以父荫入觐，皇亲出家伎侑觞，一见陈元，问乡里，遂属意焉。酒半，则供奉者已易人矣。盖家伎有上次两班，初出供客，犹其次也。三桂频问陈元，皇亲知其意，辇送旅中。时边报益急，三桂一宿驰去。既而流贼陷京师，陈元已为贼部权将军某所得。三桂入关，首遣亲骑四出，悬重赏购归，宠之并嫡，宫中呼"陈娘娘"。壬子以前时，达官解饷至滇。官本吴人，娘娘召见便殿，问吴中某某无恙乎，皆平昔所交厚者，盖犹未忘情也。太仓吴梅村祭酒有《圆圆曲》纪其事。有《舞余词》。

《众香词》，玉峰徐树敏、金阊钱岳同选辑，每集前有阅、定者八人的姓氏，都是当时著名的文士。选者在《凡例》中评论一些通行的女性作者选集"不免沿袭谬误"，标出此书的选录标准，在清初诗余总集中算是较为严肃的一个选本，采录也比较丰富。陈元的小传所提供的史实细节，与通常的记载又自不同，可供研索，但基本事实则是大体一致的。关于圆圆入滇以后的记事，更不见于他书。圆圆还曾有词集名《舞余词》，也是仅见的著录。所选入的三词，有《送人南还》的《转应曲》《丑奴儿令》，后者下片说，"声声羌笛吹杨柳，月映官衙，懒赋梅花，帘里人儿学唤茶。"题为《有所思》的《荷叶杯》词曰：

自笑愁多欢少，痴了。底事倩传杯，酒一巡时觞九回。推不开，推不开。

这些都是颇有个性的作品，与通常的“闺词”不同。

钱唐汪景祺的《读书堂西征随笔》，作为罪证被雍正罗织为年羹尧大逆五罪之一。原稿后来在懋勤殿奉旨封锢的箱子里发现，印入《掌故丛编》中。原书有作者雍正二年(一七二四)序，其中有“女子之祸”一条，文略云，“吴三桂饮田皇亲嘉遇家。嘉遇出歌伎侑酒，其中有陈沅者色艺冠伦。三桂醉，长跪向嘉遇乞沅。嘉遇曰：‘吾老矣，谢世后当以持赠。’李自成陷京师，三桂方镇山海关，自成遣人招之，三桂已纳款矣。时嘉遇已死，遗命家人送陈沅至三桂所，以兵戈载道，未遑也。三桂侦知陈沅为刘宗敏所得，闻之自成。自成谕宗敏以陈沅还三桂，宗敏不可。三桂遂不降，自成竟灭。女子之能祸人家国如此。五月二十八日。”

汪景祺出身于杭州世族，在雍正初发生的年羹尧案中受到牵连被杀。他所提供的李自成曾下令退还陈沅，为刘宗敏拒绝的细节，也不见于他书。

以上是陈吴事件发生以后不久的当代人记事，可以看出这件哄传一时的新闻在社会上辗转传播的一些情况。

临桂况周颐《阮庵笔记》据《武阳志摭遗》记陈玉汝与圆圆事，亦在入滇以后。又记四印斋藏圆圆画像三帧，“一明珰翠羽，一珈象服，一缁衣练裙，名人题咏甚夥。”

一九八〇年十一月二十二日重校记

第二辑　屐痕处处

夜访“大观园”

东山之美

湖上小记

葛岭山居

浣花草堂

富春

东湖

沈园

兰亭

禹陵

诸暨

淮上行

夜访“大观园”

宗江新近搬到北海后面东煤厂去了。他在电话里约我去吃饭，顺便看看他的新居——据说这是北京的“四大凶宅”之一。还说，可以陪我去看看恭王府，虽然他对《红楼梦》是外行，讲不出什么名堂来。我想，最好当然是拉了汝昌一起去，可惜他又正好出国去了。我和汝昌在一起谈《红楼梦》，最早可以回溯到四十五年前在天津南开中学读书的时候。每天吃完晚饭，我们总要走出校门去散步，散步中间就讨论《红楼梦》。散步的目的地是附近唯一的“名胜”——墙子河，而据何其芳先生说，这河其实只不过是一条臭水沟。

当时谈了些什么，今天是一点都记不起了。谈论的范围可是广泛得很，像大观园到底在南方还是北方这样的问题，肯定是接触过的。“限于水平”，当然很肤浅，也没有得出什么结论。今天我提起这些往事，只不过是想说明，汝昌的研究《红楼梦》，是很久以前就开始了的，有些研究的课题和趋向也早就确定了某些雏型了。

那天在宗江家里吃饭谈天，一直弄到很晚，可能已经是十时左右了。走出来时舒諲是同路，我们要走很远一段路去搭车。路上，舒諲指着一条暗黑的巷子对我说，这就是恭王府的边墙了。我为这次没有机会访问表示了遗憾。舒諲就自告奋勇提出要带我们去夜访。这使我很感谢，也觉得有点为难。在这样黯黑的夜里去闯府，行么？又能看到些什么呢？同时看见舒諲手里拿着一根拄杖，就更有些踌躇，但他说，这里曾来过多次，很熟，也到设在这里的机关开过会，没有什么问题。这样说着，我们已经折入了一条横街，不久就看到了那一对著名的白石狮子。狮子就坐在府正门前两侧，这座正门是很有气势的，并不因为高大、崇丽，却由于它的厚重、端严。

恭王府的历史可以前推到什么时代，至今还没有定论，这座府门可能也已经过多次修缮。但我有一个感觉，它的风格，很容易使我们想起北京的天安门、南京明孝陵的大门、明故宫的午朝门……它们都并不高大(与全体建筑相比)，但同有一种稳重庄严之感，有气魄。我没有看过北京典型的深宅大院，不知道可有怎样典丽堂皇大门的实例。我只是想，这大约是从明初开始就流行起来的一种建筑风格吧。

天气黑得可以，雨后，到处都留着泥淖。一脚高、一脚低地走进府去，首先看见的是和珅的“违制建筑”楠木厅；再走进去，在一座垂花门后面，舒諲指给我看那有名的写着“天香庭院”的匾，朦胧中什么也看不清楚，更不必说上面的“慎郡王印”了。舒諲还指给我看了传说中林黛玉初次进府走的那座门，和有着小小的丛竹的“潇湘馆”。这一切当然也都在朦胧之中。不可能去看后花园了，远远地望见一排旧有的楼房，我想，凤姐看着家人向下搬东西的缀锦楼，大约就是这样的所在。就在这院落里，也还能依稀看到几处假山石，还有那著名的“西府海棠”。庭院里，除了我们几个不速的游客，就更没有别人，只在宿舍楼上闪亮着疏落的灯火。夜已经很深了。带着惴惴的心情，小心翼翼地在夹道、回廊、庭阶中间穿过，天空没有一点星光。我想，如果今夜有一轮好月，大约是可以领略到凹晶馆联吟那样的情趣的吧。不过我并不感到可惜。我想，这种奇特的夜访，可能比大白天来游要好得多。一切的不协调都被夜幕遮去了，使我们看不见任何煞风景的迹象，一切缺陷都是可以用想象来补足的。我觉得眼前的一切，正是《红楼梦》所特有的一种典型环境和气氛。

请原谅我在这里将恭王府的遗迹时时和《红楼梦》中的种种直接联系了起来。我只不过是一个普通的读者，多少知道这个地方与大观园之间有过某种联系，和因此而出现过的不少争论，后来还发展为惊心动魄的政治斗争。这也正是一种"梦"吧，但却不是虚幻的。因此，这个晚上我除了有着一个过客的激动心情，还有着别一种沉重的心情。

那是一九六二年的春天。从汝昌的来信中时时看到《红楼梦》研究新的动向和消息，在我工作的那家报纸的主管者也提出了要打开眼界，丰富一下人民文化生活的要求。就在这种气氛之下，我发表了汝昌的《曹雪芹卒年辨》，那是一篇连载三期的长文，这就使有些同行也觉得有些不舒服了，批评这是一种典型的繁琐考证。接下去，一篇《京华何处大观园》的报道发表了，理所当然地引起了很大的波动。一些蹲在一边眏着眼睛的人微笑了，好像是在说，"终于跳出来了。"不过一声也不响。后来我还发表了刘蕙孙的《名园忆旧》。这是刘先生的投稿，他是《老残游记》作者刘铁云的文孙，曾在辅仁大学任教，他提供了恭王府最初卖给辅仁时的情况，以及当时人们(包括陈垣先生)对这府与大观园的关系的议论等资料。记得发表这篇《忆旧》时，已经可以清楚地预感到寒流的逼近，但我还是发表了它。当时是颇有些一不作二不休的味道的。

不久，上海的那位大人物发表了“大写十三年”的高论，这是一个明显的信号。十四年以前的事都已碰不得，何况是两百年前的《红楼梦》。这时在一旁蹲着的英雄们逐渐伸起懒腰来，冷笑也化为狞笑，但从这时开始到“史无前例”之前，他们还不曾公开地动手。这几年，就像江南那种阴湿寒冷的冬天一样，是很不舒服的一段日子。明知头上悬着一把利剑，却不知何时要落下来，只能不时地望一眼那根缚着剑柄的时时欲断的绳索。

等到姚文元发表了他的大文，为一九六一——一九六二年有关《红楼梦》的研究讨论定了性，判决为“为胡适派唯心论实行了一次大复辟”之后，这种阴阳怪气的局面才算结束，终于知道了自己的“罪名”。坦率地说，正像花了几分钱买到一本《魔术大全》那样的索然无趣了。

至于为什么讨论了一下《红楼梦》就是资本主义复辟了呢?对此，我采取的是“不求甚解”法。因为早已有了“指示”，“理解的执行，不理解的也要执行”。完了。

不过，当时提供了“整版整版的稀奇古怪的地图”的那位朋友，却因“不明政策”用自己的手结束了自己的生命。应该提醒热心研究统计《红楼梦》里有多少条人命的学者注意，这里还有一条!

现在，汝昌的《恭王府考》已经出版，像我这样普通的读者也可以放心地走进“府”里去转了一圈，虽然前后还不到一刻钟。的确不能不说是发生了了不起的变化，这是真正使人高兴的。

一九八〇年八月七日

东山之美

到苏州的第三天，是一个绝好的晚秋天气。清早，一个人跑到南门车站，登上了去洞庭杨湾的公共汽车。在抓纲治国、大干快上的日子里，想找一个游伴是不容易的。那么就独游吧！独游也有独游的好处，事先没有任何条条框框，一切全凭自己的摸索、实践。不论走到哪里，只要你肯请教，广大群众就都是你最好的向导。你会发现这些普普通通的农民都是最善良、好客、热情的，他们有最丰富的知识，比起某些职业导游者的刻板、僵化、滔滔不绝的解说实在要好得远。得到同车的东山人的指点，我在一个叫作“涧桥”的小站下了车，沿了一条平整的石板路走上山去。真是一片浓绿，这早在汽车上所见的公路两侧，就已是如此了。一丛丛的栗子、银杏，布满了公路两侧的冈峦。有许多树我是不认识的，请教了以后才知道，不能不暗暗惭愧知识的贫乏。

银杏，我是见过的，而且见过几百年的古银杏，在青城的上清宫的山门楼上吃茶时，我曾凭栏抚摸过一株从山凹深处挺立起来的老银杏的树冠。过去我所见的银杏往往是一对，并列在寺院的山门外面，而这里的银杏则是大片的林。树龄并不怎样高，可也都有几十年，百把年了，真是一种壮观。

枇杷，是见过也吃过的，也欣赏过沈石田所画的枇杷折枝。只是这回才真地看见了巨大的老枇杷树，正在开着一球球的花。

不用请教，我认得那叶子，但使人吃惊的是它们垂荫如盖的风姿，而且也是成林的。

碧螺春，这被龚定庵赞为“天下第一”的名茶，原来就随地种在山路两侧，毫不矜贵，恰如一丛丛矮小的灌木冬青，它们也正在开着一朵朵白色的并不美丽的小花。龚定庵用“秀颖”二字形容它，指出它特有的“山水芳馨之气”，这都是极确切的，使我吃惊的是它们的平凡。人们告诉我，这茶，春天采的就是碧螺春，再迟就是炒青，这时候，不能吃了。

山路两侧还种了梅树，这我是有些认识的，但却说不准，怕也许是桃树，就向迎面走来的一位老人请教：“是梅花吧?”老人回答：“对啦，是梅子。”这又不能不使我惭愧了。就是在如此简单的植物名称上，也显出了差异。城里人念念不忘“香雪海”，从小就背熟了孟浩然的“踏雪寻梅”和林和靖的“淡香疏影”，不禁冲口而出了。但农家所更重视的却是它的果实，其实也不只是农民，曹孟德就曾“鞭梢一指”，用远处虚幻的梅林，解除了大军的干渴；“青梅煮酒”，也是曹孟德和刘玄德的典故。可见在三国两晋时，人们对梅树的兴趣，也是着重于果实。到了北宋，住在苏州的著名词人贺铸的名句也说，“试问闲愁都几许？一川烟草，满城风絮，梅子黄时雨。”也还是“梅子”……

这样想着，走着，山路一折，看见了隐蔽在浓绿丛中的一座小巧的古庙。新粉过的黄色墙垣，在阳光中特别艳丽。没有山门（山门应该在山脚下的什么地方，早已毁去了。只还剩下一个极古朴的石甃方池，有鸭子在池中游水，这一定也是古寺原有结构的一个组成部分），从一个小门进去，有一个小小的庭院，当中则是大殿。殿后还有一进，左侧也有一进，都很小巧。大殿也一些都不富丽堂皇，紫金庵这一组古建筑却小巧得恰好。

看得出，这里最近经过整修，也粉刷过。我觉得这一切都做得十分出色。人们并没有大兴土木，把这地方弄得金碧辉煌。小小的庭院里洁无纤尘，每个院落里都有两株古老的花木。那是金桂、玉兰、山茶，树身周围都环绕着石砌的八角花坛。虽然不是花时，但看看那古老的树干，古拙的、盘旋伸出了殿角的枝条和那一片绿荫，真使人感到宁静、舒适。随喜了著名的古代名塑罗汉以后，就到左侧的别院白云居里去喝茶，那里供应本山的碧螺春。

金黄、娇艳的日影，洒满了小小的白云居，在茶座上可以望见小院里古老的山茶、短垣和墙外的满山苍翠。

喝着茶忽然想起了《江南园林志》作者的一些议论。他回忆解放前的拙政园时说，“今虽狐鼠穿屋，藓苔蔽路，而山池天然，丹青淡剥，反觉逸趣横生……爱拙政园者，遂宁保其半老风姿，不期其重修翻造。”他又批评那时的狮子林说，“惜屋宇金碧，失之工整。”又在论庭园布置时说，“且石径之苔藓未生，亭台之青素刺目，非积年累月，风剥日侵，使渐转雅驯不为功。”

在有些人看来，这真不免是一连串“怪话”。然而我是相信的，他说得很不错。当然我并不主张使园林都荒芜败落，不成样子，但我也不赞成把它们弄得“俗艳”。这是有道理的。就如眼前的宋塑，有些地方是经过后代好心的“善男信女”重装过的，因为手段拙劣，就弄得不成体统，反而损害了原作的丰姿。相反，那座观音没有经过后人的手术，就极好，使人真正认识了古代名工的手段。博物馆里的出土青铜器，都保留着斑斓的铜锈，为什么不一一擦拭，恢复它们的原状的呢？那道理也一样。

重新整修过的紫金庵就做得很好，不再荒秽了，但也没有打扮得使人“触目惊心”。这是值得称赞的。

在白云居里坐了一会，吃到那盏碧螺春已经有些淡了下去的时候，就动身回到东山去。不打算走公路，想穿山而过。人们警告说，不熟悉山路，陌生人想独自走回东山怕有些难，但我还是决心闯闯看。先是穿过了一片山村，是一片古旧但颇齐整的民居，建筑都坚实、讲究，看得出这里一直就是富庶的地方。石板路一直穿出村外去，好一片漫山遍野的果林。慢慢地走上山去，扑面而来的是一大片结实累累的橘林，“正是橙黄橘绿时”，少女们用剪刀在采橘子，不一会，地上的筐就满满的了。我还在路边发现了一种陌生的树木，说不清是什么品种，打听的结果，原来就是洞庭东山著名的杨梅。

爬到山脊，在路边的石块上坐下来休息。放眼望去，这一片山岭已经很少空隙，几乎全都布满了各种果树。人们在繁忙的收获季节，还在开辟着新的林地，这都不过是果林中间一些小块的地。用水泥结构支架着的水管也铺设起来了，水是从山下提了起来的。

跨过岭去，面前是又一座山屏，只是在屏风缺处望见洞庭的一角。这时从另一条山路上走下一个中年的农妇来，挑着一副担子，带着两个小女儿。问问她，知道是到东山镇上去的，于是就结伴同行。一路上打听她这里的生产情况、农家收益，证实这确实是一个富庶的地方。当地的劳动日值总在一元以上，生产队主要是经营果树，自己也种粮食，不过只能供应口粮的一半不到，缺额由国家调拨补充。收入最好的是枇杷，茶也不坏。又说今年的大旱，果树也有旱死的，所以新建了水利灌溉的装置。苏州地区的农业生产是非常出色的，洞庭山一带是经济作物区，也实在经营得好。前些年“四人帮”打着“以粮为纲”的招牌疯狂破坏农业，也不曾受到太大的影响。按照“四人帮”的政策，这里的梅子、银杏、枇杷……统统应该砍掉，在石头上面叠起梯田来种庄稼，才算得是执行了“正确路线”的吧。这里的人民是聪明的，他们顶住了这股反动的狂风恶浪。

下山时又穿过了几处村落，房舍也都清洁齐整，老太太坐在门口照管着鸡群，和走过的农妇打着招呼，互相问候。这样走着走着，就又走进了一条狭狭的长街，店铺也多起来。街道很狭，在一家药店门口停着一部板车，我们都只能侧身才能通过。车上满满地装着扎得紧紧的枇杷树叶，这是重要的中药药材。走到这里，我才知道，原来早已到了东山。这道长街，怕有四五里吧。

新修的洞庭饭店里真是座无隙地。坐在桌上等菜时，忽然想起了文学史上占了颇重要地位的田园诗。

从紫金庵走回东山，一路上所闻所见，美丽如画的山水草木，淳朴可爱的农家男女，鸡鸣犬吠，流水板桥。这一切在久居城市的人看来，真是可亲可爱，不能不产生留恋，总想什么时候能到这样的地方住些时就好。《红楼梦》写贾政游园，走到稻香村时，发表了“未免引起我归农之意”的评论，不是不可理解的。不过前两年刘大杰教授在一本文学史著作中，论及田园诗时，却把这样的思想定为“貌似超然于尘俗之外，其实却是儒家政治路线的产物”，那可真是危险之至。如果依照教授的指导，做人可就艰难了。谁都不想充当教授指派的“失意的儒家反动派，挂起‘无道则隐’的幌子”的“逸民”，像我今天的旅行，一路之上就必须闭紧了眼睛，什么都不见；或者睁开眼睛，也得像翠屏山里的头陀似的，一路高声呼叫批判儒家的咒语，这才庶几可免于难的吧。

田园诗的时代，大抵是已经或即将过去的了。在向“四个现代化”的伟大进军中，农业的面貌必然会产生惊天动地的变化，机械代替了扁担、铁锆，养起鸡来也要工厂化，老太太养鸡的优越性也很快就要过去的。这都是无疑的、值得高举双手欢迎的伟大的新事物。不过我想，到了农业现代化完成之日，东山的山水一定还是在的，而且将更加美丽。新田园诗也必然会茁壮成长起来。作者也不再是什么“士大夫”，而是更广大的从新农民中产生出来的新的诗人队伍。人们从落后的生产工具、生产关系中解放出来以后，也必然还会有他们自己的“闲情逸致”，但这无疑已是崭新的思想感情了。

这样想着，慢慢安下心来，吃着“红烧划水”了。这时从门口又传来了叫卖新菱的声音。而这座新建的饭店，也实在显得太小。时代的步伐委实快得使人吃惊，许多新采取的措施、新进行的改革，不要很久就又变成落后于形势的东西了，这座新建的不算小的洞庭饭店就是一例。

一九七八年十一月十一日

湖上小记

不到杭州，转瞬已是十四个年头。一直想去看看，却总是下不了决心。今年的春天又例外的多雨季节早已过了立夏，可是天气还总是冷、冷……这样，当我终于坐在沪杭车上，望着车窗外面还不曾收割起的大片春小麦和油菜时，很自然地就想起了郁达夫的诗句：

> 冷雨埋春四月初，归来饱食故乡鱼。范睢书术成奇辱，王霸妻儿爱索居……

诗确是写得好，“冷雨埋春”，真的把拽着迟回不去的余寒的江南春景的神魄勾勒出来了。

鲁迅先生写过一首著名的《阻郁达夫移家杭州》诗，人们是熟悉的。但终于劝阻不成，达夫还是移家到了湖上，上面引的那几句就是这时所作。当白色恐怖袭来的时候，诗人采取了回避的态度，这自然是他的弱点。他的这诗，我看很可能就是对鲁迅的回答。当然也不仅只是向鲁迅，他是当作一篇移家的“政治声明”来写的。在下面的几句里，他还提到“文字狱”，提到自己并不想学一头钻进桃花源去的武陵渔人……说是辩解自然也可以，不过郁达夫到底还是诚实的，不是两面派。在当时能直白地提出“文字狱”这样的事物，的确也还需要勇气，他向无情压迫正直爱国的知识分子的反动派大大吐了口怨气。虽然以张禄丞相自比，多少使人感到有些可笑，但达夫在这里说明自己并不只是一位诗人、小说家，所谓“百无一用”的书生，他有自己的政治见解，他的受到“奇辱”也正是由于这个。这种坦率的自白却和他在散文、日记中的自我表现大不相同，这就是我把这看作他的“政治声明”的原因。

不读郁达夫这首七律，大约是不能很好理解鲁迅著名的诗篇的吧，至少也会是一种损失。

坐在车厢里，这样想着、想着，窗外的天色早已逐渐放晴，阳光在大地上洒下了一片娇黄。车过临平，可以看到像馒头似的小山，偶然出现的一些水荡也好像在散发着温暖的蒸汽。这一切都使人精神一振。时令到底已经进入了初夏，春寒也确是延宕得太久了。

现在眼前出现的又是一片迷人的“水软山温”的风景。大自然是一个高明的魔术师，瞬间的阴晴、光彩的变幻，会给人们带来视觉以及情感上怎样急遽的转换，有时真正是不可思议的。

一九七九年五月二十六日

葛岭山居

到杭州当天的下午，就到葛岭去访问黄河清（源）。还是前两天，偶然从朋友那里知道了他的住址，没有料到，他就住在这样的湖山佳处。

断桥还是老样子。乾隆写的那块“断桥残雪”碑也无恙，碑亭漆了崭新的红漆。就在那一侧，参加全国航海模型比赛的运动员们正在练习，一只只用无线电操纵着的小船在湖里飞快地行驶并打着圈子。岸边围着一大群参观者，他们的自行车围满了好大一圈。小船驶过，平静的湖面划出了一条条水浪，随即恢复了平静，依旧是极轻极细的涟漪。西湖的水是浅绿色的，清澈极了。

沿着里西湖走过去，折上了山路，几经问讯，才在路边找到了那个稍稍有些颓败了的“山门”，门额上“葛岭”两字和旁边的题款都被凿去了，可是余痕还依稀可辨。葛岭是因晋代葛洪（稚川）而得名的，据说他的墓就在岭上。葛洪是《抱朴子》的作者，是炼丹术的大师、中国化学史上的重要人物。不幸千多年来一直被当作“神仙导引”的祖师，化为“妖道”，十多年前，成为“打倒对象”了。

进了山门，就是一道山路。面前一片参天古树，满眼浓绿。左侧是山顶流下来的山泉的溪涧，一个少妇赤了脚在涧里浣衣，她身上的粉红衫子显得十分耀眼。没有好久就能看到一个十分古朴、四面开门的砖砌粉垩方亭，亭子一侧就是主人的住处了。

分别二十多年以后的突然来访，给主人带来了很大的意外。他注视着我，不要几秒钟就喊了出来。他那海盐乡音一些都没有什么变化，溢满激动神色的面部有些苍老，但也没有什么太大的变化，但他今年已经是七十四岁的高龄了。

他拖出了两把藤椅，就在客堂外面要我坐了，泡出了新龙井。这是我到杭州以后第一次喝到今年的春茶。

在我们面前是一个小小的庭院，花砖砌成的围墙外面就是山坡，参天的古树当前列成了一片翠屏，从树木的空隙中只能看到小小的一角西湖。小院里左右相对的是两株老桂和山茶，都已有了些年纪，可惜都不在花时。此外就还有一些小花盆，杂乱地安置着。房子是小小的三开间，客堂外面是木雕的窗棂。房子是简单、朴素的，地面铺着方砖，柱下面是圆圆的石柱础，有些陈旧，可是环境太好了。同时我想，如果这换了一座精致的西式洋房，恐怕就不大合适。后来我才从主人那里知道，这里从前原是一座尼庵，他在这里定居也已多年了。

坐在这样幽美的环境里漫谈，真是使人高兴的事。漫谈最后总是会归结到一定的话题上去的。因为主人目前正在进行着鲁迅研究的工作，他正以鲁迅日记为线索，把日记里提到他的地方都一一回忆，进行注释。回忆四十多年前的旧事可不是容易的，有时就还需要考证，要根据大量的文献材料排比、推勘，因此这个工作也是引人入胜的。这样，漫谈也就逐渐集中到鲁迅先生身上了。

实在也并非今天才有的发现。十多年来，我是经常地、日益感到了鲁迅先生的伟大。我常常想，在“文革”中，有那么多人曾被立案审查，可是我们的鲁迅先生呢，他的著译、书信、日记……

全都早已印行，向全中国以至全世界人民公开了，时间也远远超过了十年，关于先生的回忆、研究工作也一直没有停止。在某一意义上说，先生是五十年来经受着最广泛、深入的全民的“审查”的，结果如何呢？他屹立着，而且还将永远屹立在人民的心中。

主人的谈锋转到了三十多年前的“左联”时期。他是认识张春桥的，当时张是钻进“左联”外围的一个小特务，那丑恶名字第一次在上海出现还是在他编辑的《文学》月刊的一条文坛消息中，这事还是看了张春桥的材料后才记起来的。当时自然没有谁知道张春桥的底细，可是鲁迅先生从狄克的一篇文字里就抓住了狐狸的尾巴。一直到一九七六年张春桥落入人民手掌为止，被揪住尾巴的张春桥一直心惊胆战了三十多年。难道鲁迅掌握了张的什么材料么？自然并不。先生看事是从大处着眼的，《八月的乡村》是日本军阀和国民党反动派所一致痛恨的，狄克也看了不舒服，这就证明他们其实本是一伙，任何极“左”的花招都掩盖不了这个基本事实。

浙江是鲁迅先生的故乡，先生曾引用明末王思任的话，“会稽乃报仇雪耻之乡，非藏垢纳污之地！”并引以为浙人的光宠。到浙江来游览，首先想到了先生，时时注意到先生所着重指出的越人的传统精神，应该是十分重要而且理所当然的事吧。

承主人的好意，要陪我登上葛岭去访问初阳台。已是七十四岁的高龄了，但还很清健，换了双布鞋，提了根手杖，就出发了。山路是颇为荒秽的，也很陡峭，没有什么游人，但我看这里的风景实在极好，随处都有合抱的古树、峻削的崖石和淙淙的涧水。有一处地方，格局与苏州虎丘的剑池极为相近，但论雄浑幽峭还要好得远。再攀登上去，就可以看到沿山构筑的一排佛殿。走进去看，大殿里没有佛像，现在是藏贮农作物的仓库。我们在小小的前庭的石凳上坐下来休息，看那山巅的殿宇，已经多年没有修整了，但大体上还是完好的。右侧的一株皂荚树，两三人合抱的，亭亭地矗立着，亭亭如盖的树冠，干净挺直的树干，经过了多少年的风霜雨露，生命力依旧是旺盛的。

据《西湖游览志》，这一带旧有智果寺、玛瑙寺，现在的这一所葛岭寺不知道它的旧题究竟是什么。附近应该还有葛翁井，据说就是葛稚川当日“投丹之所”，还流传着一些奇突的神话，也来不及寻访。我们走出寺来继续登山，终于攀上了初阳台。这是葛岭最高的处所，是一个双层的石筑，年代并不久，也没有什么碑记。在台上，吹着清冷的山风，远眺西湖，四面的群山也正像一座精致细巧的盆景。

就在这左近，曾经有贾似道的别墅养乐园，山麓则又有宋理宗赏给他的集芳园，这些当然连一些痕迹都没有了。不过，登上葛岭，是不能不想到这位贾平章和他那有名的半闲堂的。前两天在苏州，看见过改编成京剧的《李慧娘》的广告，从无线电广播里也听到过花面饰演的贾秋壑的唱段，可见人们又重新记起了他。这个反面教员的作用，看来到今天也还没有完结。

在苏州、杭州和全国其他别的地方，听说林彪都曾建筑了他的“离宫别院”。如果说南宋小朝廷的贾平章只能在西湖边上经营他的安乐窝，林彪可就阔气得远，他是在全国范围内经营的。林彪在杭州的“行宫”并不在葛岭，据说是在龙井道上三台山的什么疗养院后面。当年贾似道的花园，是不许老百姓看上一眼的，有游骑过门者就要被“侦事者”捉了去，“有官者黜，有财者籍”，甚至“缚投火中”，但这还不彻底，林彪则是用重兵守卫，因而没有谁能窥伺那奥秘。林彪摔死以后，有人曾去参观过外围的一二建筑，瞠目结舌地回来了。虽然不能知道详细，但可以断言，绝非什么半闲堂所能望其项背的。我们过去为了进行阶级教育，曾经布置陈列过一些地主庄园展览馆，取得了很好的效果。那么，林彪之流的“行宫”，也是可以考虑整理开放的。它所提供的反面教员作用，也必将远远超过无论哪一座地主庄园。

一九七九年五月三十日

浣花草堂

到四川来以前，在行箧里放进了几册旧书。其中吴江朱氏的《杜诗辑注》是分量最大的一部，虽然觉得有些累赘，可是终于还是放进去了。半月以来，枕上灯前，有时间就拿来翻翻，真也给旅途平添了无限趣味。那么许多有名的篇什，尽管已经是平日熟读了的，可是在蜀道上重读，就会给你带来更为新鲜的感受。诗人的写景抒情、用字遣词，有时候也只有面对真实的山川风物才体会得出那严肃的创作态度和可贵的才华。人民一直非常喜欢杜甫，亲热地称他为“老杜”，说他的作品不但是“诗史”而且也正是“图经”，在中国文学史上留给他的是一个最光辉的席位——诗圣。

在唐代乾元、上元、宝应、广德、永泰之间，杜甫在成都住过一个不短的时间，在集子里留下了四五卷诗，约略可当他全部留下来的作品的六分之一光景。人民就从他的遗诗里追寻他当日居住过的遗址，为他建了一座祠堂，这就是浣花草堂。

中国人民是最富于情谊的，他们永远不会忘记那些杰出的、为他们作出过有价值工作的政治家、科学家、文学家们，人民为他们建立了各式各样的祠庙、陵墓……来纪念他们。人们走进这些地方，总是会带着感激的心情缅怀往昔，回忆过去的时代，回忆这些杰出的人物。正是他们给中国的历史增添了无限的光辉。

人民一直在批判着那些割断历史、忘记传统的妄人，说他们是“数典忘祖”的。人民清楚地知道，没有丰饶的土壤不会滋长出新的事物，在沙砾上不可能建立楼台，忘记或抛弃前人的劳绩不但是可耻而且也是极为愚蠢的事。

人们就是在这样的心情下，从宋代开始就在成都的西郊建立了浣花草堂。历代经过十次以上大小的培修，直到今天，更修整得焕然一新，成为岁时游赏的登临胜地。

走出西郊，经过青羊宫、百花潭，沿着公路走去，二三里后，更左折走上一条田间小径，就可以远远望见一丛浓绿，那就是草堂的所在了。

这里有好大的一座庭院，四面是连绵不断的围墙，远远绕过去，才看得见那山门。走进去又是照例的几重佛殿，伽蓝，天王，佛像，这些都给迫切想要看到工部祠的人们增添了焦急的心情。一直走到最后的一层大殿，才在一块石碑上看到，这原来是草堂寺，还不是草堂。

撰碑的人是贵阳陈矩，时代是光绪丙午（一九〇六），并不是很久远的事情。他在碑文里推测，这是一座“萧梁古寺”。虽然他说明了并没有志乘碑石可以确指，但还是根据了《文选》注里的《梁简文帝草堂传》断定寺创于梁了。

梁简文帝的文章记得也是并不明确的，他只说蜀中有一座“林壑可怀”的草堂寺，却并未说明就在成都近郊。而且这里林则有之，壑则未必，那么这座“萧梁古寺”是不是就在成都平原，也是大可怀疑的。

正在我怀着这种疑虑想走出去时，却在对面的墙上发现了另一块较小的碑碣，是《情探》作者赵熙的《草堂寺记》。果然，赵熙已经指出了陈矩论点的可疑。他指出简文帝的文章里所指建寺的周颙，是南朝宋武帝时的“成都令”，时代远早于梁。陈矩只看见做文章的是梁简文帝，就指实是“萧梁古寺”，未免有些可笑了。

就在一庑之下，面对面地用碑碣展开了“争鸣”，的确是有趣的事。然而赵熙终于也不曾考出这座寺院建于何时，只泛引了一些汉明帝做梦梦见金人，蜀地早通天竺的故事，说明四川的寺院往往都是很古的空话。

我觉得这个寺根本就是草堂的附属品。如果杜甫当日的草堂近邻真的已经有了一座寺院，他在诗里是一定会提起的。可能最初造成这个错误的是宋代镇成都的吕汲公(大防)。他是初建草堂的人，因为原址已经芜没，于是就在浣花溪西岸的梵安寺旁立了草堂。现在的这个寺可能就是当日的梵安寺，后来在人民口中就逐渐变成了草堂寺，因为景仰诗人的究竟要比皈依三宝的多得多。至于工部草堂的旧址是否即是此处，那是连宋代的吕汲公也都弄不清楚的，不过“万里桥南”、“百花潭北”、“浣花溪西”、“碧鸡坊外”，这些原见于老杜自己诗句里面的大致区域，是不会十分错误的。

从正殿里出来，向和尚问了路，才又从右面的一道侧门里穿出去，来到真正要来拜谒的地方。从侧门出，迎面就可以看到用青花碎瓷片叠起来的“草堂”两个大字，再转过去，就是一条曲折的、为两堵矮矮的红墙围起来的夹道。那暗红色的夹墙，碎石的泥径，墙外的翠竹幽篁，幽静极了。古建筑里经常使用的这种暗红颜色，不知怎的，自然会产生那样庄严宁静的气韵。

从夹墙里穿出去，眼前展开了一个新的天地。几十棵参天的翠柏、香楠矗立在绿草如茵的庭院里。一套四座厅堂，由石径小桥连接起来，这就是草堂的一系列主要建筑了。

还需要说明一下的是在侧门左近一个小小殿宇内塑着的“冀国夫人”的坐像。

这是一个穿着盛服的女像，照例是面孔白白、端庄宁静的官太太形象，像侧悬着一副对联：“蹇裙逐马有如此，翠羽明珰尚俨然。”这是怎么回事呢？她和老杜以及草堂寺有着怎样的关系而多少年来一直坐在这里呢？

这是唐代大历中成都节度使崔旰的夫人任氏。关于她，有着一个非常美丽的传说。她是一个贫家的女儿，十分虔信佛教。一天，一个和尚拿了件脏衣服来请她代洗，她高兴地接受了。她就在潭水里洗这件衣服，随着她的手一漂就出现一朵莲花，顷刻间，水面上就浮满了花朵，从此这个水池就有了个美丽的名字——百花潭。

这自然是神话。真正使她出了名的是这样一件事实：一次，当她的丈夫入朝的时候，一个叫杨子琳的军阀乘虚来侵成都，她率兵把军阀打退了。

说起来奇怪，唐代四川军阀割据作乱的情况，和抗战以前一段时期里很有些相似。皇帝是管不了这些“将军”的。他们彼此攻击杀戮，遭殃的正是人民。老杜的“前年渝州杀刺史……”诗和几次作歌咏过的花惊定都是这样的人物。对于这些军阀的作乱，人民是深恶痛绝的。

冀国夫人打退了杨子琳，使成都免于卷入混战的漩涡，是一件为成都人所称道的事。相传她的生日是四月十九日，每年此日，成都人都出郊游赏，在百花潭上举行竞渡，叫作“大游江”。这一天人们也到草堂来玩。

穿过花径以后，我走到工部祠去。

这是草堂几组厅堂的最后一座。小小的殿宇，前面的院子里散布着几株用石坛围起的大树，洁净无尘。这时候，云影微破，秋天金黄色的太阳洒了下来，穿过翠柏的枝叶，留下了满庭稀疏的日影。走进祠里去看，迎面廊柱上悬着何子贞的一副对联：

锦水春风公占却，

草堂人日我归来。

下句用的是老杜的原句，上联却是勉强对上去的。厅内一排三龛，当中塑着“唐右拾遗检校工部员外郎”杜甫的像。虽然是一般化的塑像，却也还清疏，没有怎样的仙气，不能不说是难得的了。

旁边两座龛里是陆放翁和黄山谷两位宋代诗人的塑像。好像是怕他独居寂寞，所以才陪了一起在这里排排坐的。

有一种说法，说黄、陆的作陪是“江西诗派”人物的主意，我看倒并不尽然。陆放翁的风格其实和山谷、后山是并不一样的，而且就在祠前墙上杨蓉裳的《嘉庆十七年重修杜少陵草堂以陆放翁配飨记》里，也说明了那理由。因为老杜是河南人而旅居四川的，是“寓公”，所以在这里作陪的人物不选四川人的苏东坡、杨升庵，而选了陆游。而且陆游的入蜀是投奔范致能（成大）的，和老杜的依严武相似；陆后来虽然回到山阴家里，但仍不忘四川，集名《剑南诗稿》和老杜的“草堂集”的命名用意也有相似之处，所以才请了来作陪。我看这说法倒还并不牵强。虽然放翁也是个大诗人，不过比起工部来，那分量却是差得远了。

厅里也还有几块石刻画像碑，是南熏殿本的杜拾遗像。黄、陆也都有石刻像，都比泥塑高明得多。在这间厅堂背后的墙上，还嵌着两块更旧的杜甫石刻画像碑，上面的一块较小，是万历壬寅（一六〇二）刻，题字看不清楚；一块较大的是康熙壬子年（一六七二）韩金隽按照从草堂地下掘出来的旧石像橅出重刻的。

四川的石刻很容易风化，明代嘉靖以上的旧碑就很难见到，就是有，也往往是无从辨识的了。甚至清代的一些碑刻，那碑面也往往是一整块一整块地剥落下来。被冷落在后墙上面的这两块画像碑，比起厅里的石刻泥塑都旧得多，似乎应该请进屋来，不再长此栉风沐雨。

草堂后身是一座小小的土山，一道溪水从草堂的右侧绕了出去。前面有回廊曲槛，可以凭栏欣赏池里的圆荷。环境清疏而幽峭，简朴却也不失规模。给人一种感觉，和杜甫当年居处的风格是近似的。这个新培修的草堂，和几百年前重修的原样相去不远，在最外面一进过厅墙上有一块石刻旧图，看那里勾勒出来的轮廓，和今天是十分相近的。这种处理我觉得是恰当的，像这种地方，不用说，大红大绿的建筑、大屋顶之类的铺陈，都是完全不合适的。

这里还新修了一个文物陈列室，因为正好休假，没有能进去参观，只在外面的柱子上看到郭沫若先生所题的一副对联：

世上疮痍，诗中圣哲；

民间疾苦，笔底波澜。

这是一副出色的对联。这概括了诗人伟大成就的主要方面，是多少年来人民对杜甫一致的评价。

坐在水槛上休息。默默地在心里复诵一下杜甫的草堂诗，会使你像一个梦游者似的走入四时不同风光各异的如许境界。仿佛看到了在晓雾里沾湿了露水的笼竹，呢喃的定巢燕子，冉冉发出幽香的红蕖，往还追逐的蝴蝶，相并相亲的白鸥，随风的柳絮，逐水的桃花，袅袅有如少女腰肢的垂柳，轻得只禁受得起两三个人的野渡，柴门月色，江路梅香……

不能不使你惊异，老杜是一个多么勤恳的诗人。他从不放过一切刻画现实的机会，他的诗里有丰富的人民生活的写照，可是也不缺乏自然风物的描写。因为这一切都出现在祖国的土地上，也都是诗人所挚爱的。请看，杜甫写出了多么美好的自然景色，多么可爱的和平环境。

鲁迅先生教导我们评论人物的方法，“凡有取舍，即非全人。”那就是说，看一个人物时必须看他的每个方面，不能用主观的尺度加以取舍。可惜有些批评家不是这样，提到杜甫，必然是三吏三别，要不然就是《茅屋为秋风所破歌》，仿佛诗人必须一刻不停紧张地为人民呼号，不然就会失去了人民诗人的桂冠似的。

自然也有人提到杜甫描写自然的草堂诗，可是总不免有些惴惴然，仿佛这些诗里的“人民性”总看不大清楚，必须笔锋一转，说他即使在这种和平的环境里也还是忘不了人民，好像封建社会里的标准口号“每饭不忘君”似的。这种千方百计用自己的理想使杜甫“就范”的作法，恰恰把诗人的伟大处缩小了。

坐在进城的公共汽车上，我在考虑这篇通讯应该怎样写法，怎样才能写得比较全面些，怎样把《茅屋为秋风所破歌》这首最足以表现杜甫胸怀的名作也组织进去。我漫无目的地看着窗外，忽地有了！看，这是什么！我真想大声地喊，我想告诉杜甫，让杜甫也来看看今天的成都，“安得广厦千万间！”这不就是！

一九五六年十月十五日，成都

富　春

长久以来就怀着到富春江上去看看的愿望，只是到了今年的春季，才得匆匆去走了一转。现在要动手写一点记游的文字，却又已是秋天了。

我的一直念念不忘于富春，不只因为这条江水有着那样一个非凡美丽的名字，仿佛一提起就会梦见在烟峦云树中隐约出现的一位仪态万方、丰神绝世的美人，也还另有别的原因在。那就是很久以前从《六朝文絜》上读到梁代吴均的《与宋元思书》。吴均的那封信只有短短的一百多字，可确是把富春江上的风光写尽了，这与郦道元的写景文同是出现于六朝时期的名篇。《水经注》写了三峡，吴均写了富春，此外就又有元代著名画家黄子久的《富春山居图》卷。这个仿佛画家坐了小船在江上旅行时拍下的奇异的长镜头画卷，也实在是一件不平凡的作品。最后就是郁达夫的散文《钓台的春昼》。他着意写了桐庐的桐君山和严子陵的钓台，却已不是单纯写景的文字了。此外自然也还接触过有关富春难以数尽的诗文，但曾留下印象来的却没有了。

今年春天多雨，在杭州躲了两天才好不容易盼来了春晴。一清早就赶到九溪，搭上到富阳去的班车。开始时还傍着钱塘江走，没好久，就一头钻进了山窝。公路两侧是一片片三麦还不曾收起的田垄。多雨加上春寒，不只推迟了季节，对早稻也会有影响的。不过太阳出来以后，很快又感到有些潮热了。一个多小时以后，车子就到了富阳。这是一个热闹的小城。走出车站，就能看到并排的两条长街入口，沿江的一条就是春江路了，郁达夫的故居就在这条路上。提了旅行包沿街一直走下去，真是好长的一条街，快走到尽头时已经可以看到开阔的江面和挺立在面前的鹳山。这里出现了一片新建成的楼房，有些还是四、五层的建筑，是招待所、办公楼和宿舍，好像完工还没有好久。找来找去也没有看到达夫故居的门牌，原来这已被围在高楼后面的一条深巷里。叩了许久门环也没有人出来应门，于是只能站在围墙外面瞻仰了诗人的旧屋。这是一座两层的旧式楼房，在墙外可以看见那也许就叫做松筠别墅的楼厅，黑漆的一排明窗大约还是老样子，不过推窗南望，现在已经看不到什么江帆、山影，而只是一排新楼。

在鹳山下面兜了一个大圈子，又从正街上走回来。这里充满了江南小县的一切可爱的事物，时兴的百货、古旧的药店、从农民肩上送出了一片叽喳声的鸡笼、照相馆橱窗里的时装少女……在街的正中有一家春江饭店，里面同样挤满了就餐的人群。饭桌上摆满了白地蓝花的大瓷碗，里面盛着一种粉红色的液体，人们大口喝着这种介于汽水与啤酒之间的饮料。我希望能在这里吃到著名的鲥鱼，却不曾如愿，只吃了据说是鲤鱼的炒鱼片，不过似乎又不大像。

下午一时，我又坐在去桐庐的班车里了。这一次，是毫不夸饰地钻进了山国。公路就是劈山过后修成的，在峰峦涧谷中间穿行，处处都是危险的转折、回旋。山上种满了松树，还开了不少茶园。那些山顶的幼松，就像少女额间的短发似的。一路上看到不少新建的小型制茶厂、水泥厂和碎石厂，给这几乎是终古没有人迹的深山平添了不少生趣。碎石厂发出的是一种单调、寂寞的声音，不过却是一种跳跃着活力的音响。在这里，人们会比较容易理解，“靠山吃山”具有怎样一种含义。

一时五十分，车到新登。这里本来是新登县，现在看来只不过是一个大镇。五分钟以后就到了一个叫做窄溪的地方，公路陡然从山边崖角穿出去，一下子就看见了大江。公路很窄，下面就是悬崖，山壁上还有修路、开石方的工人。有的崖壁上渗出水来，砂石被染得深红；有时还可以看到崖间凌空悬着的大石块，只有很小一部分和崖壁联在一起，不知什么时候就会崩裂下坠，石块大得恰好能把公路封锁起来。

富春江就在脚下向前蜿蜒伸展，隔岸的青山这时也开始挺拔、密集起来。崖边、路角不时点缀着一两株蓊郁的古树，在春天的阳光下像一把把张开的绿色的伞。江里有航班的轮船，更多的则是木船，这里的航运也是繁忙的。

不久，就看见前面有一座大桥。对岸桥侧有一片工厂区，过桥就是桐庐了。

这是一个依山滨水的城市。古老的桐庐旧城从清末起就已经是个荒凉破败的地方，它现在似乎只剩下了一条沿江的街，一条经过新建、显得繁荣热闹的长街。从著名的桐君山开始，经过这街，一直可以通往新建的坐落在山腰的新区，县级的领导机关和其他一些单位都在这里。建筑几乎都是新的，环境是优美的。县委机关就在过去是唐代始建的圆通寺的原址。这里四周有不少参天的古树，从那树木分布的格局，很容易看出这里本来是一座寺院。左近的招待所也是在一座山脊上，推窗外望，迎面就是一片山峦，恰如一座翠绿的屏风。这是一个迷人的所在。宋代的范仲淹的一句诗“潇洒桐庐郡”，说得实在不错。范仲淹当年一口气写了六首诗，每首开头都用了这一句，可见他确是认为抓住了这个小城的气氛的。

在长街上的一家桐江饭店里吃面。这里比富阳的春江饭店还要差一些。墙上挂着一块黑板菜牌，只见上面密密麻麻贴满了写着“完”字的小白纸片，好像也已经贴了很久了。看来小城里的居民似乎对吃喝并无太大的兴趣。后来发现斜对门有一家卖小笼包子和云吞的店却是生意兴隆的，价钱也并不便宜，和上海差不多。

在长街上徜徉，一直走到富春江和桐溪汇合的渡口时，已经临近黄昏。隔水遥望，临江耸立的桐君山，这时只是一片暗黑的浓绿，在山巅是一座小巧的白塔。穿过小巷走下了江边，暮霭已经逐渐收拢，宽阔的江面上罩着一层水雾，真有一片烟波浩渺的气势。极目望去，桐江上游被两岸的山峰锁住，一片迷蒙看不真切。这后面不知道还有几许山重水复的转折，和三峡的格局简直没有什么两样。我在这里站立了许久。从前人们在这一带旅行，交通工具只能借助江船，在这样的时分，大抵总要停舟留宿了。如果旅客是一位诗人，面对这样的江山风物，唱出“日暮客愁新”这样的句子，那将是毫不奇怪的。

这个小城还保留着浓郁的农村气息。清晨五时，拉线广播就开始播音了，比这还要更早些的是耳畔山鸟的啁啾。推窗一望，只见满山晴翠，又一个出色的春晨。

县委宣传部门的负责同志来得很早，他不但热心地为我安排、盘算了到钓台去的方案，还介绍给我两位负责钓台重修和全县文物工作的同志。这是非常值得感谢的。隔天晚上，我也曾向街上的老人打听过去钓台的办法。他们告诉我，小船大约很难找到，唯一稳妥的方法是从七里泷富春山的山背翻下去，那就连钓台也在脚下了。这自然不失为一个雄伟的计划，但当我在宣传部的同志面前提出时，他打量了我一下，摇摇头微笑了。也并没有再说什么。我看他是不想打击我的积极性。

想在一天中间完成去钓台的游程，看来是太局促了，何况桐庐的桐君山也是不可不看的。今夜可以考虑住在富春江水电站，顺便看看大坝。主人的好客和周详、细致的考虑，使我只有感谢。

四十八年前郁达夫仔细写过攀涉桐君山的经过，那是直到今天读起来也依旧很有趣味的。这中间，自然是发生了许多重大的变化，不过桐君山还是桐君山，它依旧雄踞在桐江之畔，那么挺秀、那么雄奇，半个世纪在它看来实在也算不了什么。

当年郁达夫是夜访，今天我们却是晨游，当年的义渡今天也变成了机动的摆渡船。一船的乘客大约有二十来人，在船舱里人们随意把米袋、活鸡、油瓶……都放在脚下，年轻的女服务员在卖着票，每位二分。乘客里游山的大约只有我一个。天目溪也实在很窄，轮渡叫了一声后，船尾稍一摆动就到了对岸。

登山的石级年久失修了，攀登时只好跳来跳去，比爬没有路的山坡似乎还要吃力。山路盘曲着，在半山我们遇见了修整山路的石工，他们是从山上向下逐步整修的。再上去就能看到那残破仅存的殿宇，还有一两间禅房。前两年这里也曾是一间工厂，最近决定修复时才迁走的。这两年在不少名胜地方都曾见过工厂的痕迹，这实在是不可思议的。只从运输条件上考虑，也很难理解人们为什么要把车间放在山顶，搬上原料、运下成品看来都是非常吃力的。唯一的理由也许是，这些地方总有几间破房子，可以占了来加以利用吧？当年郁达夫看到的女墙、围墙、朱红漆的大门都不见了，我们一下子就来到了道观的心脏地区。“元始天尊”(?)和他的同僚、随从也一个都不见，只在一大片青石板铺成的地坪上看见几根残破的石桩，还有一个石栏砌起的“莲花池”。

值得庆幸的是满山树木并不曾遭到破坏。就在道观遗址前方，从山腰深处耸起了几株覆天蔽日的古树，我向同伴请教了它们的名字——莲香树和榔树。也许这并不是学名，只是活在人们口头的名称。它们张开了一幅阔大的碧绿帘栊，从枝柯的隙缝里可以看到一片万里晴江，与昨晚所见的薄暮桐江又自不同。阳光实在太艳丽了，江面上铺着的依旧是一片薄纱，一片使眼睛发眩的晴霭。这里的山光水色，就是这样不肯轻易使人遥遥看到她的容貌。是羞涩呢还是矜持，要么就是故意的捉弄。俯视那渡口时，天目溪和桐江汇合的地方，可以看到一条分明的界限。溪水是极清澈的，桐江呢，却早已不像吴均所说的“水皆缥碧，千丈见底；游鱼细石，直视无碍”了。

山顶这座残存的破庙，当然就是所谓“桐君祠”了。自然也有一点相应的神话传说和故实，不过我一点都不知道。那座七级的白塔却实在秀美得很，也不知道始建于何年，但记载中曾有“景定元年(一二六〇)重修”的话，可见这至少也是一座宋塔。使我最感到喜悦的是，山前山后、山上山下布满了的古树。这里有樟、桐、枫、杉，还有许多叫不出名字的古树，有几百年树龄的也不只几十百株。后山还有极好的大片竹林，都是碗口粗细参天的毛竹。林木之间是够得上“荒秽”的了，落叶到处都有半尺来深，踏上去有一种说不出的快感。人们把“席丰履厚”作为豪侈的一种标识，不是没有道理的。这里到处都有浓郁的草木香，自然也有腐烂枝叶的气味，这一切，真的都是喷人欲醉的。

从桐君山上下来，到了文化馆。在这里我看到一部乾隆刻的《桐庐县志》，有乾隆十九年（一七五四）、二十一年（一七五六）严州知府、桐庐知县吴士进等序。这书在此时此地，不只是善本，简直可以算得是一部宝贝。关于本地的许多名迹，这里都有详细的记载，因此在整顿、修复许多游览点时都能从中得到帮助。过去这里曾经藏着许多钓台的石刻拓片，前些年都被当作“四旧”一把火烧掉了，现在想重刻一些石刻也没有法子想。据我所知，明代曾经有人刻过一部《钓台集》，那里面收集的碑文、题记是很丰富的。

随便翻翻，这部乾隆志所收的资料还是颇为丰富的，顺手摘抄了一些，使我感到有趣的是有关圆通寺的一节故事：

> 老僧欲植万松于路，乡人虑其蔽田，讼于县。县以符诘之，僧答以诗曰：“本不栽松待茯苓，只图山色镇长青。老僧他日不将去，留与桐江作画屏。”事遂已。

这位老僧未必说得出植树的重要意义，也许只是图好看。不过想办点好事并不容易，反对的人是多的。我怀疑这里所说的“乡人”大概是一些地主，他们有大块的田，还动不动上衙门告状，这都不像是普通老百姓的行径。老僧的诗写得不坏，说明他没有自私的动机，只是想绿化一下环境。同时又颇为尖刻，县令和“乡人”读了不免要脸红，只好拉倒了。今天县委大楼附近的许多松树，也许就是这位老和尚留下来的吧？

从桐庐到七里泷，长途汽车只要一个小时。在招待所里住下以后就出去看水电站的大坝。

开阔的桐江，到这里突然束紧了，横跨江面的坝身就像一条束腰的带子。这是一座壮观的工程，坝顶的路面可以并排行驶四部卡车，两侧有人行道。我们在坝上缓缓地走，山风忽忽地从耳边吹过，颇有寒意。向上游望去，正如吴均所说，“夹岸高山，皆生寒树。”这不是普通的山，它给人带来的是一种强烈的萧森之感。江身狭窄，夹峰高耸，即使是晴明的好天气，至少也要留下半江阴影，因此山色经常是墨绿的。山上生满了的“寒树”，有一种注本说这是指“耐寒常绿的树”，我看也不一定。无论是怎样的树，长在这里的山上，就非是“寒树”不可。在这里“寒树”不是特定的种名，倒是切当地写出了诗人心头的感受。江水从上游蜿蜒曲折地流来，在不远的地方就已有两三叠曲折，柔软得正如美人宛转的腰肢。右侧突起的峰峦上面，矗立着几只银白的电塔，是插在高髻云鬟上的玉簪吧，这是不久以前为她添置的新妆。

电站大坝上面有巨型的吊车、行车，从机房伸出了碗口粗细的钢缆，牵引着一排闸门上庞大的闸板，每扇钢板的表面都留下了层叠的水痕。闸门内外的水位相差在二十米左右，上流的江水依旧是急遽的，但已不再是“急湍甚箭，猛浪若奔”，下游则真的“波平如镜”了。大坝的尽头有一只狭长的槽，里面顺序挤满了几十只满载着木材、山货的木船，在等待开闸放行。船家这时都在船尾烧火作饭，他们在简单的行灶里塞进短粗的木料引火。这里大概每天上下午各有一次开闸放行，可惜我们没有能看到那百舸争流的动人光景。我想在这样的时刻，摇了一只小船冒着急流从船槽里逆流而上，该是多么艰难而不可思议。看来今天想用这种古老方式去游钓台的人，大概是没有了。

在坝上徘徊时，我又向同伴打听了著名的富春江鲥鱼的近况，得到了这样的知识。鲥鱼是从海水里向上逆流游来的，它喜欢大水、疾流，也喜欢适当的水温，每年春天都要到这里来产卵。大坝建成后，当然大大影响了鲥鱼的活动。据说曾经设计了一种巧妙的三层之字形的“鱼梯”，试图解决这个困难，但不知是否有效。过去这里还生产一种只寸把长但体肥味美的子陵鱼，和鲥鱼一样，都是为了向严先生朝拜并为他提供垂钓方便，每年春天在七里濑汇集的。不过近来也大量减少，不见了。看来，子陵先生的“威望”，目前确已降低到临近破产的程度。

正式出发去钓台，是在第二天的清晨。离开招待所后，沿了右侧的山边公路，步行了大约半小时光景，就来到一处江边水驿。这里有三四间人家小屋，可以供旅人歇脚。狭狭的路边叠着石块垒起的围栏，杂植了各种草花，一头驯顺的黄狗在人们脚下徘徊，对每一个陌生来客都表示着欢迎。一位老年妇女从内室取出茶水来待客，我们把随身的包袱寄放了，随后登上了一只小小的航船。不是预先提出请求，它本来是不来停靠这里的码头的。同伴还搬了一大叠预制好的门窗木构件下船，这些就是重修严先生祠堂的备料。

小船向上游进发。这里大约可以算做这条江水最为美丽的段落，一路迤逦行来，在两岸高山狭谷中间前进，简直猜不透前面还将出现多少道曲折。石壁是雄峻的，有时甚至是怪异的，但一例青翠，是一片连绵不断重重叠叠的碧玉屏风。山后面还是山，真不知道它将延伸到什么地方。这里的风景不知道曾经使多少诗人为之激动，唐诗人方干说：“一瞬即七里，箭驰犹是难。樯边走岚翠，枕底失风湍。”这是说，过去在这里行船，上水下水、有风无风，是大有区别的，所以才有“有风七里，无风七十里”的俗谚。现在修了水坝，有了机动船，情形大不相同，但“走岚翠”的境界到今天也还依旧存在。诗人写景的手段是值得佩服的，他在面对现实时是用今天手执电影录像机者同样的眼睛、头脑观察、思索的。此外写得好的还可以举出杜牧的《睦州》诗：

州在钓台边，溪山实可怜。有家皆掩映，无处不潺湲。好树鸣幽鸟，晴楼入野烟。残春杜陵客，中酒落花前。

这诗写得客观，写得淡淡的，但确也写出了这一地区的风貌，风格，同时也说出了诗人自己寂寞的无可奈何的心境。

船行了没有好久，同伴就在我耳畔喊道：

"钓台可以看得见了，那不就是！"

我随着他手指处望去，看了许久，依旧辨识不出。眼前好像展开了一卷黄宾虹的焦墨山水，到处是奇峰、翠嶂、古木、枝柯，一下子哪里分辨得出？又过了七八分钟，小船开始向岸边拢近时，这才真的看到了钓台。这是两座突起耸立的山峰，好似两只大石笋。它其实并不是绝顶，在它背后还有着更为高峻的富春山的屏障。

我看见过一幅明刻的《钓台图》，刻工非常简单古朴，是嘉靖甚至更早时期的作品。在我的印象中，钓台似乎就是这个样子，实在是上了很大的当。这张图把钓台画成两座孤立的石笋，背后只有一点远山，登台的路用一条凌空的曲线表示，一些山石林木也没有。这当然不是真实的钓台，只是带有导游性质的示意图。不过它也有忠实可取的所在，它画出了江水的波纹，岸边题了"严先生祠"的石坊，走上去是围墙中间的祠堂，左面则是客星亭。这些，就在今天也还有参考价值，因为这一切，除了一间即将倾倒的破屋以外，是什么都没有了。

那间破屋看来并非当日祠堂的遗物。屋里有一口土灶，两只木床，是修复钓台先遣人员临时的憩息之所，但那墙上还嵌了一块“嘉靖辛酉（一五六一）都御史滁上后学胡松拜识”的《过严祠书留台壁碑》。在破屋外面，还留下了几块残碑，一块是有名的范仲淹的《严先生祠堂记》，很多人都在《古文观止》里读过的，但也并非原碑，而是明代的复刻，碑面剥落，连年代和衔名都看不清了；此外还有一块正统二年（一四三七）的《重建祠堂记》，碑上有一段题记倒是很有趣的，“嘉靖元年（一五二二）五月廿八日，棠陵方豪秉炬登拜。时江风大作，仿佛见先生之神。”这是比郁达夫还要早四百一十年的另一位“怕在这荒山里要遇见一个干枯苍老得同丝瓜筋似的严先生的鬼魂”的游客的自白。

除此以外，还有一块断角的正德旧碑，一块断成两半仆在地上的碑，现在我们只能看见它的背脊。据同伴说，这里本来还有很多旧碑的，但自钓台被“砸烂”以后，在十年动乱中间，这些石材都已跑到人们的门前、檐下，变为建筑材料，发挥另一种作用去了。留在这里的几块，大约因为石材较大，运输不便才得到幸免。

修复的工作正在开始，已经平整了一块地基，储备了一些砖块和门窗木框，准备先在这里造两间房子给工人们住宿。循路登山，新铺的石板山路平整得很好，走起来一些都不感到困难。不过只铺成了四百来级，约占全程的五分之一光景。石料是从别处运来的，铺成每块石板的工本约一元余，要算是很经济的。再上去就是破坏得非常厉害的旧路，看来总有几十年不曾修整了，几乎已经不能再算是路，想站稳都困难，山路四周塞满了杂乱的草木枝柯，我们就这样攀藤附葛地前进。半途坐下来休息时，发现山石上有石刻题记，已经风化得不可辨识。费了很大气力才认出是万历中的题名。以后再经过几度曲折，就来到一处叫做“中亭”

的地方。这里恰在山腰正中，前面树立着一颗石笋，左右上方就是东台和西台。我立即恍然大悟，那张明代《钓台图》所画丫字虚线的分叉处就指的是这里。那座石亭还基本完好，不过石柱上的刻字已被凿掉，只知道这是民国七年（一九一八）一位广东人重建的。不想再停留休息，紧接着急急地奔上了东面的子陵钓台。

在这悬崖百丈的高处，极目望去，江水如一个倒写的S字，深深睡在一只翠绿的锦盒里。江流回折处，大约就是鸬鹚亹，却看不见水坝，那是被回峰掩却了。台侧崖边，有一株探身向下窥伺的莲香树，虽然并不怎样高大，但也有了相当的年纪。桐江两侧的群峰叠嶂，俨然是一架巨大厚实的绿丝绒屏风。梁代吴均称赞这里的风景"奇山异水，天下独绝"，不是没有根据的。它雄伟，又幽峭，更秀媚。这许多特色集中在一起，合成了一种终古如斯的静寂。严子陵找到这样一处地方"垂钓"，自然有他的理由，难道他真想从这里钓起两三百丈底下江里的鱼儿么？

东台现在是一无所有了，只剩下几处石柱础的遗痕，说明原是石亭的所在。同伴告诉我，在十年动乱中，是附近工厂里的一些年轻人摧毁了这座亭子。他们还动用了机械工具，当石亭被辘轳拉倒后，人们哈哈大笑了。那真是"史无前例"的十年，这"史"，不能狭义地只理解作中国史，应该更确切地说是人类史。煽起那许多群众陷入疯狂，在全国范围内无孔不入地进行了大破坏，对破坏的"成果"的评价是狂笑，这一切，难道是可以想象、容易忘记的么？

是年轻人还是指导着他们的"理论家"呢？对谢皋羽则比较宽容一些，西台的亭子还照样站在那里。自然，一些石刻、碑文都砸掉了，因为这些都是出于"封建文人"之手的东西。谢先生有着爱国志士的好名声，比起消极退隐的严先生要较为可爱一些，因而区别对待的吧？这只是我的推测，不知道可真确。

西台的风景似乎比东台还要好。上游是通往建德去的，视野更为开阔，正是水远山长，蜿蜒无尽。漫天遍野的绿也没有尽头，只可惜在辽远的江岸侧边出现了一小块黄色，好像整块绿丝绒被剪去了一角，打上了一块黄布补钉。原来在那里新建了一个什么小工厂。不能不说这是一种非常愚蠢的行为，我想，只能在那里尽量多种一些树，加以补救。

在西台遥遥向南岸望去，就是白云村，烟树人家都历历可数。据旧记，这里就是唐方玄英归隐之处，谢皋羽的墓也葬在这里。

谢皋羽是文天祥帐下的咨事参军。南宋景炎二年（一二七七）别天祥于漳水湄，后二年，文天祥被俘北去，至元二十年（一二八三）被杀。此后每逢天祥殉国忌日，皋羽都要野祭。至元二十七年（一二九〇）“哭于子陵之台”，作《西台恸哭记》，是极沉痛、洋溢着家国之感的有名文字，清黄梨洲曾为作注。皋羽选取了西台哭祭文天祥，在记事文里不敢明写文天祥的名字，连一起野祭友人的名字也不敢写，只好用“甲乙若丙”的代号。祭毕下台登舟，还为了躲避“逻舟”，“移榜中流”，他对子陵祠旁僧舍的印象是“毁垣枯甃，如入墟墓”，这一切都可以使我们想象那是怎样一个时代。《恸哭记》说：

> 设主于荒亭隅，再拜跪伏。祝毕，号而恸者三，复再拜起。……有云从南来，渰浥浡郁，气薄林木，若相助以悲者。乃以竹如意击石，作楚歌招之曰：“魂朝往兮何极，暮来归兮关永黑，化为朱鸟兮有咮焉食。”歌阕，竹石俱碎。

这是一篇煽动性极强的文字，它煽起的是七百年来中国人民的爱国激情，每逢国家民族遇到危难，人们总会记起皋羽。黄梨洲就是一个例子。

同伴告诉我，他曾到对岸去勘察过谢墓，原有的石人、石马都已被敲碎，墓地现在是一个大而深的潭。还曾有一座许剑亭也拆毁了。这一切当然是在“破四旧”的口号声中干下的，此外还有一种流言，说皋羽墓中葬了一颗金头，还有夜明珠……发掘的结果自然是失望。谢皋羽并不是大官，也不曾被元朝捕获斩首，怎么会在遗体上镶一颗金头呢？十年浩劫中这类性质的破坏往往带有某些农村特点。

从钓台下山时，遇见了当地一位大队的支部书记，他正想进城谈判由生产大队承包钓台修复工程的问题，恰好在这里碰上了工程负责人，他们就坐在江边的断碑上热烈地讨论起来。钓台这块地方千百年来一直是严氏家族的私产，解放以后这种情况改变了，但又不像桐君山那样成为国家的公产，钓台分给了两个大队，是集体所有性质，因此在政策掌握上又有所不同。譬如山下的一棵枇杷树，树本身属于风景点，生产队有保护的责任，但每年生产的果实是归大队所有的。

站在江边眺望隔岸的青山，面对汤汤的江水，一面想着严子陵的故事。这时，江面上忽然出现了随波而下的什么东西，一位青年农民拾起身边的碎砖块向江中掷去，逼使它渐渐向岸边飘来，不久就能看出这是一条挺着白肚皮的死鱼，但那青年并不去捞它上来，又任它飘去了。他说，这是给上游的一家什么化工厂的废液毒死的，吃不得。这是我偶然得到的关于富春江的鱼的使人沮丧的消息。

就在这天下午，我在桐庐搭上了返回杭州的江轮。这是一条新的双层中型客轮，非常舒适，坐在临窗的座上可以饱看江景。旅客很多，但并不显得拥挤，大部是短程的农村乘客。一路要停靠许多码头。只是在这一路水程中间，才能细细领会黄子久《富春山居图》的妙处，悟出这是一幅高度写实的作品。平沙远渚，到处都有“白沙翠竹江村”的小景。远山层叠如带，近处的山色是浓绿，远山是蟹青，更远些就变得更淡，简直只是一抹淡墨而已。江中有时也出现狭长的浅滩，上面有成行的幼树，在黄子久笔下，这只是秃笔一抹，但神似极了。除了航班船、运输船，江上还有挖泥船在作业。一路上还看到很多碎石厂，全都在岸侧的山脚放炮炸山取石，就近粉碎，并在不远的临时码头上装船。我不知道这样做会在经济上带来多大的好处，显而易见的是几百里沿江的翠绿屏风被无情地破坏了，到处是七零八落的土黄、赭红的豁口，和尚穿的百衲衣怕也没有如此的破烂、芜杂。这是此次江行使人感到不舒服的又一现象。

默默地坐在船上，还是忘不掉钓台和听到的关于钓台重修的一些计划和设想。我想，重修后的钓台，理所当然地应该保留旧有的素朴、古拙面貌，宁可简单些而不必追求不谐和的华朊。在东台上，最理想的也还是出现一座倪、黄笔下造型的石亭。无论苏州或杭州园林中的楼阁亭台都不必去刻意仿效，弄不好是会弄巧成拙的。我坦率地说出过自己的这些意见。此外就还有关于严子陵的评价，这可是个复杂得多而且带有一定普遍性的问题，在我们的国家里，这样的历史人物是很多的，有关的遗迹也不少。在建设社会主义祖国、进行爱国主义教育、发展旅游事业的工作中，会经常遇见诸如此类的问题，历史学家理应负责地及时加以解答。

长久以来，人们对严子陵有着各种各样的议论，很久以前已经搜集编成厚厚两大本《钓台集》，其实没有收入的意见还很多。大体说来，人们对他总是称赞的多，不过出发点并不一致。严子陵是东汉光武帝小时候的同学，光武帝在和群雄角逐中间，他可能也曾参预过谋划，出过力，不过史传里没有说。后来光武帝即位，他却不肯作官，宁肯到富春山中去钓鱼过活。他的这种行径在封建社会里是有些特别的，他的几桩故事也一直被当作佳话来传说。严子陵被光武帝请到京师来以后，也是当年的旧友、此刻作了司徒的侯霸派人送来了一封信，自己却推事忙不来探望。子陵对来人问道：

“君房（侯霸字）素痴，今为三公，宁小差否？”

“位已鼎足，不痴也。”来人回答说。子陵就问他带了什么话来，来人照说了，又求写回信，子陵就箕踞在床上口授回书。来人嫌短，请再添两句，子陵的回答是：“买菜乎？求益也。”

这故事见于皇甫谧写的《子陵传略》中，范蔚宗的《后汉书》里就没有，所记非常生动，很可以看出严子陵作风的一斑。“萝卜白菜”这样的话头，最早见于旧书中的可能也就是这一条。他说话不但清厉而且尖刻，可见后来光武帝拉他同榻而眠，他竟将大腿压在皇帝身上的传说不是不可能的。他对皇帝说话也同样不客气，光武帝问他，“你看我比过去有点进步么？”子陵的回答是“比过去多少好一点。”这都说明，他不是封建社会里常见的那种隐逸，和悲叹“不才明主弃”的人物完全不同。

至于严子陵为什么终于不肯留在光武帝身边作大官，许多论者都以通常的隐逸心理来解释，那恐怕是不大说得通的。黄山谷诗：“平生久要刘文叔，不肯为渠作三公。能令汉家重九鼎，桐江波上一丝风。”稍稍透露了一点消息。张岱在《史阙》里就说得更为清楚：

> 光武，中兴令主也，而废郭后及太子疆，颇为后世口实。国朝方正学题《严陵图》有云：“糟糠之妻尚如此，贫贱之交可知矣。羊裘老子早见几，故向桐江钓秋水。”宛转二十八字，可谓发千古之隐矣。

这可能是比较接近事实的一种分析。方孝孺是明初人，他曾亲见洪武一朝许多残酷的政治迫害事件，他能够看出或猜到严子陵的心事，不是偶然的。

隐逸，也有种种的，那动机、作法、效果也大不相同。粗略地说，也许可以分为积极、消极两类。而人们对待隐逸的态度，也因时代、因人而异。我想，严子陵的受到重视并博得好名声，大约从东汉末开始。从列于党锢的人物算起，到三国、魏、晋，嵇、阮一辈的清流，大抵都常常要记起严子陵，羡慕他也佩服他。唐代的李泌也是向他学习有得的名人。最有趣的是北宋的范仲淹，他写的那篇《严先生祠堂记》抽象地肯定了严子陵，同时也表扬了汉光武，好像他们之间毫无矛盾，密切合作演出了一出道德正剧。宋太祖是搞“杯酒释兵权”式的中央集权的，范仲淹自然明白，他在做当地的地方官，只能讲这些淡话。但他到底不是糊涂虫，他另外还有一篇《钓台》诗：

> 汉包六合网贤豪，一个冥鸿惜羽毛。世祖功臣三十六，云台争似钓台高。

可见他也并不是完全没有看到问题的实质，不小心漏出真话来了。

严子陵是名人,钓台是名迹,这地方当然应该重修、恢复,成为一个旅游胜地。至于严子陵本人,只要我们明白他其实是怎样一个人,生活在怎样的时代,也就足够了。千多年来以他为代表的隐逸起过消极作用,是无疑的,但通过人们抽象的理解,也的确产生过好的、积极影响。那就是一向受到尊重的知识分子的正直与骨气,这正是古今一切形形色色风派人物的对立面。仅此一点,严子陵就可以有充分的理由存在下去,长久得到人民的怀念。

一九八〇年十月一日

东　湖

那天早上，我们到绍兴时不过十点钟。在招待所住下，稍稍休息就乘原车到离城最近的东湖去。

东湖是很有名的地方，许多到过绍兴的人都知道，因为它离城近，只在城东七里处。此外，那里的山水也确是有些特色的。这好像是一个小小的盆景，只是狭长的一条湖水，加上一座像屏风似的石山，点缀些石桥亭榭，围在矮矮的垣墙里，正像放在运河边上的一只大型宜兴紫砂盆景。地方极小，下船一转，十分钟就兜了一个圈子回来了。因此有人拿它来和西湖相提并论，是很可笑的。说它像盆景，还因为这里的山水并非天然生就，而是人们有意雕琢出来的。当然，最早在这里开采石料的人并不是有意将它制成一座盆景，但最后的结果却正是如此。

那座山的名字叫箬篑山。据说当年秦始皇东巡，来到这里，曾停下来喂马。这在具有"疑古"精神的史学家看来，当然大有考证的余地。我想我们不如按照当地老百姓的办法，称之为"绕门山"来得通俗而切实。据书上说，从汉代起，这里就是石料场了，隋杨素修绍兴城又在这里进行了大规模的开采，这就使它成为一种"石宕"。年代久了，开采后的石面呈现一种黝黑的颜色，山脚下的水源因之也变得暗绿了。这一切，都使这里的山水呈现一种古趣。石壁上生长出蒙茸的薜荔与苔藓，也不是几十百年所能成就的。因之，这确是一座古老美丽伟大的盆景。山阴张岱(宗子)的祖父张雨若曾经批评这一类山水说："谁云鬼刻神镂，竟是残山剩水。"虽然确切，不免过于偏激了。

在进门处码头下船，缓缓撑出去，没好久就到了名为"仙桃洞"的地方。这是由二十几丈高的峭壁镶成的一处狭狭的水府，当门处还留下一条石壁，形成一宽一窄两个进口。船摇进洞，打一个转，从另一出口出来，船头船尾都会碰击或擦到两旁的石壁。洞里阴森幽暗，好像秘藏着几千万年的幽灵精怪。没有谁想学阮籍那样地长啸，怕真的会惊醒他们，船悄悄地进来又悄悄地出去了。水深处据说超过了五丈，黛绿色的潭水静静的，一点波纹都没有。好像古代的谁在这里贮藏下的陈酒，只要摇一只小船来，顺手舀起就能尽兴痛饮。洞的上端镌刻了石额和一副对联："洞五百尺不见底，桃三千年一开花。"

三千年才开一次花的仙桃长在哪里呢？没有说，想来应该就在这悬崖顶上。谁能攀上去，就不但能饮到醇酒，还能吃到仙桃，并获得长生。但这是困难的。那石壁是由笔直的大块极平整的平面组成，年深月久，一点斧凿痕都看不到了，但这确是用简单的工具开了出来的。几千年前的先民，没有先进的工具，只凭双手和简单的铁器，开采了大量的石料，留下了这惊心动魄的遗迹。面前这种奇瑰巨丽的景象，不能不引起人们深深的思索。愚公移山只不过一种寓言，而这却是真实。这里显示的是怎样惊人的创造力。这样的人民，真的觉醒了，会做出怎样惊天动地的事业，难道是可以用贫乏的想象加以估量的么？

东湖在清末曾经有过一个通艺学堂，是陶观察心云(濬宣)所办。他是本地有名的士绅，把湖水用围墙与运河隔开完成了典型的盆景的也是他，当然他的私宅也建在这里了。他很喜欢写字，他那出于魏碑但更板滞肥硕的书法并不高明，但却流传得极广，牌匾、对联、市招，到处可以看见，已经到了可厌的程度。现在东湖的陶公洞，大概也是因他命名的。不过今天人们讲起东湖的故事，通常都喜欢提起另一位陶成章，因为他曾与徐锡麟在这里策划过革命。在绍兴，陶姓是大族，从明末的陶石匮算起，曾经出过不少有名人物，当然好人坏人都是有的。在写历史、编地志和旅游指南时，最好还是实事求是地按照事实加以说明，否则人们将误会陶公洞是陶焕卿（成章）的遗迹，那就不大好。

东湖进门处有卖门票的小屋，在这里我们迎面看到是郭沫若的诗碑，后来乘船进洞，在石壁上又看到同样但放大了的摩崖。郭老的手迹今天是遍天下了，但像这样在同一地点重复镌刻的现象还是少见的。在风景点题壁刻石，是我国一种悠久的传统习惯，至今还留下不少著名遗迹为人民所珍重。不过这种题壁也是有种种不同的。其以名位尊崇而到处留题但随地留下了恶札的，可以举清代的乾隆皇帝作代表，他甚至把不通的诗、恶俗的字随意放肆地题在历代的法书名画上，有人称之为文物破坏者，也不能说没有一定的理由。有许多人因而产生误解，以为只要是大人物，字也一定写得好，诗也作得高，拼命劝驾，函电交驰，因而把名胜之区、册尾书头、楼厅馆所，无例外地变作了名人书法陈列馆，这就使事情走向了反面。郭老是诗人，书法家，本来不属此列。不过俗滥了，也就变得无味了。这种事其实也不能全由本人负责，这是一种不久前流行起来的不值得赞赏的社会风气，事虽小，也不是不值得留意的。

一九八一年三月二十一日

沈　园

从东湖回来，时间还早，就顺路去访沈园。园在绍兴城东南角的南街洋河弄内。这是一条很窄的小弄，两旁都是民居。我们推开一扇小小的黑门，走进了一个废园。这似乎更像一个菜圃，和百草园差不多的那样一个地方。园的一角有两间平房，中间是一湾池水，上面架着用三块青石板联接起来的小桥。有一点假山石，池畔种了几株弱小的柳树。就是这样一个所在，我们却留连了很久。论景致，眼前的一切与苏杭的名园是完全不能相比的，或简直算不得“园”。不过这又确是一座名园，是我久久悬之梦寐的地方。

八百多年前这里曾经是一处小巧的庭园。虽然没有文献可据，但可以想象，这里曾有过假山、池水、亭榭、回廊、花木、游人……南宋大诗人陆游，曾一次春游中在这里偶然邂逅了他的故妻。这时因得不到母亲的欢心而被迫离异的爱妻，已经别嫁了。偶然相遇之际，她却派遣侍女给陆游送来了“黄封酒、果馔”致意，这就不能不使诗人感念无端，在园壁上题下了那首著名的《钗头凤》词。这时陆游还是只有三十二岁的青年诗人。

这故事是极为有名的，《钗头凤》也无数次地出现于历代诗余选本中，戏剧舞台和银幕上也多次搬演了这个凄艳的故事。

这以后不久，陆游的故妻唐氏就死去了。又过了四十四年，

庆元己未(一一九九),当时已经是七十六岁的放翁,又写下了题沈园的两首绝句:

城上斜阳画角哀,沈园非复旧池台。伤心桥下春波绿,曾是惊鸿照影来。

梦断香消四十年,沈园柳老不飞绵。此身行作稽山土,犹吊遗踪一泫然。

这两首绝句,在《剑南诗稿》的近万首诗中,是可以列入十来首最佳作品之内的,原因就在于感情的真挚。放翁与唐氏原是姑表内亲,应该是从小就相熟的,他们之间产生了真挚的爱情也是很自然的。这种感情一直到放翁的晚年,依旧那么炽烈,则使几百年来无数读者为之感叹,这是至死也不灭的爱情,至今以至今后仍将活下去的爱情。

我国的文学遗产中,描写爱情的伟大诗歌是不少的,但最杰出的作品往往出于无名氏,也就是在人民中间产生的作品。著名文士也多写恋情,但像放翁这几首诗,却是绝无仅有之作。这是对封建礼教的最沉痛的抗议,正因为写得委婉、含蓄,没有把批判对象——也就是作者的母亲——拉出来,因之也就更深沉痛切,也有更深的深度。放翁曾不只一次在诗里留下同一事件的沉痛痕迹,如绍熙壬子(一一九二)六十九岁时有诗:

禹迹寺南有沈氏小园,四十年前尝题小阕壁间。偶复一到,而园已三易主,读之怅然。

枫叶初丹槲叶黄,河阳愁鬓怯新霜。林亭感旧空回首,泉路凭谁说断肠。

坏壁醉题尘漠漠,断云幽梦事茫茫。年来妄念消除尽,回向蒲龛一炷香。

十三年后，开禧乙丑（一二〇五），放翁八十二岁了。岁暮，又梦游沈氏园，有诗：

路近城南已怕行，沈家园里更伤情。香穿客袖梅花在，绿蘸寺桥春水生。

城南小陌又逢春，只见梅花不见人。玉骨久沉泉下土，墨痕犹锁壁间尘。

放翁在过了七十岁以后、逝世以前，感念旧情，愈久而愈炽热，次第写下了这些诗。这后面引的四首七绝，也是极感人的好诗。不过他从未在诗和诗序中透露一点半点故实本事，他只是记下自己情感的波澜，并不想让旁人知道自己心头的伤痛。我们今天能够知道诗中本事，还得依靠宋人笔记中留下的片断记载，如《耆旧续闻》与《齐东野语》所记。这些记载可以相信都是真实的，我觉得这样的故事似乎不是什么才子所能编造得出的。

沈园的故事，在中国文学史上留下的影响也是深远的。

在新近出版的《郁达夫诗词钞》中，我们就可以读到"沈园旧恨从头数，泪透萧郎蜀锦衾"（《毁家诗纪》）、"南国固多红豆子，沈园差似习家池"（《南天酒楼饯别映霞》）这样沉痛的句子。"沈园"，迄今已经成为不幸的恋爱、婚姻的同义语与典实，这真是中国文学史、社会史上非常值得注意的现象。

站在沈园的水池旁边，望着几株并不飞绵的弱柳，不禁想起，千百年来，人们实在为这一类的不幸付出了过多地同情、叹息，却很少去追寻造成不幸的根源，以致同类的不幸事依旧以不同形式不停地出现。也是在不久前，看了一出《孔雀东南飞》的戏，这是比陆游的时代还要早多少年发生的悲剧。演出者把力气完全花在悲剧过程的描绘上，并没有想去追寻那根源。这两件悲剧的原因都是“弗得于姑”，真可算得是一种“老调”了，可是我们竟自容忍这“老调”几千百年地重弹下去，这是想想也会感到有些可怕的。

带着梦也似的沉重心情离开了沈园，但走到门口，就被一阵阵清脆的笑声惊破了。原来小巷里已经挤满了刚吃完午饭的年轻女工，她们就在沈园对面的工厂里工作。她们三三两两簇拥着，肩并肩地指指点点不停地笑，她们是在看我们这一群里的王丹凤女士。那么开心，充满生趣……我不禁想，在她们中间，发生《钗头凤》那种悲剧的可能大概不存在了。我想，这简直是一定的。

一九八一年三月二十二日

兰　亭

从沈园回来，匆匆吃了午饭，就到兰亭去。听说有一条去兰亭的水路，那是从偏门外的鉴湖下船，乌篷船可以一直划到娄公埠，上岸后步行前去。这一路据说还可以看到有代表性的山阴道上风光，也一直是过去人们游兰亭的传统路线，但这样游起来来回就得一天，在时间上是很不经济的。我们预定一个下午要到兰亭、禹陵两处地方，还有充足的时间捎带着访问徐天池的故居，那是方便得多也经济得多了。不过有一利必有一弊，坐了汽车在公路上跑，看来看去只能看到单调的浙东田野风景。看不到水，有的只是矮矮的一丛丛的小山，难怪有人竟在车上打起瞌睡来了。我想李义山如果今天还在，一定会在"煞风景"的栏目里添上一条"汽车游山"。

现代文明给生活的许多方面都带来了很大的变化。总的说来当然是进步的，也无疑是前进的方向。吃东西有快餐，喝茶吃咖啡这些颇费手脚的节目也改进了，不但有浓缩的红茶、咖啡，而且还是 Instant(即刻)的。如果与陆羽的《茶经》比较一下，那办法以及所反映的生活节奏，都是天差地远的。我想我们现在这种游览方式，就可以称之为"浓缩"和"快速"式的。这自然是旅游事业发展的方向。不过我们也应该知道还有另外的许多方法，有条件时也可以采用。日本人民至今还很好地保存着茶道、插花这样的艺术，就是一个很好的例子。

汽车在公路上跑了半小时光景，终于在一个普普通通的山脚停下来，这是一处长途汽车站，看那路牌时，才知道已经到了。兰亭在哪儿呢？原来就在对面田垅中的什么地方。这是颇使我感到失望的。王羲之说："此地有崇山峻岭，茂林修竹……"看来一些影子都没有。这里的山，距离"崇"、"峻"实在还差得远，树林也很稀少，竹子更望不见。张宗子在三百零八年前看到的情景似乎一点都没有变化："此地撇却崇山，推开修竹，制度椎朴，景色荒凉，不过田畴中一邮表畷耳。"（《古兰亭辨》）他说得一点都不差，特别是"景色荒凉"这一点，尤为突出。我们跨过公路，走上田间的小径，在山脚下发现了一座亭子，亭内有碑，上面大书"鹅池"二字，是典型的右军书体。右折，又有一座康熙的御碑亭。碑已被捶碎了，现已重新接好、竖起，但残断的笔画还没有补完。再走进去就是流觞亭，正在重修，亭前用石块叠起的"曲水"还没有竣工，水自然也没有。看起来实在有点近于儿戏，好像是幼稚园里的设施。当年王羲之等一群名士，在这里实在挤不下。我想，傅抱石在一九五六年所画的《兰亭图》，虽然是画家的创造，倒有几分合乎实际。那图中的曲水，是一条在古树丛竹之间流过的小河，红色的羽觞像一只只小船，在河里流过，名士们三三两两席地坐在河边的草地上，他们手里拿着竹竿，有人探身攫取，神情专注，想把觞捞到手中，将觞里的液体送入腹内。我看这样的描写，应该是"虽不中亦不远矣"的。

傅画的重要点景是茂密的丛竹。我们在这里也发现了新种的几百竿竹子，不过还稚弱得可怜，也太少了。有趣的倒是小路上有三五只白鹅正在嬉戏，见了人也不躲开，只从容地摇摇摆摆走过去，在小路上留下了几摊鹅粪。鹅是王羲之的爱物，记得很小的时候，就已经听到了有趣的这类故事。在兰亭养些鹅是无可非议的，虽然当年王羲之到这里来游春，未必带了一群鹅来。

流觞亭的匾额上有一段小跋："光绪己亥（一八九九）孟冬，江夏李树堂太守旧题。此额年久剥蚀，仍补书之。海阳宁本瑜并识。"可见这地方几经修缮，留存的建筑物都是晚近的东西了。大门上有竹刻对联：

竹阴满地清于水，

兰气当风静若人。

颂阁徐郙书，也是近时人。这一组建筑经过整修，焕然一新，但色泽雅淡，别有特色。它只用了灰、黑、赭诸色，绝不掺入青绿红紫。冰纹的木窗格，水磨对纹的砖墙，四面是石栏杆。这与苏杭园林风格完全不同，是典型的浙东风趣，看了真使人高兴。前些年盛行"参观学习"之风，用来推广先进经验，原意本来极好。但有些并非"先进"甚至反动的东西，也一一拿来推广了，还采用了"一刀切"的蛮横手段。"学大寨"处处"不走样"，移植"样板戏"要一腔一式全照搬，就连公园、风景区也无不如此。去年到钓台去，听说他们想在山顶重建苏州园林中的那种亭子，正准备前去学习，被我劝阻了。试想将全国的名胜之区，一律化为拙政园、狮子林的翻版，那可真是不可思议的极大的蠢事。谁肯不惮烦花钱费事，千里迢迢去看标准化的风景呢？

这后面原有一座大亭，一九五八年倒掉了，现在在原址新建了一个较小的亭子，里面藏着康熙所临的《兰亭序》碑，碑阴是乾隆的题诗。亭基四周留下的八角石柱础，还是旧时的遗存。

在全国许多地方，特别是江浙，康熙、乾隆的遗迹是极多的。

人们看惯了，不论叹赏或漠视，大抵都不再注意这些事物所曾起过的重大作用。其实这两位皇帝也并非天生风雅，他们以兄弟少数民族入主中夏，遭到的抵制是强烈的、多方面的，不能不想方设法扭转人民的对立情绪。他们在文风极盛的所在立几块碑、挂几方匾，向老百姓表示，他们不只也能够欣赏、爱重汉文化，而且表现了过去的中国皇帝从未有过的热情。石碑是永久性的建筑构件，其作用比今天马路上的广告牌不知道要高多少倍。这样，乾隆皇帝下江南的故事终于成为妇孺皆知的佳话，极成功地帮助、弥合了民族间感情上的裂缝。这虽非唯一，却无疑是重要的手段，是康熙的创造，乾隆很懂得那深意，加以继承、发扬了。讨论“南巡”的论文发表了不少，不过好像还没有人注意及此，其实是应该给以必要的重视的。

在这一组建筑的西侧，就是晋右军将军祠。四周有粉白的矮墙，进门后是水磨砖砌起的四面游廊，墙上嵌了《兰亭序》不同传本的石刻。中间是一座水池，有石甬道通往池水中间的墨华亭。最后是正殿，悬着绿地的匾额，写着“尽得风流”四个大字。

在墨华亭的匾上，有一段小跋：

> 张陶庵先生昔访兰亭故址于天章寺之前，拟构一亭名曰“墨华”，今移建于此而仍其额。丁巳春日陶恩沛记。

这里所说就是张宗子在《古兰亭辨》一文中讲到的故事。据张宗子说，他曾看到过天章寺中的古碑，发现旧日兰亭与天章古寺都已在元末一把火烧光，“今之所谓兰亭者，乃永乐二十七年郡伯沈公择地建造”，原来是一件假古董。他又从和尚口里打听到半里外还有一个“古兰亭”，跑去一看，是万历三年另外几个人所造，并非旧址而且也已摧毁。于是就进行实地踏勘，据说终于在附近发现了埋没千年的“兰亭古迹”。我看这也不一定靠得住，他并无文献佐证，只是觉得与王羲之在禊帖里描写的环境更为相近而已。弄不好也是一件赝品。

今天的兰亭已经有了一些规模，只是自然环境不够理想，这是可以用种竹栽树……的方法逐步加以改善的。真能找到张宗子所说的更幽美的区域自然好，就作为一个风景区的整体，组织进来，逐步扩建。同时把偏门到娄公埠的水路也重新加以安排，作为“山阴道上”的典型游览路线，就更好了。

一九八一年三月二十三日

禹　陵

绍兴现存的古代遗迹，应以禹陵为最古，保存得也最好。陵在稽山门外六里，就在有名的会稽山山麓。这会稽山蓊郁苍翠，偃伏着像一条绿色的巨蟒，秀丽而雄俊。一座刻着正书“大禹陵”三个大字的巨碑，就矗立在山前正面，字面新填了鲜艳的红色，有一种非凡的气势，据说是出于南大吉的手笔。旁边还有康熙中人所写的“禹穴”二字碑，另一块是《禹穴辨》碑，上面刻着毛奇龄等人考辨禹穴的文字。这就是说，关于禹的葬地的考证、论争，在很久以前就已经开始了，而且表现了热闹的自由学术讨论空气。禹庙在陵的左侧，规模非常壮丽，据说始建于一千四百多年前的南朝梁代大同十一年（五四五）。经过历代的重修，至今还保存得不坏。庙里留存的古碑碣极多，在这里，明碑是不稀罕的。

在江南一带，保存得这样好的遗迹是仅见的。经历了几千百年的社会变革、动乱，禹庙受到的破坏要算是较少的。在金陵曾有过“南朝四百八十寺”，今天又剩下了什么呢？这怕不能用历代帝王的重视与维护来加以解释，我想，重要的还是人民的心愿。禹，在传说里是远古一位治水的民族英雄，他为了努力解除威胁着全体人民生存的自然灾害，以惊人的坚韧的毅力，花了很长的时间，率领人民进行了艰苦的斗争，终于制服了洪水。他的“三过家门而不入”、“闻善言则拜”、“胼手胝足”的故事，是广泛流传于中国人民中间崇高、美丽的故事。对这样的伟大的英雄人物的遗迹，有良心的人是不会加以破坏的，哪怕是一砖一瓦也不会去触动。这就是经过那许多动乱、有时甚至是疯狂的动乱时代，它依然存留下来了的最根本的原因。

当然，古史是夹杂着很多传说甚至是神话成分的。把无数英雄人物的事迹，集中综合在代表人物身上的情形也是不奇怪的。典型、集中这种创造方法，也并非近代的文学家的发明。这些都是常识以内的事情，正常人都能够判断、理解。在“禹穴”里是否真的藏着禹的遗蜕，我也并不那么确信。不过汉代的著名历史家司马迁是到这里来调查访问过的，而且访得了二千年前人民的口头传说，写入了《史记》，这也是事实。司马迁是懂得传说与史实中间的区别的，他采取了实事求是的正确态度。不过也确有一些学者将这些属于常识以内的事物当作了创见，努力寻找传说以至神话中间的漏洞，考索的结果，竟连禹这个人物也考得无影无踪，说这只不过是“一条虫”。禹，是名字，“名者实之宾也”。什么是“实”呢？一位远古的民族英雄。即使是英雄的集体，也还是英雄。这不会是一条虫，虫是不能治水的。

陈寅恪教授曾为刘文典的《庄子补正》写过一篇序，这是写得极好的一篇杂文，可以摘引一点在这里：

> 今日治先秦子史之学，著书名世者甚众。偶闻人言，其间颇有改订旧文，多任己意，而与先生（指刘文典）之所为大异者。寅恪平生不能读先秦之书，二者之是非，初亦未敢遽判。继而思之，尝亦能读金圣叹之书矣。其注《水浒传》，凡所删易，辄曰，“古本作某”，“今依古本改正”。夫彼之所谓古本者，非神州历世共传之古本，而苏州金人瑞胸中独具之

古本也。……乃以明清放浪之才人，而谈商周邃古之朴学，其所著书，几何其不为金圣叹胸中独具之古本也，而欲以之“留赠后人”，焉得不为古人痛哭耶？

寅恪先生这里批评的是一种学风，话虽然说得尖锐，但确实击中了要害。学术上新创的独见应该热烈欢迎，但必须有确凿的论据而且必须是实事求是的。只凭越来越大的胆子，敢于打倒一切“偶像”，包括中华民族历代志士仁人一切“偶像”在内，都依次打倒，这只能是“五四”以来新文化运动中消极、幼稚一面的继承与发展，其实是并不足取的。

鲁迅先生晚年写成的小说《理水》，就是取禹的事迹和围绕禹的议论为题材的。先生在实干家与空谈家之间划了一条分明的界限，歌颂了禹，肯定了实事求是的政治家作风。我至今还相信先生的意见是不错的。

禹庙里有一块窆石，这是确实很古的一块石头，露出地表约六尺，顶端有一个洞，上面还模模糊糊有些文字，但看不清楚了。关于这窆石，也有许多不同的说法，有人认为是当年禹的遗体下葬时所用的工具，也有人说是石船的残零部件，也许还有其他奇奇怪怪的说法。鲁迅先生为它写过一篇考证，并研究著录了残留的刻字。鲁迅说：

阮氏元《金石志》因定为三国孙氏刻，字体亦与天玺刻石极类，盖为得其真矣。

又说：

盖碣自秦以来有之。孙皓记功其上。皓好刻图，禅国山、天玺纪功诸刻皆然。岂以无有圭角，似出天然，故以为瑞石与？晋宋时不测所从来，乃以为石船；宋元又谓窆之石，至于今不改矣。

这块没有棱角尖头、光光的石碣，无疑是禹庙中现存最古老的遗物。附近有《禹陵重建窆石亭记》碑，明天顺间山阴韩阳撰，碑阴是成化乙酉（一四六五）罗周记，都还是明初的遗物，字迹清晰，保存完好。前面侧廊里还有许多旧碑，木栏锁了，不能进去看。

整个禹庙的建筑是很雄伟的，是帝王的规格。围墙涂暗红色，殿宇只用灰、黑、赭色，显得格外庄严。格局与故宫相似，但较小而狭，进午门后的石甬道极高极陡，爬上去要时时抬头仰看，大殿高处有康熙所写“地平天成”四字，大殿里有十六根极粗的大红柱子，柱下是石础。殿中有极高大的禹像，也是新塑的。这是一尊立像，顶天立地站在殿宇中间，并不像一般的坐像，也许是表现禹的不惯坐而谈、随时起而行的精神的吧。像的两侧有对联：“江湖河汉思明德，精一危微见道心。”

大殿前面还有一座禹碑亭，橅刻的就是所谓“岣嵝碑”，这碑原在衡山绝顶，韩愈有诗记之，但韩愈实在并未见到此碑，宋代金石书如《集古录》《金石录》也都没有著录。我有一本《岳麓书院石壁禹碑》，嘉靖木刻阴文本，橅刻了全文，怪怪奇奇，每字之下附了后人的释文，其实是不可信的。我猜这可能是古代少数民族的一种文字，其实和禹没有什么关系。碑后有湛若水、沈镒、杨慎、顾璘等跋文、诗歌，最后是嘉靖庚子（一五四〇）长沙府知府会稽季本明德的刻书后序。禹庙的禹碑原本，可能就是季本带回故乡来的。季本也怀疑这其实并非禹碑，反复说明理由，但主张“多闻阙疑”，不要强不知以为知，他的这种见解还是通达合理的。碑前有一张夏禹王像，虽然也是后人拟作，但神情生动，好像比大殿里的塑像还要高明些。

一九八一年三月二十四日

诸　暨

一

清明前夕，到诸暨去玩了三天。承主人的好意，连日来安排我们看了五泄，访问了陈老莲的故居，游了小天竺，还参观了枫桥镇上供奉杨老相公的大庙，边村保存得相当完整的边氏宗祠。只是到了离开诸暨前一天的下午，才带我们去看了西施浣纱的遗址。诸暨是西施的故乡，地方上对她是怀着很好的感情的，城里新建的漂亮的商场大楼就命名为“西施商场”，浦阳江上雄伟的大桥也叫做“浣纱大桥”。没有留心，可能还有别的商店、饭馆也使用着西施的名号，可是为什么他们把访问西施故里的日程安排在最后呢？

久雨初晴，我们走出城关，沿了江边缓缓南去，公路上扬起了一阵阵的尘雾，没有多远，就能看见江上的浣纱大桥。再向前，遥遥望见公路边上有一座小小的亭子，那就是西施亭了。走近看时，并没有发现什么匾对，只是一座孤零零被挜挤得局促在江边的亭子。亭下就是临江的崖石，有两条逼窄的石径通往江畔，只容得一个人走过。石壁上有两个填了红的摩崖大字——“浣纱”。再下面的江水里横卧着的青石，自然就是当年西施浣纱的所在了。

这个地方小得很，连转身都困难。小亭子里已经有几个游人坐在那里，也挤不进去。好在站在这里也能眺望对江，望得见金鸡山下的村落，一色白墙黑瓦的民居，只是一侧新添了几幢新宿舍楼，却打破了整个布局的完整。从古代留下的地图上可以看出，苎萝山的石脉是一直蜿蜒到江边的，可是不知什么时候，也许比公路修成更早，就被拦腰截断了。今天的苎萝山已经被新建的厂房宿舍包围起来，简直就看不见山。山的前半掘起了一个大水池，开出的石料就用来叠起了山前的石壁，从下面只能望见山巅几棵孤零零的小树。

在山下、江边徘徊着的时候，不禁感到了无端的寂寞。

四十年前买到过一部崇祯十年（一六三七）刻的八卷本《苎萝志》，"梦溪张夬，荆溪路迈纂辑"，久已失去了；后来又得到康熙刻"暨阳赵弘基家山汇评"的《苎萝集》残本上卷，现在倒还在手边。赵书只是崇祯本的翻版，不过少少变动了一下次序，多少添加了一点晚明的诗文，但在自序中却夸说如何辛苦搜集，正是过去刻书家常见的伎俩。书前有武宣序，说到苎萝，"山不过一卷石之多，野蔓交加，只堪供樵苏、牧竖之往来……"可以知道很久以来这里就一直是一片荒凉萧寂了。

翻看一下这样的地方名胜志，是颇有意思的，但也往往觉得无聊。我曾经说过，人们编这种书，就好像下帖子把古往今来的诗人墨客请来开座谈会，而这种座谈会却往往是乏味的。因为大家说的往往是一个模子倒出来的老话。这本《苎萝集》上卷，虽然收集了整整一册诗词，但还远远说不上完备。不过作为标本，也尽够了。这一大堆诗词的主题，可以借钟嵘的《诗品》序里的两句话来加以说明，“或士有解佩出朝，一去忘返，女有扬蛾入宠，再盼倾国。凡斯种种，感荡心灵。”西施被越王勾践选中，当做礼品献给吴王夫差，不论她是否意识到自己负有怎样的使命，也不论她曾在吴宫怎样“扬蛾入宠”，她的心情总是寂寞而凄苦的，她明白自己不过是一宗美好的货物。而越大夫文种所献的破吴九术（或云七术）中，“遗之好美，以荧其志”只不过是其中之一。后来人们出于种种动机夸张得过了分，甚至到把西施装点成女间谍的鼻祖，就不免是神话或简直是昏话了。能指出这一点来的在整本《苎萝集》中好像只有王安石的一首《嘲吴王》：

谋臣本自系安危，贱妾何能作祸基。
但愿君王诛宰嚭，不愁宫里有西施。

王荆公到底是有眼光的，寥寥二十八字，就将喷在西施脸上“红颜祸水”的污蔑之词洗得干干净净了。

“沼吴”以后西施的命运，也是聚讼了几千年不能解决的难题。四十年前我在一篇小文中说过：

还有一说也近于情理。那是越王沼吴以后，想了一想，吴国全是这个女人弄糟了的，正是红颜祸水，留她不得，捉来淹死了吧！这一说的根据是《墨子》的“西施之沉，其美也”。

这是见于史籍关于西施的最早记载，比后来东汉人的许多说法都更为可信。不过人们是不满意的，他们同情这个美丽的女人，不愿她落入如此悲惨的结局，这样就创造了她和范大夫泛舟五湖的传说。这是合于传统喜剧结尾的公式的，但也隐隐包含着对勾践的抗议或嘲讽，这才是《浣纱记》的结尾远胜于一切“金榜乐，大团圆”的所在。

二

诸暨和绍兴是邻县。到枫桥去的那天，我们坐的车子就一直朝东向绍兴方向驶去。天色阴阴的，漫天遍野一片绿，远山淡淡的，大地上好像吸满了水雾。时而看到一片白墙黑瓦的房子，那就是一个村落了。浙东的民居都是这种格局，这种颜色。白墙上开了大大小小的窗子，好像一对对盯着公路上来往车辆的眼睛。偶尔可以看见一棵大树，是白果树吧，有时候是一对，那说明这里曾经有过一座庙宇，树照例种在山门前面。庙宇早就没有了，只剩下两棵树寂寞地站在那里。

“就在那面，那个山脚下，是杨铁崖的家。”

听了这样的介绍，我只能“唔唔”的应着，其实我也认不准这是哪个山村。只是想，杨维桢写的字叉手叉脚的，一派奇气，可是又那么美，在同时代的书法家里，他好像完全不理会有赵孟頫的存在，这就值得佩服。这是一个怪人，流传着许多狂怪的故事，但也有使人不敢佩服的，他“创造”了“鞋盃”行酒的方法。我想，这可能是从“曲水流觞”得到了启示的吧，那可是“雅”得有些“俗”起来了。

元末画梅花有名的王冕也住在这一带。提起王元章，人们总忘不了《儒林外史》里的描写，那个骑在牛背上读书的小孩仿佛真的从烟雨迷濛的田埂上走过来了。吴敬梓的描写是以宋濂、张辰两篇《王冕传》做蓝本的。宋传中说他“买白牛驾母车，自被古冠服随车后，乡里小儿竞遮道讪笑，冕亦笑”，就是被写入《儒林外史》的故事。又说他在北京对秘书卿泰不花说，“不满十年，此中狐兔游矣”，回到越中以后“复大言天下将乱。时海内无事，或斥冕为妄，冕曰：‘妄人非我，谁当为妄哉？’”都说明他已经清楚地感到了动荡时代的即将到来。不过不同的是宋濂说他希望能遇到明主，做一番事业，张辰则只是强调了他的归隐。至于王冕的结末，两传的说法也不相同。宋濂说朱元璋打下了婺州，“将攻越，物色得冕，置幕府，授以谘议参军。一夕，以病死”。张辰则说有一天闯进他家里来的是“外寇”，他和贼帅大争辩，“明日，君疾遂不起，数日以卒”。其实两篇传说的是同一件事情，只是宋濂站在官方的立场上，不能不说得好听一些罢了。朱元璋起事以后，在浙江一带罗致了一些人才，成为他的得力助手，但这些人的结局都不大好。朱元璋先后花了几十年，才一个个都收拾了，王冕不过是死得最早的一个。吴敬梓的小说拿他的故事作为楔子，看来也不是没有微意的。

县里的同志告诉我，诸暨这个地方过去出过不少人物。当兵的特别多，其他方面也有不少出色的人才，不过地方上留不住他们。至今诸暨的高考升学率在全省还是最高的，征兵任务的完成也是头等的。这些信息很能帮助我们理解生长在这个地方的人民。文化水平不低，在过去叫做“文风盛”；好勇，也是越人的传统。两者结合起来形成一种特异的素质，倔强、独特，散发着特异的光彩，表现在文学艺术作品上，就出现了一种不可替代的色泽。就在这枫桥路上，既有元末的王冕，又有明末的陈洪绶，他们都是生活在天翻地覆的大时代里的大画家。

车子从兰亭折回，到了枫桥镇上，穿进一条乡间小路，雨后一片泥泞，车子歪歪扭扭地开进去，停在一块场地上。眼前是一片水塘，有两只白鹅在水面上游动，两旁都是菜畦，场地上满地稻草屑和泥浆。走进一条小巷，踏进边门，是一座空落落的大厅，三开间，五根带石础的柱子，屋角放着一架破旧的打稻机。这是陈家的祠堂，据说是老莲祖父陈性学的“光裕堂”。除了颜色久已剥落的梁间彩画，已经寻不见任何旧时痕迹。几个木匠借了这地方做家具，在埋头做活。好寂寞的一个地方。

陈老莲的“宝纶堂”就在前面，走过去看时，就连房子也没有了。墙边有一口井，据说还是当年的旧物。地上留下一些残零的石条，是过去的屋基。房子在很久以前就烧毁了，还是在太平天国以前的一次农民起义中给官军烧掉的。这些“故事”都是从一个五六十岁的老乡那里听来的，他姓陈，这村里的人家都姓陈，不过他好像并不知道陈老莲的名字。

陈老莲也画梅花，可是画法和乡先辈王冕不是一路。他画的是工笔，古拙瘦劲，完全洗净了没骨画法的酣熟，和他笔下的人物、山石一样，都带有浓重的图案意味。无论是《西厢记》里的双文还是《娇红记》里的娇娘，都美艳、典重，古朴类唐画。人物衣饰或花木山石衬景，落笔都极尽繁缛，但笔墨又非常简净，甚至是吝啬，屏除了一切多馀的点染。这种风格在老莲的时代是一种创新，在以后则形成了一种流派。他的画风早在十九岁为来风季作绣像《楚辞》时就已经形成了，这一画稿一直到二十二年后才刻成。其中《屈子行吟》一图已经成为人们心目中典型的屈原遗像，一个清瘦的古衣冠人物，有着说不出的忧思迟缓地在泽畔“行吟”，这只能是“三闾大夫”。书前有老莲手书上板的一篇序文，一直是我爱读的文字，序的上半是：

> 丙辰，洪绶与来风季学骚于榕石居。高梧寒水，积雪霜风，拟李长吉体为长短歌行，烧灯相咏，风季辄取琴作激楚

声。每相视，四目莹莹然，耳畔有寥天孤鹤之感。便戏为此图，两日便就。呜呼！时洪绶年十九，风季未四十，以为文章事业，前途于迈。岂知风季羁魂未招，洪绶破壁夜泣，天不可问，对此宁能作顾陆画师之赏哉！

读了这序文，使我们仿佛看见了画家自己，连同他的举止、神态和心境。写这篇序文时，洪绶四十一岁，看样子已经在饱经人世忧患之后进入了他的晚年。在晚明那个时代里，一个艺术家走的是怎样的道路，在这里反映得十分清晰。

他画《九歌》里的《国殇》，只画了一个手执弓刀、满怀激楚的寂寞的老兵，在他面前有一把丢弃了的斧，这是战友的遗物。寥寥数笔，就写尽了古战场的凄寂景色，抵得上一篇《吊古战场文》。

提起陈章侯，总是有着说不出的怀念与敬重。他是第一个为《楚辞》作插图的画家，稍后才是萧云从。晚明画家对楚骚的非凡兴趣，这事实本身就是值得思索的。陈老莲的画本由晚明刻工高手制成图像，成为那个时代最好的木刻。这些印本都已流传稀少了，得到郑西谛的介绍，才先后复印行世。我最早见到的就是这些复印本，因此对老莲留下了深刻的印象。见到他的书画真迹，还是后来的事。论影响，他的木刻插图恐怕更大于绘画。这次到诸暨，可以说多半是为老莲而来的。能到他出生的故里来看看，即使没有看到什么值得驻足流连的遗迹，也觉得满意了。

三

到五泄去的那天，很早就起身，七时车子就开动了。原因是半路上有一个草塔镇，今天有集，晚了怕车子开不过去。

天阴阴的，看样子今天有雨。下雨也有集么？

车子逐渐减速，很远就看到了集镇，也听到了喧嚣的市声。本来就不宽绰的街被摊子塞满了，摊上都张着塑料布，有的只是马虎地盖着，既挡不住大雨，也遮不住飘进来的雨脚，摊子上面撑着支架，挂满了时新款式五颜六色的服装，咔叽夹克衫，女式的衬衫和牛仔裤，还有各式各样的日用百货，从收录机到打火机气罐，无所不有。照管摊子的多半是年轻的农家妇女，嬉笑忙碌地接待顾客。七点刚过就已经有那许多主顾光临了，他们大半推着脚踏车，簇拥着仔细浏览摊上的货物。跟在他们后面的是几辆板车，车上装着新做成的家具，大橱、短柜，一式本色，不加漆水。我们的车子就跟在板车后面，好不容易穿过了草塔镇。

这个集有很长久的历史了，一年就这么三天，风雨不歇。昨天在小天竺就遇上了成群结队的农村妇女，都上了点年纪，穿得齐齐整整，鬓上插着红花，坐满了茶厅，桌上摆着香烛、食品，在那里品茶。打听下来，才知道她们都是赶着观音生日来上香的。为什么观音的生日正巧是春天呢？这个有来历的古老集市为什么年年安排在这几天呢？

这里有一个水库。

我们从大坝底下往上走，爬了好久才到了坝顶。我们要在这里等到五泄去的渡船。渡船有好几只，都停在坝底的角落里，一只大的，三四只小的。也许时间还早，而且总共也只有我们几个游客，司机还不知躲在哪里，我们就站在坝顶看眼前的风景。天阴阴的，时或飘下点雨花，眼前是一片绿。两岸夹山是绿的，水也是绿的。放眼望去，前面不远处，水路就给迎面而来的山峦切断了。湖水里有山崖的倒影，很清晰地分出好几个层次，浅绿、蟹壳青、墨绿，再仔细看，整个的湖水都是墨绿的。这地方很像桐庐的七里泷，只是布局较小一点，比三峡自然更小。不过风格是相近的，都那么曲折、幽深、森严而肃穆。在我们的祖国，凡是有水库的地方，都能看到这种奇丽的景致。

我们坐了一只小艇，向似乎没有路的山崖水角处驶去，两岸夹山渐向后退，眼前展开的是两排看不到头的碧绿屏障。再过一个月光景，这里将是满山的映山红。远处水边出现了一个小白点，那是一座孤零零的小房子。路转峰回，眼前又是一番景色，水面更加开阔。一路上每个山峰好像都有一个名字，简直来不及听也来不及记，看看有点像，可是到底又不大像，大概这就是“似与不似之间”的意思。听说不久前一座峰头飞来了一只鹤，常在那里踱步。有人看见了：“鹤正站在那里剔翎呢！”我尽力望去，到底没有能看见，也许山头的绿色太沉也太厚了。

远处临岸的水色简直就是黑的。没有人说话，留下的是一片静寂的天地。船尾的马达响声，并不曾打破反而更增添了静寂。这时，猛地两三只水鸟从近岸水面上箭也似地掠过，在十来丈外的地方停下，在水面留下了长长的水纹。水鸟不知道是什么名字，大概是凫吧？颜色是深褐色的，不容易分辨，细看才知道栖息着一群，也许是听见艇子的马达声受了惊吧。不一会，就又有几只掠过去了。等我们的小艇靠岸时，这一群都已经转移了。

转过山角就能遥遥望见山麓的一片白色屋宇。看样子应该是一座丛林，但又不大像。看看不远，可是也走了好半日，这就是改成林场了的五泄禅寺。

这是一座古寺，志书上说是唐代元和年间灵默禅师始建。不过大殿和山门都早已没有了，门外溪边还残留着一些残断的石梁、石础，是当日山门的旧址。几株古树槎枒地分布在一片荒秽的蔓草中间。进门处壁上嵌着一方石额，上面刻着陈洪绶手书的“三摩地”三个大字，是光绪中重镌的，但无疑是老莲的真迹。陈章侯少年时曾读书于浣纱溪上白阳山麓的西竺庵，曾题“三摩地”于主人赵氏之室，见县志。那么，这里的石额应该是从西竺庵杭刻而来的了。

进门后是一座小院，铺地方砖，杂植花木。一株玉兰正在盛放，花白如雪，缀满枝头，地上则是一片落英。这座禅房静室，可能是古寺仅存的遗迹了。屋内有一块刘石庵写的旧匾，“双龙湫室”四个大字。据说十年动乱中这块匾已经被打落在地，几年以后才从柴房中找出，幸而没有烧掉，不过已经缺了一只角，经过修补重新挂在这里的。这块匾虽然算不得什么了不得的名物，但在五十二年前郁达夫写下的《杭江小历纪程》里已经提到，应该算得上是见于著录的旧迹了。

在林场新建的一排房子里小坐，吃茶。

五泄就是五个瀑布。五泄在浙江的许多著名风景区中虽然算不上最大、最著名的，但在很古的时候起就已受到注意。生活在六世纪初期的郦道元在他的名著《水经注》里就已加以详细的著录了：

> 江水之导源乌伤县，又东经诸暨县，与泄溪合。溪广数丈，中道有两高山夹溪，造云壁立，凡有三泄。泄悬三十余丈，广十丈。中二泄不可得至，登山远望，乃得见之。下泄悬百余丈，水势高急，声震水外。上泄悬二百馀丈，望若云垂。此是瀑布，土人号为泄也。（王国维《水经注校》卷四十）

可见在郦道元时，人们还只知道有三泄，后来在《舆地志》里，才出现了五泄溪的名字：

五泄溪，在诸暨县西五十里。山峻而有五级，故以为名。下泄垂三十丈，广十丈。中三泄不可逾度，登他山望始见之。上泄垂百余丈，声如雷霆。

离开五泄寺，右折，沿山脚走去。没有好久，就能隐隐听见闷雷似的吼声。一路上林木丛竹，漫山遍野，像张着一堂绝大绿色的舞台幕布，使人略略焦急，猜不透到底掩盖着怎样的奇妙光影。路转峰回，跨过又一条转折的山凹小径，这时大幕一下子拉开了，终于看到了第五泄。

重叠的山岩，嶙峋的石壁，上面生着灌木的短丛，像一位满脸皱纹的老人唇上的短髭，口角张处，一条雪白的水柱悬空而下，喷珠溅玉，是大口吞下一口酒的馀沥吧。瀑布落在一片水潭里，变成了一道溪流，中间有一串排列整齐的大青石块，从上面可以走到对岸。那里有一道崭新的金属围栏，蜿蜒着穿山而去，看不到尽头。满山的绿，雨后空气里蕴含着太多的水分，这地方就像一块绿色的大海绵，随便碰一下就能溅出水来。

围了栏杆的小路是沿着山壁开出来的，走起来并不费力。不能不感到我们今天的好运气，从郦道元起，就少有人能完整地看到五泄，尤其是第四泄。他们只能站在另外的山头上遥望。我们缓缓地登山，每一步转折，都能看到崭新的光景，山石、树木、野花，随宜布置，处处都是美的，好像落入了奇妙的万花筒里。

我们走得很慢。走到山腰时看见山脚闪出了一面红旗，是一支小学生春游的队伍，孩子们嬉笑着爬上来，他们哪里是爬，简直是在跑，一眨眼就到了眼前。我们停下来让他们过去，一片喧声过后，又一下子都不见了。

终于爬上了东龙潭顶，看到了难得一见的第四泄。涧水被束缚在仄仄的石槽中间，水花溅起，如雾如烟，在迎面而来的石壁上撞击，溅落，发出了巨大的响声，它是真的被激怒了。

第三泄和二泄其实只在一转折之间。水面铺开了，一个大的转折以后，在一片石涧上曲折泄下，形成了散落的态势，飞舞、挤挤、追逐，组成了一片喧笑，快乐地奔泻而下了。

山角一座竹楼的基脚已经树起，旁边是工人的工棚。这地方选得好，正是喝茶观瀑的好地方。五泄已经存在了多少万万年了，“逝者如斯夫”，从不停歇地流着流着，经过了多少曲折、束缚、弛放、磨练，最后汇成了水库，给人们带来了光和热。坐在水阁上观瀑，是可以想得很多很多的。

还要爬好久呢？在就要到达顶峰之前，还是不能不闪过这样的念头。一泄到了，这是一条注入深潭的瀑布，从容，轻缓，显示了涧水入山以前的好性情。就在水流下注的地方，有两个水潭，是所谓大小脚桶潭。水深得很，应该就是长年累月的激流凿出来的吧。

又经过一段泥泞的山路，才是刘龙坪，这是万山背后一块小小的平地。我们走进一间小小的房子里吃茶。屋前有两棵树，遥望是一片寂静的山凹，听见了鸟声。

这座房子的原址是刘龙庙。刘龙子是个传说中的神话人物，是个吞了骊龙珠后化龙飞去的仙人，不过每年清明都要回来给母亲扫墓，来时必带来满天风雨。坐在小屋里啜着淡淡的山茶，听着这样荒唐而美丽的故事，不觉坐了许久。

从山背下山，满眼竹林，路边时时可见爆出的新笋，偶然可以从林木空隙处遥望远山，觉得这实在可以算得是一座伟大的盆景。又遥遥看到了郦道元所说的“登山远望，乃得见之”的“不可得至”的二泄，不能不佩服古地理学家认真踏勘然后下笔的求实精神。

回到五泄禅院午饭，饱吃了极鲜嫩的新笋和豆皮，喝了两瓶西施啤酒以后就又去游西龙潭。东、西龙潭之间夹着的就是那座峻削的山脊，山那面是五级悬崖飞瀑，这面则是曲折幽深的溪涧。山路依崖开辟，曲曲折折，路上有无数石板桥，随时可以过渡踏上对面的山沿小径。悬崖上有时可以看到怪柏中间盛放的白色山桃，还有南方少见的楠木林，挺拔的树干上下错杂散布在一片山坡上。涧底淙淙的水声并不喧闹，有时还是只能听到水声的伏流。迎面而来的处处峰峦，奇削、幽峭，几乎都有一个美丽的名字。在五泄寺里曾看到过一块新雕的徐渭“七十二峰深处”小小石碣，说的就是这一路上奇幻无尽的峰峦。这地方的格局有点像杭州的九溪，但曲折幽深的气势却要好得远，夹山的逼窄更增添了几许森肃。我们没有走到一线天、看见燕尾瀑就折回了。从主人的介绍中可以想见，那应该是和四川的剑门有些相近的地方，虽然五泄更突出的是江南山水的秀特而非蜀山蜀水的雄奇。

我们提前赶到了渡口，小艇刚在靠岸下客，驾驶员拿拖把冲洗完座垫就跑开了，大概是等候随后赶来的游客。这时天上的细雨密起来了，张了伞坐在舱里，就这样一直等到艇子向一片迷濛的雨网中驶去。湖面上笼罩着一片冷雾，山峦的色调变得更暗，好像画家的墨笔在水盂里狠狠地蘸了一下就大胆地抹过去，很快变成了一片氤氲。

张了伞也遮不住横飘过来的雨脚，有点狼狈，可是我喜欢这雨，不怕它打湿了衣衫。这时，又有几只被惊起的水凫从面前划过，像箭似的一下子就钻入迷濛的雨障里去了。

一九八六年四月二十一日

淮上行

住在上海，偶然出去走走，沪宁线上也只是南京、无锡、苏州这些城市去得多些，渡江北上的机会就很少，三十年来只有过两次。一次是在一九四九年的冬天，那时江南初解放，到沪宁线上去旅行采访，在镇江下车以后，曾到扬州去看过一下。记得当时城里还有好几家旧书铺，一一看过，买了不少书，放在黄包车上一起出城去游瘦西湖、平山堂、史阁部墓。阴天，好像要下雪的样子，北风呼呼地吹着，天上满布了彤云。不用说，游人是一个也没有，站在梅花岭的高处，四下望去，真是一片愁云惨雾，很有点像当日史可法留守扬州的典型环境与气氛。我想，如果想创作历史小说，感受一下这种环境氛围，也许并不坏。可惜这与我当时的心情毫无相通之处，于是匆匆赶回镇江来了。

第二次是在大约隔了一年以后，我参加了革命老根据地的访问团，先到山东，再到苏北。这次走的地方多些，先后到过建湖、兴化、盐城……最后还是回到扬州。那是解放初期，老根据地的人民生活还没有能得到多少改善，但与一九四九年所见相比已经不同了。环境之艰苦与老区人民炽热的心形成了壮丽动人的景象，可惜我无力也无法加以介绍，现在留下的印象只剩下了扬州富春茶社好吃的点心。连那茶社所在的古旧、残破的花园，也觉得非常可爱。那次我们是从招待所里溜出来的，原想只是坐下来吃一盏茶，不料一下子就坐了许久。

关于江苏省长江北岸部分，我过去所有的知识不过如此。匆匆走过的一些地方，多是偏东沿海地区，比较艰苦。几乎不知道中部洪泽、高宝湖流域的富庶、繁盛，和江南没有什么两样。关于江都、扬州，虽然历史记载中各种描写都非常充分，可是留在印象里的，却总逃不脱南宋词人所说“春风十里，荠麦青青”和“清角吹寒，都在空城”这样的印迹。这样的想法，在这次从镇江来到瓜洲渡口，等候渡船的时候，又一次出现了。站在新建渡船码头的水泥坝上，默默对着面前的汤汤江水，远处疏落的洲渚、小树，还是不能不想起从鲍照的《芜城赋》到汪中的《广陵对》所列举的一连串历史事实，展开的一幅幅历史画面。这是荒淫无耻的豪纵生活与惨绝人寰的人间地狱的交错出现，也是诗人怀古的理想地方。而怀古又往往是追忆往昔的欢愉者少，痛定思痛的多。我想，这大概就是为什么人们总是容易保留下那些苦痛记忆的原因了。

过江以后，汽车经过邗江县，进入了扬州，但并不走过市区，只是从城边的公路穿过，一路上走过运河大桥和不只一座新建的雄伟的灌溉渠。有一处水闸的名字叫“万福闸”，这是一个很好的名字，充分表现了人们对水的感激之情。从这里开始，一个外来的旅人就将惊异地开始欣赏苏北水网地区的特色。有那许多纵横交错的水道，水面上有那么多船只，形形色色的船只，还有一群群鸭子，欢快地在水面上凫游、喧闹。辽阔的水面上孕育着一片生机。再走下去，就进入了沿着著名的古邗沟行进的堤上公路。

这可是一条非常有名的古水道。因为它的疏凿、扩展与隋炀帝有着关系，因而也就更加有名。从江都一直到淮安，三百七十里的运河，就是“古邗沟”。这是春秋之末，吴王夫差在古水道的基础上开辟的，目的是以通江淮；隋文帝伐陈，又重开了一次，这次取的名字是“山阳渎”。但人们似乎都不予注意，只记得征发了十几万民工，在几个月里扩大了这“山阳渎”，以便乘坐了豪华的龙舟到江都来游幸的隋炀帝的名字。历史学者们还不断指出，隋炀帝虽然是个荒淫无道、给人民带来极大灾难的皇帝，但他的开拓运河还是为后人开了万世之利的，因此隋炀帝应该被称为“不仁而有功”的统治者（明人《谷山笔麈》）。这是不能不使人叹息的。

隋炀帝的“声名”在很大程度上是由小说家吹煽起来的。从唐宋人的传奇开始，直到明人的《隋炀艳史》……无一例外都尽力渲染了他的荒唐无耻的享乐生活，并表示了非常的艳羡，极少看到人民为这一切付出了怎样的代价。隋炀帝不幸失败了，隋也成了短促的朝代，否则他的一切倒行逆施，史官们是会尽力加以篡改、美化的。即使他是一位短促的王朝的应负亡国责任的皇帝，有些人还是想方设法加以回护，仿佛不光彩的动机与残暴的统治真能歪打正着地产生良好的效果。这就深刻地反映了一些封建文士的内心活动，也许可以称之为“流氓崇拜”吧。无论在怎样的时代，流氓的行径想得到社会的批准都是困难的，但他的享乐、荒淫、恶行、罪孽却正是某些人在心底羡慕着的，因为自己做不到。

隋炀帝是有他的才能的，但其实是个流氓。传说有一天他和皇后呆在一起，对着镜子长久地端详着自己，缓缓抚摸着白皙的头颈叹气说，“多好的一颗头颅，还不知轮到哪个有运气的来砍！”这传说证明，直到结末，他的头脑还是清楚的，明白自己负债的数额，也明白“破产”的期限，很平静地等待着末日的到来，不后悔也不张皇。

不是头等的大流氓，能做得到么？

在《初学记》里看到过隋炀帝写的一首诗，是写淮上风光的《早渡淮》：

平淮既渺渺，晓雾复霏霏。淮甸未分色，泱漭共晨晖。清霞转孤屿，锦帆出长圻。潮鱼时跃浪，沙禽鸣欲飞。会待高秋晚，愁因逝水归。

这诗写得不坏，放在"六朝声偶"之中，也算得优秀之作。作者主要使用的是白描的手法，所写大约是他乘了龙舟渡淮前往江都时的所见吧。有趣的是，一千三百多年前的邗沟景色与我们今天所见的运河风光并无怎样显著的差异。秋晨，太阳还没有驱尽弥漫于水面和丛莽之间的晨雾，只见一片迷濛，一切都笼罩在轻绡下，看不清楚。偶然在河道中出现一片沙洲，孤零零的，上面似乎还生长着老树，可见这些"孤屿"也很有些年纪了。只是汽车在沿了运河堤岸的公路上跑，无法看到河里跳出的鱼儿，鸟声也听不到。在运河中时而看到一长串驳船，由一艘小火轮拖带，船上也没有悬挂耀眼的"锦帆"。

过了邵伯以后，车子就一直在一条绿色的巷子里穿行。这是由两行高柳界成的一眼望不到头的巷子，从柳树间隙可以望见运河的河床，对岸好像也是绿色的屏障，葱葱茏茏，更显得茂密。到了高邮，太阳终于露面了。前两年一个晚秋的下午，我曾在安徽东部旅行，那里的公路边也夹种着柳树，曾给我以一种说不出的萧瑟凄凉之感，一时竟把这看作淮南杨柳的特色，就是曾由姜白石屡屡在词序中描写过的。说柳树也有地方特色并能传达不同的情愫，是有些可笑的，但我确信这并非虚假的幻想。高邮道中的高柳，就一些都没有这种楚楚可怜的姿致，只显得健壮而有生机。也许是秋晴的日色帮助改变了景色的氛围，也许是……谁知道呢？

堤上的公路比河畔的田野要高出许多。几乎每隔些时就要迎来一座市镇，照例能看到熙攘的人群，穿梭的脚踏车，和新起造的建筑物。这中间很有一些有名的地方。到了高邮，不禁要想起咸蛋和在运河水上成群的鸭子，当然也会想到这是有学问的王念孙、引之父子的故里。到了宝应，在长途汽车站里看到人们提着大串肥蟹和一捆捆粗壮的藕上车。过去我还没有看见过这样粗、棱角突出的塘藕，河泥还不曾洗净，真像摔跤手的手臂。听说今年的蟹泛是空前的，洪泽湖边到处都有自行爬上岸来的成群河蟹，农民捉了来缚成串，六角钱一斤的价钱还不容易找到买主。

车过界首以后，运河中的洲渚出现得更加频繁，有时它们竟长长地联结在一起，几乎把水面界成了内外两条河道。在这些沙岛上长着树，还有破破烂烂的房子，成片地种着菜，有的岛上还建起了不小的砖窑。这一切，看来都已是很久以前留下的遗迹，说明人们久已不再重视这条曾是非常重要的水道了。揣想大约在京沪铁路建成以后，甚至还更早些就出现了这种趋势。这是很可惜的。人们盼望在这条古运河上有更多更大的货船来往行驶，使已经淤塞了的动脉恢复生机。即使只是侧枝，同样也能加强心脏，使之跳动得更为有力，输送更多的血液。

从镇江到淮安，路上大约花了四个多小时。这样的速度，过去南下北上的旅人是不能想象的。

在京沪铁路没有建成以前，淮安曾经是非常繁盛的地方，是南、北交通重要的枢纽。清初曾在淮安旅居了很久的学者阎百诗的儿子阎咏说过，扬州是唐代最繁盛的都市，在明代则是苏州。

这有"扬一益二"和"上有天堂,下有苏杭"的俗谚作证。但在明代成、弘之间(一四八〇年前后)丘琼山《过山阳诗》:"'扬州千载繁华景,移在西湖嘴上头。'西湖嘴在运河东岸,距余家状元里仅二百步。"(《左汾近稿》)他这里说的是,明初淮安的繁昌,是可以与扬州相比的。明代末期来到中国的意大利传教士利玛窦是为中西文化交流作出过贡献的人。他留下的一部日记,中间就记着万历二十六年(一五九八年)第一次进京的旅途见闻,列举的沿途重要商埠口岸是扬州、淮安、苏州、济宁、临清和天津。从利玛窦的日记里可以看出南北交通主动脉的运河当时所起的重要作用,而淮安正是六个重要口岸之一。在清初南北对抗的战事中,淮安的地位受到威胁,遭到很大的破坏。孙廷诠奉命于顺治八年(一六五一年)到会稽禹陵去祭扫,南下途中经过淮安,为了等候船只就等了五天之久。他在《南征纪略》中说:

> 淮城南北之会,陆海津梁。客至此者,欲南则舍策登舟,欲北则停帆命驾。盛时驿使星飞,亭长舣船待,夕停晓发,无弗给者。有明之末,藩镇刘泽清建牙于此,尾大不掉,威福自擅,竭淮民之力以峻宇雕墙,公私俱困。又势处要害,兵火相寻,官舟荡析,乃挐估人船。兼前榷使为政苛虐,南来行旅皆迂道徐泗,以避虞罗,水国萧萧,棹歌稀发。予抵淮五日,尚未得船也。

孙廷诠是钦差,还不易得到交通工具,可见淮安当时已经破坏到怎样的境地,完全失去"陆海津梁"的作用了。刘泽清是有名的"四镇"之一,与高杰齐名,都是史可法指挥不动的地方军阀。由这样的人镇守淮安,难怪一见北师,立即望风而溃了。将军们唯一的业绩是给人民带来无穷的灾难。这种混乱情况大抵延续了三十年。

康熙亲政之后曾在皇宫的柱子上记下三藩、河务、漕运三件头等重要大事,时时提醒自己。事实上当时黄、淮、运河都已废弛多年,屡次出现水灾、决口,严重地威胁着南北交通与漕运,已成为清王朝的心腹大患,所以平定三藩的战事一结束,康熙就立即开始"南巡"。主要目的之一就是视察治河工程,自然也顺便游山玩水,接见上层汉族知识分子,祭祀明陵,力图取得民族和谐。在这些地方,他和隋炀帝是很不一样的。康熙多次南巡,在河工问题上花过很大的精力。《清圣祖实录》记,"江南、淮安诸地方,自民人船夫皆称誉前任河道总督靳辅,思念不忘。"靳辅治河触发了封建统治阶级上层尖锐的矛盾,引起了严重的争论。康熙在进行处理时曾多次调查地方、民间舆论,几次修改决策。调查的重点地区,就有淮安在内。

大约从康熙中期开始,淮安就已开始恢复了交通枢纽的历史地位,也恢复了过去的繁荣。平时翻阅清人诗集,几乎没有例外都能发现一两首淮安诗,最常见的题目是韩侯钓台与漂母墓。这是一些都不奇怪的。人们进京考试、朝见,出京赴官、返里,总免不了要经过淮安,不能不看到著名的淮安人韩信的遗迹,免不了要借此发一通感慨。

到淮安当天的下午,就去看了著名的胯下桥。这"桥"就在市中心,有一座不大的木牌坊,坐落在一条街的出口,牌坊上写着桥名。漆着黄绿颜色,是"同治丁卯(一八六七年)重修"的,算不得古。其实这地方既没有桥,也看不见河。"胯"字在《史记》的古本里写作"袴",可能是原文。

司马迁在《淮阴侯列传》里首先用一节短短的文字写了韩信

少年时的几件轶事，不但故事生动，而且准确抓住了韩信的个性、品质的重要侧面，作者是经过了慎重考虑的。

少年韩信身材高大，喜欢随身带着刀剑在街上走，但很穷，没有正当职业，平时也并不与小流氓们混在一起。这就使“屠中少年”觉得很看不惯，想找个机会当众加以侮辱。“不怕死，就杀了我；不然，就乖乖地从我裤裆下面爬过去!”太史公写得真好，他写韩信对着这个小流氓冷冷地看了半日，于是爬下，默默地从他的两腿中间钻过去了。在“孰(同‘熟’)视之”三个字里，包含了许多内容，韩信经过周密的考虑，终于决定了应该怎么办。他冷冷地看那小流氓时，脸上一定没有恐惧、慑伏的颜色，倒是满脸蔑视。这是不必写，读者也能领会的。整个场面没有一点声音，只是当这一幕结束以后，才听到围观的人群中爆发出的讥笑。

这场面与《水浒》里杨志遇见没毛大虫牛二的故事很有些像，我怀疑《水浒》的作者可能是从《史记》里得到了启发的。但两个人的结局却完全不同，韩信只不过暂时失了面子，而杨志则一时性起杀了牛二，最后落得断送了前程，在脸上刺了金字，只能去作“强盗”。这样，许多人就从这里得到了“教训”。孙廷诠在《汉史忆》中就说，“汉三杰”都是靠一个“忍”字成功的，韩信、张良(他在圯桥下为黄石公拾过鞋子)、刘邦(在攻项羽之前，听从了萧何的劝告中止行动)都是如此。接下去就责怪韩信不该在刚攻下齐城后就按捺不住要求刘邦封自己为王，就是封个“假王”也好，这就种下了疑忌的根，后悔莫及了。这是有代表性的意见。遍观历代人就韩信的一生所作的诗文评论，大半是给以同情的，如有责难，大抵也总是怪他不能“忍”。

难道韩信在少年时懂得“忍”，后来就忘掉了么？是他在胜利面前冲昏了头脑，终于忘乎所以了么？

韩信与刘邦曾有过一次有趣的对话。那是在两人之间的矛盾已公开激化，刘邦解除了韩信的兵柄，封他为空头的淮阴侯之后。刘邦问韩信，以他（指刘邦自己）的能力能掌握多少部队？韩信答，“不过十万。”“那么你呢？”“我是越多越好。”刘邦不高兴了。韩信接下去作了解释，“陛下不能带兵，可是掌握带兵将领的本领是无比的，正是因为这个我才给陛下捏在手心里的。”司马迁写到这里就结束了，没有再记下刘邦有过怎样的反应。我想刘邦是同意了韩信的分析的，因为他说的是老实话。韩信自己在说这番话以前，一定已经对自己一生成功与失败的经验反复地考虑过了，这就是他的结论。他对应付“屠中少年”那样的小流氓，以及在他看来差不多的下层劳动群众，从来就没有丧失过把握与信心，只是碰到刘邦这样的对手，只有认输。看来关键并不在什么“忍”字上。

在这里，不能不说一下我对司马迁一贯抱有的尊敬。司马迁写的是历史，他从不自己标榜为文学家，但人们却一致承认他不只是出色的史官又是伟大的作家。《史记》，在许多人看来，也许应该列入“历史文学”之内吧，其实这是没有必要的。历史就是历史，司马迁的《史记》用文学标准衡量起来也是非常了不起的作品，但归根结底还是历史。就好像高明的新闻记者所写的报道，自有其浓厚的文学感染力，但到底还是报道一样。试看司马迁在这里所写刘邦与韩信的对话，就非常真实，同时又表现了两人中间的深刻矛盾，思想性格上的矛盾、利害的矛盾……好看极了。这是在两个高级流氓之间展开的较量，但并不借助权势、刀剑，甚至连谈话的气氛也是“和谐”的，谁都没有使用什么刺激的字眼，但从纸背不是可以听出那“握拳透爪”的切齿之声么。我想古今一切政治斗争中都不缺乏这样的场面，但有几位作者曾真实地加以描写过呢？七月中得到叶圣陶先生一封信，他在我的一本小书中看见了《日记·日记文学……》这样的题目，他说，“始知日记文学已为通用名称，自愧所见之不广。……我谓日记即称日记可矣，何须加称文学？既有日记文学，殆将有书信文学、游记文学等名陆续新生，未免巧立名目，近乎赘矣。诸种文学中又有所谓报告文学者，或称报道文学，其名殊不可解。据云其作法系叙真人真事，而又不必切合其人其事，作者尽可驰骋想象，出以虚构。由此而引起被叙者家属之不满，已颇有所闻。尊见于此如何看法，如有兴不妨提笔论之。”这是个应该由文学评论家来发表意见的大问题，不应胡乱插嘴。不过因为佩服司马迁的文字，偶然想起，觉得似乎也不妨为叶圣老的意见加一点注解。我一向主张好文章就是好文章，从来不受体裁、样式的限制，用不着一一分类拔而出之并缀以“文学”二字。诸葛亮的《出师表》写得好，难道要称之为“章奏文学”吗？前人选六朝文为《文絜》，分类选编，收入赋、诏、敕、令、教、策问……十八种不同体裁的文字，但只是总称之为“六朝文”，态度非常老实。如一一别立名目，那就将在文学史上平添十八种新型“文学”，不免过于“赘”了。如果司马迁不是经过了辛勤周密的调查研究，不尊重历史的真实，只凭驰骋想象，那就将把刘邦、韩信的对话场面写得剑拔弩张、唾沫横飞，甚至让刘邦动用皇帝的权威。火炽是火炽了，但得到的怕不是什么“文学性”而只能是虚假性。司马迁不会因此赢得历史文学家的桂冠，怕连历史家的地位也保不住。自然，人们会说只有低能的作者才如此这般地去“驰骋想象”，高明的作者是不会犯这种错误的。不过我想司马迁之所以写出不朽的名篇，主要不是靠什么想象，而是对历史真实的尊重、执着。他清醒地记住自己是太史公而不是小说家。在他笔下另外一个可以举出的人物是漂母。韩信在城边钓鱼，没有饭吃。被在城边洗衣服的妇女中间的一位发现了，就请他同吃，这样一连有十天。韩信高兴了，感激地说将来一定要重重地酬谢。漂母非常生气，“我请你吃饭，难道是指望你的酬报么?”这一节，看来也是真实的，不是出于“驰骋”的想象，但又是多么生动、有力，只一笔就勾出了人物的神态以至精神境界。

韩信当年大抵只是坐在城下河边钓鱼，不知从什么时候起，竟有了一座台，称为“韩侯钓台”。这是个有名的地方，我在不少古人的诗集里都发现过。幸运得很，在去河下访问吴承恩故居的路上，看到了钓台的遗址，在归途中停车下来看了一下。这台就在公路与运河之间，有一块小小的旧碑，上面写着“韩侯钓台”四个大字。一座崭新的碑亭刚刚修好，还没有最后竣工。看碑记，这台始建于明万历中，同治三年(一八六四)重修，一九七九年又重新修整。这地方正好在运河边上，离淮安西门很近，韩信当年钓得的鱼大概也是拿到城里去卖的。从前人们乘船在运河里经过，总免不了要看到这钓台，并想起了韩信。如将他们说出的意见抄集起来，编成一册厚厚的《韩信论集》是不困难的。

在碑亭的右侧有一间小小的殿堂，也是新建的。大门关着，没有匾额。从窗子里望进去，空落落的还没有什么布置。打听下来，才知道这就是漂母祠。不过记载中高大的漂母坟却不曾看到，也许早就平掉了吧。

还有一座韩侯祠在城里，是在一座小院子里。三开间的正殿还是旧时的建筑，铺着黑瓦，殿角点缀着鸱尾，殿中塑韩信像，壁间还嵌着几块旧诗碑。据说这祠在汉代就有了，后为水淹没，明代始建新祠。有一块诗碑是丁酉（乾隆四十二年，一七七七年）仲春，吉林德保题的。德保字润亭，有“大中丞印”。诗是一首七律：

曾于古岭奠公坟（山西灵石县有岭曰韩侯，上有侯墓，余于乾隆戊辰经过，曾有诗句），故里初来访旧闻。胯下有人驱壮士，冢旁何处葬将军（史赞言，侯命其母冢旁可置万家）。假王生死权萧相，震主功勋失后君。飒爽英姿遗恨在，灵祠日暮吊寒云。

作者是一位满族诗人，全诗通过简要的概括，清醒地评论了韩信的一生，写得也颇有感情。总起来说，在韩信的故乡，从很久以前起，不论是土著或是过往的旅人，对他都怀着很好的情分，是无疑的。

今年是《西游记》作者吴承恩逝世四百周年纪念，在淮安举行了纪念活动。会议中间有机会参观了他在河下镇的故居射簃和南乡马甸公社二堡大队的墓地。两处都经过了修整和重建，参观以后得到了很好的印象。整修工作做得细致而科学，是经过详细调查研究以后，审慎地进行的。故居并不显得豪华，是带有淮上风格的明式建筑。书斋、轩厅，小巧而紧凑的布局，幽静的庭院，堂前有用竹枝搭起的篱落，曲院回廊，青砖粉壁，是一组非常可爱的建筑物。厅里正中安放着吴承恩的半身塑像，据说是根据墓地中发现的头骨，用科学方法复原重塑的，是一个清瘦的老头儿。两侧是书法家萧娴写的大字四言联，“伏怪以力，取经唯诚。”字写得非常好，与康长素的书体极为接近，功力是深厚的。这副对联对《西游记》的主题也概括得好，意思大概是说，对一切邪恶必须认真对付，对真理的追求则要有不动摇的忠诚。

小说虽然不像诗那样神秘与朦胧，可是要正确无误地掌握作者的创作意图，也不容易。《西游记》是神话小说，大概人们都没有异议。但神话也是人间相在艺术中的曲折反映，吴承恩到底想说些什么呢？前不久听见过一种意见，《西游记》应该就是《西征记》，是《三侠五义》一类作品的鼻祖。孙悟空是相当于展昭、黄天霸之流的脚色，而唐僧则是施不全的雏型。这确是一种非常新颖的创见，惭愧得很，我过去从来就没有想到过。

此外又听到过一种议论，那是对紧箍咒的新解释。孙悟空尽管有通天本领，没有这咒还是不行的。他经常发牢骚、闹情绪，犯纪律是寻常事，弄不好还想“开小差”。全凭这咒，才能制服这猴头，使他规规矩矩，乖乖地尽力完成取经大业，成了正果。只有在这时，咒也用不着了，猴王头上的金箍也完成了历史使命，自行脱落了。这意见也和我们普通读者（主要是孩子们）的看法两样。可爱的孙悟空竟被看作不能掌握自己命运的可怜工具，使人头痛的“紧箍咒”却成了起决定作用的法宝，这真不能不引起普天下小朋友的伤心。

回忆读《西游记》，还是孩子时的事了。当时头脑简单，思想单纯，没有深入思考发现书中“微言大意”的本领，保留下来的是对孙悟空说不出的亲近、佩服与欢喜……之情。这一次我就是怀着这样的感情，对伟大的作者吴承恩的感激，到他的故乡淮安来的。真是好久没有重读《西游记》了，当然更说不上深入的研究，但我所关心的只是好好保护从孩子时就形成的好梦，使之不受破坏。鲁迅对“透底”说过非常深刻的意见，我从先生那里得到教育，因此也时时怀着对这“透底”的怀疑。

这次到淮安来，曾得到几位朋友的怂恿。他们或来自北京、或来自海外，他们都是淮安人，希望在故乡和我会晤。这种心情是可以理解的，因此高高兴兴地去了，的确也在陪同他们访问故居、儿时的学校与游钓之地的过程中分享了难忘的悦乐。十月的金色秋天的阳光是美丽的，我们在淮安城里漫步，穿过堂皇的新建大街和一条条逼仄的小巷，来到他们已经不能辨识的旧居故址，看到大大扩建了的校舍中依旧保存下来的旧教学楼。这一切，对我似乎并无意义，但从朋友脸上的表情变化也感受到了喜悦与怅惘，并大致明白了这座城市在三十年中发生了怎样的变化。

我们登上了镇淮楼，这原是北宋镇江都统司的酒楼，现在是收藏陈列历史文物的地方。在楼上围墙墙角，排列着近年出土的许多方墓志，楼中陈列着各种出土的古器物。从楼上四眺，全城的风景都在眼底了。在这里可以辨识曾经走过的街道和流连过的几处遗迹。记得走过一条窄窄的小胡同，巷口挂着“窦娥巷”的路牌，啊！一下子就记起了在程砚秋的名剧《六月雪》中确曾有过一个叫胡里涂的山阳县令，窦娥的丈夫也正是被人推入淮河急流淹死的。那么这件使老天爷都愤怒了，在盛夏降下大雪的冤案就真是发生在这地方的吧！鸦片战争中的民族英雄关天培是淮安人，他的故居也就在不远的地方。他的遗族还有人住在老屋内，现在改为“关忠节公祠”了。在这里我们看到泥塑的穿着清朝服饰的关天培像，和悬在两侧的挽联。这是林则徐送来的，林则徐对这位坚守虎门炮台壮烈殉国的战友之死怀着无比的悲愤与痛悼，那上联写的是：“六载固金汤，问何人忽坏长城，孤注空教躬尽瘁?!”林则徐这一问问得好！他追问谁是害死了关天培、同时也出卖了祖国的凶手。不过现在看到的对联“问何人”已经变成“问何时”了，这是改得毫无道理的。今天不是连小学生也知道鸦片战争发生在什么时候么？从这个小小的改动不是可以悟出，过去留下来的文字中，许多被明明暗暗篡改、涂饰过的地方，不但是确实存在，而且大半还继续欺骗着天真善良的读者吗？不过我们国家的历史确实是太悠久、太丰富了，删不尽也改不尽。历史上有那么多仁人、义士，人民不但把他们的名字、事迹记在纸上，刻入金石，还创造了许多奇妙的方式，使之永远留在人民的生活与记忆中。淮安有一种蒲儿菜，是传统的名菜。这是蒲草的稚根，用来煮汤的，在我看来，好像也并无突出的特点。但只要知道这是抗金兵的梁红玉（她也是淮安人）在协助丈夫韩世忠守淮安时，为了解救缺粮的困境，带头从湖底掘出食用的野菜时，就会懂得它的滋味，也可以明白为什么淮安人要把这列入头等名菜的理由。

镇淮楼西北角的驸马巷是周恩来总理故居的所在地。几天中曾两次到这里来访问。第一次是集体瞻仰，第二次只有两三人同来。我曾经到过重庆的红岩村、南京的梅园、上海的“周公馆”，但直到几年以前，还一直不十分清楚周总理和淮安的关系，更不知道这里还保留着他诞生并度过童年的老屋。

第二次来时已是傍晚，我们辞谢了纪念馆同志的陪同介绍，只要求允许我们慢慢地看一下。房子并不大，但却走了许久。故居的房屋、庭院、花木使我想起在绍兴的鲁迅故居，建筑的年代、格局也相似。他们都诞生在古旧的老屋里。这里没有百草园，却有两株老榆树，挺拔繁茂地矗立在院子中间。一把裁纸小刀，一盏使用灯草的高脚油灯还安放在屋内桌上。没有另外的参观者，我们默默地走，也走了好半日。

他在一九一〇年十二岁的时候离开了这里，以后就再没有回来过。

现在是每天都有许多人到这里来看望“故居”，聆听他的童年故事，参观纪录他生平事迹的纪念展览，上一堂历史课，仿佛重温了八十年中国的现代史，离开这小院落时都觉得心情肃穆而充实。

一九八二年十一月十二日

最近从报上看到，京杭大运河的苏北段，从界首到淮安五十三公里的运河续建工程已经开始，民工大队已经开往现场，他们将切除河道中的所有“中梗”，使大运河恢复畅通。他们保证在明年二月初复航。这真是使人高兴的讯息。

十一月十四日记

第三辑　历史脚注

曹操的故乡

陶庵张岱

关于李义山

谈张之洞

苏曼殊及其他

于谦和张苍水

“一市秋茶说岳王”

桃花扇底看南朝

鸡鹅巷与裤子裆

天王府的西花园

王介甫与金陵

曹操的故乡

从亳州回来已有一些时日了。匆匆来去留下的零碎印象依旧记得十分清楚。我们是从蚌埠转乘汽车到淮北去的。一路上经过怀远、蒙城、涡阳，这一带都是历史上有名的地方。庄子是蒙城人，老子的故乡则是苦县，也在离亳州不远的鹿邑。今年特大水灾的痕迹一点都没有看见，在公路上却看见打着红旗、排着整齐队伍去抗旱的中学生。公路上不时会跨过浅埋着的水管，抽河水到对过的广阔田里去浇灌，整齐的耕地与江南并没有什么两样，只是看到了高粱，说明这里是淮北了。

亳州是一个古城，到处都留下古老狭窄的街道，纵横的小街多呈丁字形，一条街的尽头必然有一座庙宇，离住处不远有一座道德中宫，据说是当年老子讲学的地方。这条小巷就叫问礼巷，自然是由于“孔子问礼于老子”的传说而得名的。中宫正在整修，不过只剩下小小的一楹殿堂，也没有留下什么太旧的遗迹，只在壁间发现有两块万历旧碑，说明这至早也不过是明代的遗迹。倒是那条巷名有趣，问礼巷折过去就是夏侯巷，也是个古老的名字，一下子就使人联想到曹操。曹操的父亲曹嵩，据《曹瞒传》说是“夏侯氏之子”。那么这条夏侯巷应该和曹氏宗族有着某种因缘了。

亳州是曹操的故乡，他的故宅在城东，见于《水经注》，但是遗迹一点都没有了。在导游小册子的一幅照片上，只看到一块“魏武故里”的大牌而已。《水经注》著录了曹嵩、曹腾和诸子等墓。可见这里一直是一座庞大的宗族墓群。至今还留下了曹四孤堆等周围十余里的墓葬遗址。近年发掘了其中的三座墓葬，其中的董园二号汉墓，据说就是曹腾的墓葬。我们进去参观，适逢停电，只好点了蜡烛下去。墓道逼窄，有甬道、石门、前室、中室、后室，有画像石刻，暗黑中看不清楚，墓壁有彩绘，已剥落，还留下了斑驳的残朱遗痕。在后室上角发现了一处早期的盗洞，大小只供一人出入，盗墓的技巧可谓甚高。除了字砖以外，几乎没有留下什么遗物，更没有墓志之类的文字记载，是不是曹腾的墓，也还在疑似之间。

在汉墓遗址对面，穿过魏武大道，就是“曹四孤堆”。同行的同志说，就在公路下面，可能是曹操的墓地。按《三国志》，操死后葬高陵，应在今河北省临漳县境，是不是有可能归葬亳州，那只有通过发掘才能知道了，我们爬到“孤堆”之上，凭高眺望。不禁想起身后曾设七十二疑冢的传说，痛恨曹瞒者就说，“尽掘七十二疑冢，必有一冢葬君尸”。但又有人说，安知真冢不在七十二疑冢之外乎？真是没有法子想。

在亳州城里有一座花戏楼，这里本是山陕会馆，是清代早期的建筑。亳州是四大药都之一，商人的势力是不小的，这座会馆的正门门额是“大关帝庙”，真是一种典型而巧妙的结合。在门楼和庙内的一座壮丽的舞台上，都有砖雕和彩绘的精美的花草、禽兽、狮、鱼等透雕。更突出的是舞台藻井四围的悬枋上的十八出三国戏剧。这些珍奇的砖、木、石雕至今保存完整，即使经过“文化大革命”也没有遭到破坏，据说是因为当时这里已经是废品站，没有引起注意的缘故。从这些透雕的戏曲故事中，使我们有可能看到清代前期徽戏的舞台场景，应该是有很高历史价值的戏曲史料。看来，场面、角色情节与今天京剧舞台上的并无显著的不同。有趣的是在三国剧目中，有不少是有曹操出场的。如长坂坡、战濮阳、割须弃袍、击鼓骂曹、孟德献刀、蒋干盗书、阳平关、华容道等，十之八九都是出曹操的洋相的。在曹操的故乡竟自出现了这许多对他不敬同时又是群众喜闻乐见的作品，是不能不引起思索的。

前些年历史家们为曹操翻案的讨论很热闹了一阵，人们赞成重新评价曹操历史上的功过，但同时也提出以《三国演义》为根据的曹操戏的修改存废问题。几百年来舞台上的白脸曹操已经成为定型，要重新改变其形象，谈何容易。其实他在杀了吕伯奢一家以后，就失悔了，但又发出了“宁我负人，毋人负我”的宣言，决不推托责任，捏造吕伯奢的罪状。他率军回到故乡，发布命令说，“吾起义兵，为天下除暴乱。旧土人民，死丧略尽，国中终日行，不见所识，使吾凄怆伤怀。”感情真挚，并不是只重事功，毫无人情的人物。他发布求贤令，敢于公开颠倒德与才的用人原则，不但大胆，作风也是坦率的。即使在《战宛城》那样的戏里，观众也并不觉得曹操怎样可恶，倒是对他的狼狈失败抱有一种宽恕的感情。他说过，“设使国家无有孤，不知当几人称帝几人称王?”也是坦率得可惊的自白。孙权上书劝他做皇帝，他看了信后说，“是儿欲踞吾著炉火上邪?”这都不是道貌岸然的伪君子说得出来的话。看来千百年来，曹操虽然一直以反面人物出现在舞台上，但却一直赢得了观众的喜爱与同情，是并非偶然的。人们喜欢说真话的人物，讨厌两面三刀的伪君子，这种好恶与取舍，在曹操身上是表现得明明白白的。

陶庵张岱

浙江人民出版社出版的《西湖石窟艺术》卷首，有宋云彬先生一篇序。提到前后在飞来峰打毁杨琏真伽造像的两个人，一个是明朝人陈仕贤，关于另一位，宋先生说："到了清朝初年，有个四川人而侨寓钱塘的张岱，又在那里打坏过一些石像。"

这个张岱就是作《陶庵梦忆》《西湖梦寻》《石匮书》……的张宗子。他其实是山阴（绍兴）人。

为什么会把他当作四川人了呢？那是因为在他的著作里，往往自署"古剑"的缘故。《四库全书总目提要》（《西湖梦寻》条）里就说他是"家本剑州，侨寓钱塘"的。宋先生之说即本此。

张宗子在为自己作的墓志铭里也说："蜀人张岱，陶庵其号也……"但看他所写的几篇"家传"，则从他的高祖算起，都是山阴人，找不出一些川人的痕迹。（《家传》和《自为墓志铭》都收在《琅嬛文集》里，四库馆臣是没有见到过的。）

什么道理呢？我觉得这个问题和他对杨琏真伽的深恶痛绝，也还有一些关涉。

张宗子是明末的一位杰出散文家和史学家。保留在《西湖梦寻》和《陶庵梦忆》里的一些篇章，可以说是已经达到散文特写极高境界的作品。他本来是山阴世家，少年时代过着豪华的生活，甲申一变，国破家亡，他本人也穷愁潦倒了。上面所提到的两部作品，都是明亡以后他的回忆录。关于打毁杨琏真伽石像的记载，宋先生只引了《梦忆》里的《岣嵝山房记》，其实《梦寻》里的"飞来峰"条（卷二），记载得就更详细。而且对杨髡的仇恨，也表现得更强烈。道理很分明，因为杨琏是元朝的和尚，曾经发掘了赵宋在浙江的诸陵。在遗民看来，实在是最可恨的家伙了。

《西湖梦寻》就是这么一部浸透了浓烈的民族意识与爱国思想的作品，和《武林旧事》、《梦粱录》比起来是有过之而无不及的。

遗民往往就要自讳。他的自署"古剑"，自称"蜀人"，应该说都是一种自讳。

四库馆臣当然是不能了解这种道理的。《梦寻》前面有金堡、李长祥、查继佐、祁豸佳、王雨谦五序，这五位都是遗民，是为清朝深恶痛绝的人物。但馆臣却看不出《梦寻》里的家国之感；没有将它列入禁书，那糊涂也是可想的。

张宗子应该说是明朝人，虽然他在清初还活着。只有四库馆臣才会自说自话的在他的名字上面加上"国朝"二字。他的打碎杨琏造像，也还是明朝末年年轻时候的事，同时他还提到另一位打毁杨琏造像的人物——田汝成。〔《梦寻》是在他"阔别西湖二十八载"时的回忆录。（撰于辛亥一六七一年）〕

照我看，张宗子不但是浙江山阴人，而且他的思想感情、身世、著作，也都够得上鲁迅先生所说："吾越乃复仇雪耻之邦；非藏垢纳污之地。"（引王思任语）的"浙东人"的资格的。

一九五七年六月八日《新民晚报》

关于李义山

"一种风流吾最爱，南朝人物晚唐诗。"——大沼枕山句。

晚唐的诗坛，温李并称，作风是温馨浓艳，换一句话来说，可以称做"世纪末的哀吟"。我对李义山发生兴趣，最初由于《红楼梦》上林妹妹所介绍的那两句咏残荷的句子——秋阴不散霜飞晚，留得枯荷听雨声。林姑娘不愧为评诗高手，她拈出来的这两句正十足的说出一个晚唐诗人的特色来。这是一种衰飒，迟暮，衰晚种种情调的综合。唐诗的分成初盛中晚，也的确有它的至理。经过了开元之盛，渔阳的鼙鼓，诗人们再也唱不出那种快乐而开爽的调子。虽然李义山是学老杜而据说是得其神髓的，虽然他也有过"岂有蛟龙愁失水，更无鹰隼与高秋"的句子，可是究竟不同了。

李君在中国诗歌界的名誉，除去了由于他是西昆派的盟主这一点外，就要算他那些无题诗的力量了。这的确是一个聪明的办法，以"无题"为题，这的确是文人的狡狯。不过李君的无题，的确是大不得已的事，他是一个到处都有恋爱关系的人，而他的对象，不是女道士，就是宫里的女子。这当然是应当保守秘密的。也就因为这个，替他的诗披上了一件迷离恍惚的外衣，有些像外国的神秘的诗人了。

他的作品，不但是因为恋爱的原故，才十分神秘，就连一些在普通人笔下不应神秘的诗也弄得十分难懂。《锦瑟》该是个好例子：

> 锦瑟无端五十弦，一弦一柱思华年。庄生晓梦迷蝴蝶，望帝春心托杜鹃。沧海月明珠有泪，蓝田日暖玉生烟。此情可待成追忆，只是当时已惘然。

据孟心史先生说，“自北宋以来，通人皆好解锦瑟诗，盖积疑已历千余年，诸公皆欲破此疑，而其疑益甚。”这实在是滑稽的事。元遗山《论诗绝句》之一云：

> 望帝春心托杜鹃，佳人锦瑟怨华年。诗家总爱西昆好，独恨无人作郑笺。

元好问就发过这种牢骚，作笺的人一直到明朝，才出了一个风流的和尚释道源。王阮亭《仿遗山论诗绝句》云：

> 獭祭曾惊博奥殚，一篇锦瑟解人难。千年毛郑功臣在，犹有弥天释道安。

这诗替源师大大捧场，其中还有一段公案在。朱竹垞《静志居诗话》云：

> 道源号石林，好读儒书。尝类纂子史百家为小碎集，又以余力注李义山诗三卷，书未刊行。会吴江朱长孺笺义山诗，多取其说，间驳其非。于是虞山诗家，谓长孺阴掠其美，且痛抑之。长孺固长者，未必有心效齐丘子也。

我们现在可以看一下历来对《锦瑟》诗的诸异说。刘贡父《中山诗话》云：“锦瑟当时贵人爱姬之名。”这简直是幻想的结论。黄朝英《靖康湘素杂记》云：

义山锦瑟诗，山谷读之，殊不晓其意，复以问东坡。坡曰：此出古今乐志。锦瑟之为器也，其弦五十，其柱如之。其声也适怨清和。以中间四句配之，一篇之中，曲尽其意。

这是就题面大做文章，有白痴之概。其实这首诗与无题是完全的一路，只因有了题目，所以招来了误解。此义山之所以喜用“无题”之故欤？

南宋中《许彦周诗话》云：“适怨清和一作感怨清和，令狐楚侍人能弹此曲。”这令狐楚就是李义山一生发迹的第一个关系人。此说一出，后来的人多半承之，计敏夫《唐诗记事》云：“锦瑟令狐楚青衣。”

我想借这诗，谈一下晚唐的一件大事——牛李党争。再配合了义山的毕生事迹，那么一个诗人的生平，就很清楚的烘托出来了。《旧唐书·文苑传》云：

商隐幼能为文，令狐楚镇河阳，以所业文干之，年才及弱冠。楚以其少俊，深礼之。令与诸子游。

这时是商隐发迹之始。令狐氏是牛党，牛党中的健者有令狐楚、令狐绹、崔戎、杨嗣复、白敏中、杜悰。前所引的那首残荷诗，即题《宿骆氏亭寄怀崔戎崔衮》。《文苑传》又记：“楚镇天平汴州，从为巡官。岁给资装。令随计上都。开成二年，方登进士第。释褐秘书省校书郎。调补弘农尉。”这是得力于令狐楚的儿子令狐绹的，义山的宦途得意，可以说全是牛党的力量。不过他究竟是一个诗人，并没有什么政治上的兴趣。

不料在文宗开成三年，到泾阳去就婚王氏了。《文苑传》云：“王茂元镇河阳，辟为掌书记，得侍御史。茂元爱其才，以子妻之。”时义山二十六岁。他有一首《韩同年新居饯韩西迎家室戏赠》诗云：

籍籍西征万户侯，新缘贵婿起朱楼。一名我漫居先甲，千骑君方在上头。云路招邀回彩凤，天河迢递笑牵牛。南朝禁脔无人近，瘦尽琼枝咏四愁。

诗中所用禁脔的典故，据彭乘《墨客挥犀》云："今人于榜下择婿，号脔婿。用东晋谢混故事。"因为这一种"中状元招赘"型的把戏，是只有大官才有权力来做的。所以新进士大抵成为一块"禁脔"，他人不得染指，只有大官的女儿才有份儿。那一位韩同年也是块"禁脔"，茂元还为他盖起新居。入赘贵家，先义山一步，盖彼时义山犹未娶也。故末三句如此。后来禁脔的典故，多半用来称女人，实在是用错了的。

义山文集中有《为韩同年瞻上河阳李大夫启》有云："况某婚姻，早联门馆。外舅以列藩之故，家人延白出之恩。"王茂元妻李氏，所以这儿的外舅也就是《旧唐书》"纪"所说的"左金吾卫将军李执"。李又有诗《病中早访招国李十将军，遇挈家游曲江》云：

十顷平波溢岸清，病来惟梦此中行。相如未是真消渴，犹放沱江过锦城。

看诗里的意思，是请李十将军给他执柯，俾能婿于王氏，并且还假李家的宅第为新居。集中有《过招国李家南园》三首，盖妻亡后追忆之词，亦可参看：

潘岳无妻客为愁，新人来坐旧妆楼；春风犹自疑联句，雪絮相和飞不休。

长亭岁尽雪如波，此去秦关路几多；惟有梦中相近分，卧来无睡欲如何。

虽说是王氏榜下选婿，然而义山自动的努力，也是不可否认的事。王茂元与李回郑亚同为李德裕党的健者。商隐从得令狐楚的赏识，直至游扬登第，全是牛党的力量，不料刚一得意，就婿于敌党的贵家，无怪要为令狐绹所轻视了。商隐借牛党之力，得以重官秘省，授秘书省正字，终武宗一朝，牛党得势，因之商隐也就相当得意。这也倒有人替他解说。张采田云：

> 义山本长章奏，中书掌诰，固所预期。当卫公得君之时，藉党人之力，颇有跻显达之望，而无如文人命薄，忽丁母忧也。此实一生荣枯所由判欤？

张君的话不错，从此以后，义山就走上崎岖的前途。《旧唐书》本传云："大中（宣宗）初白敏中执政，令狐绹在内署，共排李德裕逐之。郑亚坐德裕党，亦贬循州刺史。商隐随在岭表累载，三年入朝，京兆尹卢弘正奏署掾曹，令典笺奏。明年，令狐绹做相。商隐屡启陈情，绹不知省。"这种冷落，无怪是当然的事也。

商隐随郑亚贬到桂林，亚又被贬到循州。李回也贬到潭州。义山此时真是狼狈万分，朝中牛党的杜悰虽然是姻戚，然而也不相顾恤，这时他不得不再回过头来向令狐绹乞怜了。《旧唐书·文苑传》总记其事云：

> 茂元虽读书为儒，然本将家子。李德裕素厚遇之。时德裕秉政，用为河阳帅。德裕与李宗闵杨嗣复令狐楚，大相仇怨，商隐既为茂元从事，宗闵党大薄之。时令狐楚已卒，子绹为员外郎，以商隐背恩，尤恶其无行。俄而茂元卒，来游京师，久而不调，会给事中郑亚廉查桂州，请为观察判官检校水部员外郎。

元辛文房《唐才子传》记云：

> 茂元为李党，士林嗤责商隐，以为白圭有玷，共疏远之。来京都久不调，更依桂林总管郑亚府为判官。后随亚谪循州，三年始回。求援于宰相绹，绹薄其无骨干，随波逐靡，从小人之辟，遂谢绝之。

连碰几个钉子以后，商隐又于重阳日谒令狐绹，有《九日》诗云：

> 曾共山翁把酒卮，霜天白菊绕阶墀。十年泉下无消息，九日樽前有所思。不学汉臣栽苜蓿，空教楚客咏江篱。郎君官重施行马，东阁无因再得窥。

这末两句话说得也真够凄惨，有如古诗《上山采蘼芜》的那一个弃妇所作的哀鸣。结果"绹见之恻然，乃补太学博士"。

文人要想干政，自然要用出他看家的本领来，不过这儿也的确太过于卑鄙了。小时候读《诗经》、《楚辞》，凡遇笺诗者说香草美人寓言君臣的处所，必斥为狗屁，后来才知道这是实在有的事。

商隐《寄令狐郎中》诗云：

> 嵩云秦树久离居，双鲤迢迢一纸书；休问梁园旧宾客，茂陵秋雨病相如。

这如果出之于妓女寄她的久违的旧欢，也总不失为一首好诗罢。

以一个文人，却要在波谲云诡的政海之中打回旋，其处处碰壁可知，可是"其人虽穷，其诗则富"。我们之得有这么一位晚唐诗坛盟主，也正不得不托福于政局的变化与他命运的多乖。

现在我们再回头来看一下他的恋爱诗，他恋爱的对象，除了自己的夫人以外,还有女冠宋华阳姊妹,宫女,柳枝三方面。

我前面曾提起中国古时文人喜欢用香草美人的诗句来象征他们对君父之爱,这种流风也实在可以说是由来久矣了。开其端者应该推那笺《关睢》之诗为咏后妃之德的一首罢。我们虽然可以知道这完全是无稽之言,可是后世文人的受了他们的影响,也许是当然的事。于是《诗经》以后有没有作了肉麻的诗词去表示忠爱的,也就难以断定。甚至鼎鼎大名的苏子瞻的《水调歌头》一词,使皇帝见了也要称赞一声苏轼爱君,则他可知矣。

不过对于义山的情诗,却很难作曲解。虽然也不敢说一定必无。像《和友人戏赠二首》《题二首后重有戏赠任秀才》,张采田即注云:“三首艳情,不待言矣。”“昨夜星辰昨夜风”一诗,赵臣瑗以为义山在茂元家窃窥其闺人而作。《年谱》列之人武宗会昌二年。然而试看诗中“身无彩凤双飞翼,心有灵犀一点通”之语及第二首《无题》之中“闻道阊门萼绿华,昔年相望抵天涯。岂知一夜秦楼客,偷看吴王苑内花”,如果解释作义山与深宫宫女传递深情之作,似乎也不为大谬。

中国尼姑的风流是有名的。如果想知道晚清时的情形的可以去翻《老残游记续集》里的记逸云的一则。那已经是变相的娼寮了。我推想这也不外乎是一种变态的心理,女人是以发美为主要的条件的,现在却要六根清净,这与男色总应有相当的因缘。明朝小说中记尼姑的艳史的很不少,而且有专门描写的大部书。推源溯始,历史应当是颇为久远的。现在没有工夫来查书,只就记忆所及,来提出她们同类中的几个人来。唐朝的女道士鱼玄机,则是合宜的代表人物。她能作诗,并且有风流的事迹,并且还不少女人的“德行”——妒忌。由这几点看来,鱼玄机的故事虽然稍嫌怪僻，那事实的骨干，我是还相信它是实在的。这些事往往都免不了文人的夸张润饰，鱼玄机幸运地还有一部宋刻的诗集流传，书前并有肖像，可以算是顶运气了。

唐朝这种事大抵非常普遍，杨玉环得罪，马上去发修行；武则天也是女冠出身。可见当时的道院，差不多就像现在的济良所一般，是行为不检的女人们的逋逃薮。《李商隐集》中，也有不少诗是为女冠而作的。她们就是女道士宋华阳姊妹。

他们会晤的地方是“圣女祠”。按《水经注》：“圣女像在故道水西南秦冈山上。”自兴元至凤州，出扶风郡之陈仓县大散关时所经，在唐时应当有祠祀之的。《玉溪生年谱会笺》云：

> 文宗开成二年，义山二十六岁，登进士第，东归省母。冬赴兴元，旋随令狐楚丧还京师。

《圣女祠》诗云：

> 松篁台殿蕙香帏，龙护瑶窗凤掩扉。无质易迷三里雾，不寒长著五铢衣。人间定有崔罗什，天上应无刘武威。寄问钗头双白燕，每朝珠馆几时归。

《年谱会笺》云：“实咏圣女，是驰赴兴元时作。时义山未娶，故触绪致感，谓有寄托者失之，与后一首不同也。”这已经明明承认是他们初恋的诗了。这以后还有两诗，题为《华师》与《赠华阳宋真人兼寄清都刘先生》，原诗不具引，更次又有《月夜重寄宋华阳姊妹》诗云：

> 偷桃窃药事难兼，十二城中锁彩蟾。应共三英同夜赏，玉楼仍是水晶帘。

这里“不稳”的情势，很是显然了。《碧城》三首与“紫府仙人号宝灯”一首《无题》也都应当是为宋氏姊妹而作,“仙人多好楼居”,居处高寒,情景是十分相像的。

《碧城》三首中有些句子,大可发人深省:“碧城十二曲阑干,犀辟尘埃玉辟寒,阆苑有书多附鹤,女床无树不栖鸾。”这里所描写的高寒的境界,当是女冠所居无疑。“检与神方教驻景,收将凤纸写相思。武皇内传分明在,莫道人间总不知。”更是露骨的写出对手是方外人了。

义山初写那首《圣女祠》时,不过二十六岁,而且正是宦途得意之际,等到宣宗大中十年时写《重过圣女祠》,则已是四十五岁了。这时宦海浮沉,极不得意,回首年时旧事,当然有今昔之感,摇落之思。诗云:

> 白石岩扉碧藓滋,上清沦谪得归迟。一春梦雨常飘瓦,尽日灵风不满旗。萼绿华来无定所,杜兰香去未移时。玉郎会此通仙籍,忆向天阶问紫芝。

原诗的三四两句,实在是写景的杰作。而结语更是十分怨怅。《会笺》说此诗为感念身世有所寄托而作,我也不能说其必否,不过他对宋氏姊妹的余情,也应该在这个机会重复发泄。如果合起来看,就该和事实不大远离罢?

本文开头的那一篇《锦瑟》,是为悼亡而作,是无疑的。而集中明标“王十二兄与畏之员外相访见招小饮,时予以悼亡日近不去因寄”里边的“更无人处帘垂地,欲拂尘时簟竟床”两句更是极沉痛的话。《悼伤后赴东蜀辟,至散关遇雪》诗云:

> 剑外从军远,无家与寄衣,散关三尺雪,回梦旧鸳机。

写这诗时,义山四十岁。一种迟暮的情调,已经弥漫纸上。

他又写出了他的《乐游原》：

向晚意不适，驱车登古原。夕阳无限好，只是近黄昏。

这一首诗在人事上说明了诗人的迟暮；在意境上说明了摇落的悲哀；在文学史上说明了晚唐这一个阶段。而我之酷爱这一首诗，更是不要说得。大沼氏之所以最爱晚唐诗者，虽然说明不易，然而也可以约略的领会得罢。另还有一句诗，“人间爱晚晴”，更有人名书斋曰“晚晴簃”，这大概全是一种同样的感情。

如果用一两句话或十几个字来说明一种境界，我没有这种锻炼的本领，如司空表圣的《诗品》，然而人家维摩一偈，我们絮絮千言，所希望的是使看官得到同样的一种感受，即使淡薄些也好。“夕阳无限好”一语，我推之为玉溪生的代表作，晚唐诗的标本，盖以此。

大沼氏以南朝人物与晚唐诗并列，实非偶然。庾子山的“将军一去，大树飘零，壮士不还，寒风萧瑟”，虽非了不得的俊语，然而同样的予我们一种凄然之感。颜之推的“予一生而三化，备荼苦而蓼辛”，亦同具此酸辛，因知大沼枕山并举两者，实有至理。吾辈生当衰世，而对李义山庾兰成又复发生兴趣，此岂可谓幸事乎？不佞虽非星士的信徒，对此亦不得不重叹息耳。

《古今》第八期，署名南冠

谈张之洞

张之洞为清末名臣，与袁项城以南北洋大臣齐名，然张之资历固远较袁为老，以前辈自居，而袁后来气焰之盛，远非张所能拟。于是极不快意。壬寅(光绪廿八年)在署江督任内，直督袁世凯往访，之洞有于座间熟睡之事，故作偃蹇，以前辈自居，事或有之。《新民丛报》时评有云：

“……袁至南京，与张商议一切。袁行之日张饯之。酒及半，张遽熟睡。久未醒，袁不及待而行。张醒后，急命排队请袁回，袁欲不返，幕僚劝之行。比至，重张宴谢罪。欢饮而别。……张何为而慢袁，张任粤督时，袁仅一同知，袁以后辈突居上游，张自负老辈，或隐然示之以老督抚之派子，旋继之优礼，其玩弄袁之状，袁其能终忍之乎?”所言甚悉。清末督抚之善睡者有胡林翼，则以体胖故耳。据谈胡在督府办事，从官必携食物以俱，因胡每于早晨办事之际，忽尔睡去，午后方醒，从官之回事者，不敢离去也。时或睡过夜，则惟有袱被以从耳。(黎庵按：本节所述之胡君，恐非文忠公，乃民国时一武人名景翼者之误。)

徐树铮虽是武人，然文采可观，秀才出身，视吴佩孚远胜矣，其所著《视昔轩遗稿》中有《致马通伯书》，论及之洞，言其在保定时见张袁会见事甚悉，以得之目击，史料价值当较胜也：“壬寅之春，公（指香涛）过保定，项城时权直隶总督，请阅兵。既罢，张燕节府，树铮恭侍陪席。亲见项城率将吏以百数，饬仪肃对，万态竦约。满坐屏息，无敢稍懈，而公欹案垂首，若寐若寤，呼吸之际，似矗矗然隐鼾动矣。盖公去后数月，项城每与僚佐忆之犹为耿耿也。”其态如见。又据闻之洞世凯保定相会时，座中有藩司杨士骧，为翰林后辈，之洞独与之长谈词曹故事，而视世凯若无睹，盖亦轻其非正途出身也。之洞甚满意士骧，出语人曰：“不意袁慰庭作总督，藩司乃有杨莲府！”世凯闻而语士骧曰：“足下既受香帅知遇，何不请其奏调湖北？”士骧笑曰：“纵香帅有意，司里亦不愿伺候此种上司也。”

之洞之为上司，司员幕府咸甚苦之，以之洞起居无节故耳。幕中缮写奏折尤为苦差。往往夜深交发折稿，天明即须拜发，而对字体则又吹求甚至，苟有一字不如式，即以笔就墨海中，饱濡墨沈，就此字滴下，纸透数层，全折俱废，乃须重缮，仍立候阅发，任此役者有时窘急至于涕泣云。其所以必毁全折，盖恐缮者为挖补之术，将此一字修改，弥缝无迹。而万一御览时忽“开天窗”（挖补处脱落之谓），身为督抚者，将受申饬也。

张之洞字香涛，人乃以为系老猿转世，然甚无稽，亦犹曾国藩遍身癣疥，人以为巨蟒转世者也。据言小说《花月痕》系道曾国藩少年时事，曾少年为京官时极不检，常出入韩家潭，其遍体癣疥者，或谓即是疮毒。《曾文正公日记》中蛛丝马迹，不无可寻。曾老九未得意时入京，居乃兄处，而行为亦甚不检，国藩斥之，而老九不服，盖以国藩己身不修，何能管乃弟闲账耶。国藩乃不得不效秦庭之哭，写家信时，一字一泪，冀感弟悟。不佞少时读国藩日记书信至此处，每为感动，日后思之，可发一笑。

之洞以《书目答问》《劝学篇》驰名。然二书均为人所代撰。《书目答问》出缪荃荪手，大旨无讹，学人以为读书门径，然亦不无误处。有人讥之曰："缪某诚谬甚。"流为话柄。

世凯与奕劻结纳，声势煊赫，之洞瞠乎其后；比同入枢庭，之洞班次在前，尊为相国，然亦无如庆袁何，列食而已；摄政监国，世凯放归，之洞方冀得以进用，而亲贵群起，分踞要津，争之不获，卒抑郁以死，亦可哀矣。

有一故事，涉及之洞者。录之以发一噱。一日，之洞退朝，曾以"烟惹御炉许久香"征对。一日晨起，得一札，启视则"图陈秘戏张之洞"也。文襄方围炉，急投诸火。

《古今》第二二期，署名楮冠

苏曼殊及其他

去杭州之前先在苏州停了一天，照例又到旧书店去看看，买了几本旧书。现在的旧书店，不用说木版书，就连“五四”以来的新文学书也是“稀如星凤”的了，因此看到一叠北新书局版的《曼殊全集》……居然还是毛边的，真不由得为之眼明，赶紧买了下来。书价比原来的定价大约涨了四倍，看来也还要算是便宜的，于是高高兴兴地将这重重的一叠又背到了杭州。难道我是想背着曼殊的遗著到西泠桥畔去凭吊他的墓塔么，当然并不是。我早已知道，曼殊和陶成章、秋瑾、徐锡麟等人的墓，早在一九六四年顷就已迁往龙井附近的吉庆山（即鸡笼山）麓了。时间已经过去了十五年，中间还经过了“文化大革命”，这些迁到新址的旧墓情况怎样了呢？不知道，打听熟于杭州历史、掌故的朋友，也只是摇摇头，我也就不再追问。时令已经进入初夏，我也真的没有那样好的兴致跑到山凹里去寻根究底。

西泠桥边的曼殊墓我是访过的，还曾站在那墓前的塔铭旁边照过一张相，这已经是三十多年前的事了。现在回忆当时对曼殊的印象和感情，是颇为复杂的。曼殊当然并非使我敬佩的英雄，也并非怎样使我爱重的文学家。他那著名的、成为鸳鸯蝴蝶派先河的小说《断鸿零雁记》……就从来不曾读过。不过他那首“春雨楼头尺八箫……”却是背得烂熟的。他所译的拜伦的《哀希腊》以及师梨(雪莱)、彭斯等英国诗人的作品,那一小册印得非常精致的《文学因缘》,我也是知道的。他的畸零身世,他的许多小故事,例如在十分困窘的时候,忽然得到一笔钱,却立即全去买了巧克力、冰淇淋之类,而且统统吃下去了。好像他就是这样死掉的,就死在上海广慈医院(现在的瑞金医院)里。这一切当然都不能算做英雄的事迹,但也并不曾引起人们的反感,因为并没有谁号召大家向他学习,也去拼命地吃“朱古力”。总之,这都是个人的行动,即使有些古怪,也并不为社会带来什么特别的坏影响。基于以上的种种理由,应该说我对曼殊是怀有好感的,对他长眠在孤山西麓的一个角落里也没有什么意见。

在过去的时代里,许多人都有死后埋骨在西子湖畔的愿望。这当然是可以理解的。那时候,当然也不需要经过什么特别的手续,只要有钱,有些地位,就可以。因此西湖边上,在很长一段时期里几乎成为活人与死人一起“撑市面”的地方。十多年前在这里进行了一次大扫荡,那理由据说也就是这个,不过使用了极“左”的思想方法,“理论”也更为彻底。朋友告诉我,当时大声疾呼的是,西湖已经为古人、名人、死人、洋人、帝王将相、才子佳人所占领了,这可真已达到了极端严重、不可容忍的地步。为了彻底改变这种情况,就非来一次彻底的大扫除不可。今天我们所见的西湖,就是做过了大手术以后的样子。朋友在向我追述这一段珍奇历史时,顺便问道:“你猜猜看,洋人是哪一个?”我努力搜索自己贫乏的历史知识与记忆,一时竟想不出。看着朋友瞅着的眼睛,灵机一动,忽地想起了,“该不是苏曼殊吧?”“对了!”朋友回答,似乎颇赞赏我的聪明。

西湖上曾经埋葬过一个“洋人”,这一道试题确是尖端的、高水平的难题，我庆幸自己竟自不曾落第。

大家知道，曼殊始名宗之助，“其先日本人也。王父忠郎，父宗郎，不详其姓。母河合氏。以中华民国纪元前二十八年甲申，生玄瑛于江户。玄瑛生数月而父殁，母子茕茕靡所依。会粤人香山苏某商于日本，因归焉。”（柳亚子《苏玄瑛新传》）这就是曼殊为什么姓苏的缘故。老革命党人柳亚子的气度是值得钦佩的，他在从事革命时亲密伴侣的身后，为之搜集遗文、编写传记，几经考虑、考证，终于毅然揭示了曼殊血统的真相。他是实事求是的，他没有因爱重这位诗人朋友而硬说他是同胞。今天看来，苏曼殊作为日本血统的中国人，在七十年前中国的种族革命中，与中国的革命者结下的深厚情谊，他为中国新文学运动所作的启蒙工作，作为一位深通梵文的和尚，他在中国讲学播下的文化种子，……这一切都成为中日两国人民美好友谊的历史见证。因此，在十多年前，他被当做一个“洋人”从西湖边上扫地出门，是不公正的。这当然是一件愚蠢的举动。

在柳亚子和儿子无忌所著的《苏曼殊年谱及其他》书前，印出了一页“曼殊上人墓”的画幅，还有一页墓地位置的草图。仅在孤山岳坟之间的角落里，就记录了林由、陈勤生、林和靖、冯小青、尹维峻女士（曼殊女友）、林寒碧（曼殊友）、苏小小、秋瑾、陶成章等人的墓。这是一九二七年的情形。这些名人（也有并非名人）的墓，有一些是好事者所造出来的，如苏小小墓与后来出现这里还来不及著录的、由“海上闻人”黄金荣等造的武松墓。武松固然不失为一条“好汉”，不过他为什么要葬在湖边呢？那依据不过是小说《水浒》后半部里说他战死在钱塘门外。墓里葬的是什么呢？怕也只有“闻人”们自己知道。“闻人”们要为他们的帮会壮声威，拉了“好汉武松”们来帮忙，制造了假古董。可惜几十年后出现的“四人帮”帮派的徒子徒孙，不能领会前辈的苦心孤诣，一股脑儿也给平掉了，实在可惜得很。

要使枯骨在西湖边上立定脚跟，只要有钱有势就行，完全用不到什么人民的批准。在过去的时代里，好像也确是如此。不过这到底是行不通的。远在“四人帮”还不曾出现时，什么林由、“忏慧词人”之流，就几乎没有什么人知道。这些坟，也用不到进行什么“大扫除”，早已不知去向了。这是通过人民群众在历史过程中所进行的清洗，那结果总是正确的。虽然看起来慢一些，不及下令砸烂来得痛快。

无论怎样的名人，想不经人民批准，长久霸占湖山胜处，总是不能长久的。

事情还有另外一面。

秋瑾的墓不见了，换上了一个新造的亭子，有些人是懂得那用意的，但多数人不懂。太阳晒得有些难受了，赶紧躲进亭内，抬头一望——“风雨亭”，还疑心自己是白日作梦。

秋瑾、徐锡麟、陶成章，还有曼殊，他们得以葬身湖边，因为他们都是辛亥革命前后死去的革命者或同路人。还有更古的岳飞、于谦、张苍水以及林和靖，他们也各以其特殊的理由葬于西湖旁边，不幸其中有些正是所谓“帝王将相”和“才子佳人”。不论怎样说吧，他们都曾经是历史上的客观存在，采取不承认主义是不行的，那是只有阿Q才使得出来的妙计。像“四人帮”那样的放手荡涤，企图达到“眼不见为净”的目的，实践证明是不行了。看来也只有实事求是，区别对待，一个个都给他们以恰如其分的历史地位。这工作一定是麻烦的，但必须耐心做，没有别的法子想。

西湖在中国和世界人民心中留下的形象，除了自然风景以外，曾在这里生活过、有些死后又葬在这里的许多历史人物可能还起着更重要的作用。没有了这一面，西湖的形象就不可能是完整的。明末的张岱写了《西湖梦寻》五卷，在《梦忆》里也有写西湖的名篇。张宗子是杰出的散文家，他在这些篇章里几乎用了全力来写西湖的人和事，他很少孤立地描写风景，即使那风景是非凡美丽的，他比那些山水、田园诗的作者高明得多也聪明得多。张宗子是个都会诗人或市井诗人，他对生活与政治的兴趣远较自然为浓烈，因此他不大像是古典的，而更像是近代的。

以“花港观鱼”为核心建设起来的西山公园是非常出色的大型新式公园，不过它对游人的吸引力还是比不上另外一些旧有的风景点，就因为它的历史色泽比起自然风景来不能算是突出的。这也许是一种偏见，但我相信这并不是我个人的偏见。

一九七九年六月六日

于谦和张苍水

过去游杭州,多半是一个人随意乱走,并没有熟悉当地地理风景的朋友指引。这种漫游也自有它的好处,可以不为一般的成见所囿,除了遐迩驰名的“西湖十景”……还会偶有自己独特的发现。而经过自己的努力“发掘”出来的事物,往往更有意思,留下的印象也更深。张苍水(煌言)的墓,就是一次无意中走过净慈和寻找过“月下老人祠”以后碰上的。记得当时曾在墓道前面徘徊了好半日,在残败荒凉的遗址前面很发了一阵“思古之幽情”。这种地方照例是没有什么游人的,比起断桥、西泠那种红男绿女、游人如织的盛况,不免显得过于寂寞了。试向湖上的游人问讯一下,有几个是知道张苍水这个名字的呢?

比较起来,更为寂寞的则是于谦。他的墓是一次我从龙井跌跌撞撞地走下山来,向湖滨走去时遇到的。这都是二三十年前的旧事了,但一直不曾淡忘。这次重游湖上,下了决心要再去寻访这两个地方。鉴于岳飞的祠墓也还在十多年前遭到了无情的破坏,于、张两墓的命运已是不问可知的。这也是我决心重访的一个原因。

旧时的记忆和路径早已模糊了,单枪匹马探访的勇气不大了,推想当年藉以辨认的石刻文字……也可能都已不复存在,我怀疑不找个熟悉的人指引,是不是可能摸到那原处,也一些把握都没有。还是麻烦了曾带我去看过岳坟的朋友。一天清晨，我们约好在苏堤车站会合。出乎意外，跨过环湖南路，刚走进绿压压的树林，没有好远，就看见那里隐蔽着的两栋民居，屋宇十分陈旧了，白垩的墙面已经变成了暗灰色。朋友指着这比通常的民居气局要阔大一些的地方说："那就是张苍水的祠堂。"果然，我们走近时就看见墙上隐约地留下淡得几乎邻近消失的墨书残迹——"张苍水先生飨堂"。

这飨堂，外面有着古旧的雕花窗格，里面黑洞洞地什么也看不见，连同那仅存的字迹，看来都不像是十分古老的遗迹，但确已破败得可观。就在飨堂的右侧，两行树木界出了一条墓道，还剩下了两行石兽。我数了一下，石马、石羊……一共有七对，规制却小得很，不是缺头就是少腿，不过都还可怜地排列在那里。正面的墓呢？记得原来有三座的，现在是光光的什么都没有了。走近去看，是一片平整的水泥平面，看来是夷平以后浇起来的。墓地四周是参天的古树，背后远远的青山则是南屏山、九曜山。

不出所料，在这里没有留下任何文字标识。没有朋友指引，就是摸到了也不敢断定它是谁家的墓葬。

我默默地在墓道前面站立了一会，想起了下面这些事情。

张苍水是康熙三年（一六六四）在杭州遇害的。这位南明的遗臣、江南抗清义师最后的领袖人物，死时不过四十五岁。他在就义之前，望着南屏一带的峰峦，曾经吐露出"好山色"这样的叹息。他自然不是那种杀头之前还要流连光景的雅人，"好山色"当然就是"大好河山"的意思。也是在杀头以前不久，他留下了一首诗：

国亡家破欲何之？西子湖头有我师。日月双悬于氏墓，乾坤半壁岳家祠。惭将赤手分三席，敢为丹心借一枝。他日素车东浙路，怒涛岂必属鸱夷。

这是被逮以后，被押解到杭州时所作。较前一些，他还有一首《忆西湖》：

梦里相逢西子湖，谁知梦醒却模糊。
高坟武穆连忠肃，参得新坟一座无？

可见他在被逮后，甚至在这之前，就早已下定了死难的决心。这就使"四人帮"的吧儿，想像对付李秀成那样给他泼一身污水也办不到。他的遗愿后来也得到了满足。他的葬处与岳、于两墓，正好成为一个等边三角形，横插外湖的苏堤就成为三角的一股。

苍水死难以后，同乡捐资，赎回了他的头颅。鄞人万斯大等葬之于荔子峰下。黄梨洲给他写了铭，但这时还没有任何铺陈。直等到乾隆四十一年（一七七六），新朝皇帝给了他"忠烈"的谥号，陈仲鱼等才为他立了墓门，上面写上了明朝的官衔。我想那些石人、石马大抵就是这时一起建立的。为什么没有翁仲，也是可以理解的。即使当时清高宗给了赠谥，到底还不便在墓道前面立起明代文臣武将的形象来，不必说，清代冠服的翁仲是更不合适的，这就是只有石兽点缀其间的原故了。

这样，站在张苍水的墓前，胡乱地想着，我发现自己已经停留得太久，不能不离开，离开那只剩一块光板、其实下面也不过只是葬了一颗头骨的墓地。

于谦墓地的破坏情况，比起张苍水墓还要严重得多。如果不是有人指引，我怕根本就不会找到；即使找到，也万万想不到这就是那遗址。

我们离开张墓，穿过密林，回到了环湖南路，走不多时，右折入湖西路，没好远就是“花港观鱼”的后门。正对着这后门走上去，就能望见于谦的祠庙，这里的气派要大一些，有三层殿宇，庭院里还有古老的桧柏。算算从天顺三年（一四五九）归葬起，到今天已经是五百二十年了。于谦的赐祭葬还在明代前期，不像张苍水那样葬于易代之后，他享有较为堂皇的祠庙，是很自然的。这祠庙，现在已经变成当地一个三台山大队的废品回收站，大殿里堆放着乱七八糟的杂物。我们不好在这里细看，不知道是否还留下什么碑碣遗物。就在这祠庙的后面，新建了几间“仓库”（？），在那围墙外面，就是原来的墓道，已经被侵占掉一半。这是靠了原有的墓道两侧夹种的两排树木才看清楚的。

张苍水的墓前的两行石兽尽管肢残臂断，到底还照原样站在那里，于墓前的石兽则真的荡然无存了。除了荒榛野莽之外，墓前还种了一畦油菜和别的蔬菜，这中间斜卧着一大块青石，开始时我还疑心可能是碑碣，后来才终于断定只是一只石供桌面。此外还发现一只打碎了的石香炉、一段石刻残躯，斜卧在丛莽里，靠了当中剩下的一只鞍镫才辨出这原来是一躯石马。后面的墓却不见有平毁的痕迹，还有三座土馒头，但规模甚小，也不敢断定是否即是原墓。我跳到倾侧的石供桌上站了一下，就立即跳下来了。石板下面有野生的一串串珊瑚珠似的朱红色小浆果，也不知道那名目，摘下来尝尝，是有着淡淡的甜味的。这就是我在于谦墓前得到的收获了。

搜寻旧日的记忆，证以朋友的解说，过去这里在很远的地方就有座石坊，墓前也有着碑碣的，现在是什么都不曾剩下。在过去的时代里，人们大概是相信丰碑大碣是会永垂不朽的吧？事实证明，这不过是迷信。因此头脑比较清醒的古人又说“纸墨之寿，永于金石”，这是有道理的。一本书、一张字，自然容易毁失，但它可以抄写、刷印，化身千百，幸存下来的机会就更多一些。十多年前的一伙败类在破坏旧迹时，把有字的石雕……都捶坏了，原是自以为得计的；但他们到底烧不尽天下的书籍文字，更销毁不了人民的记忆。他们从二千多年前的秦始皇那里学来的秘方，终于被证明是无效的。这当然不能全怪秦始皇，生在二千年后却依旧保持着二千多年以前的头脑，才是应该奇怪的。植物界偶然留下几株古树种，就被看做珍异、誉为“活化石”，但今天许多走来走去的活人，都还保留着几千年前古人的头脑，却很少有人觉得奇怪，这本身实在就是一件大怪事。

我过去的印象是，比起张苍水来，于谦是更为寂寞的。那原因应该从近百年来的政治趋向中寻找。张苍水是明末抗清的一面旗帜，在辛亥革命前后，他的著作由当时的革命者章太炎、黄晦闻等重印行世了，在清末的民族革命中起过不小的作用，知道他的人就更多些，这是可以理解的。不过在十多年前，这种情况似乎又颠倒过来。于谦作为“反面人物”的声名，又远远跑在了前面，他们的葬地受到破坏程度的不同，也说明了这一变化。那原因是直到最近，才总算多少摸到了一点。

鲁迅先生曾经赞赏过的剧种、“绍兴大班”演出的《于谦》，最近作为“国庆三十周年浙江省献礼节目”在杭州上演了。我没有来得及看，后来在上海才得到了观摩的机会。这是一个很好的节目。政治上、艺术上都是好的，剧种的特色尤为鲜明，使只知道浙江有一种越剧的观众大大开了眼界。同是产生于浙江的两个剧种，却有着鲜明的特异风格，一个低回宛转，一个慷慨激昂。这概括可能不是全面、准确的，不过是直感的印象。但从植根于生活的深度、广度来看，绍剧无疑要更为突出一些。

从绍剧团的“特刊”里，无意中找到了我前面提出的疑问的解答。

绍剧《于谦》是一九六二年创作的，一九六七年遭到了林彪、“四人帮”的残酷、蛮不讲理的打击迫害。他们将剧本《于谦》改为《于谦罢帅》，与《海瑞罢官》相提并论；他们说“于谦就是彭德怀”；说剧本鼓吹“宫廷政变”有理，一小撮右倾机会主义分子罢官无理。迫害的结果是剧本被枪毙，剧种濒于灭亡，许多老艺人被迫害致死。

吴晗在一九六一年写过一篇于谦的评传，称之为“明代民族英雄”，按照作者的习惯，他在于谦的官职、兵部尚书后面加了个小注：“国防部长。”这就是被姚文元之流抓住，锻炼成为“于谦就是彭德怀”的“理论根据”。张煌言最后从桂王那里得到的任命，恰恰也是兵部尚书。

林彪、“四人帮”之流已经神经衰弱到了如此地步，只要看到“兵部尚书”字样就会本能地跳起来，表现出吠影吠声的吧儿本色。于谦和张苍水身后埋骨之处的遭到平毁，就是这种歇斯底里大发作的馀波。

被吧儿们紧紧抓住不放的一句“社稷为重君为轻”，今天看来是抓得不错的。这确是于谦的最大的特色。

“土木之变”，北方蒙古部族瓦剌入侵，把明朝的正统皇帝（明英宗）俘虏了，地主阶级的头子一下子变成了瓦剌太师也先手里的赌注筹码。敢于承认这一现实，顶住封建道德不可想象的压力，毅然抛掉这只筹码，是需要极大的勇气的。“社稷为重君为轻”出自儒家经典，于谦抬出这面盾牌，当然是为了反击朝廷上主张投降的反对派，但确也说出了他的勇敢决策的本质。于谦拥立了景帝，部署了抗战力量，终于挫败了瓦剌的攻势，已经失去价值的“筹码”明英宗也被送回来了。这只“筹码”回到北京以后却发挥了也先所不曾料到的作用，在另一次“夺门之变”里，于谦、明景帝……被杀害了。

吧儿们指摘的“宫廷政变”指的是拥立景帝而非“夺门之变”，绍剧《于谦》也不是完整地写出了这个伟大的悲剧。于谦在侵略者面前，不愧为有清醒头脑、非凡魄力的伟大英雄人物；在进行日常的封建统治阶级内部斗争时，他却显露了先天带来的软弱，他的死就死于这种软弱。这一切构成了一幕伟大的悲剧。

历史所提供的这类经验是很多的。不曾死于敌人的明枪，却在暗箭袭来时倒下了。这是血的教训，但见惯了血污的人也可能产生司空见惯的惰性，这倒是值得注意的。

最后，我还想提一下这两位英雄人物和人民群众的关系。张苍水被俘以后，解来杭州途中，担任押解的小兵夜半在船头唱起了苏子卿牧羊曲；他又在船里拾到无名氏所投的诗笺，有这样的句子：“此行莫作黄冠想，静听先生正气歌。”这两件事，都引起了张苍水的注意与理解。于谦死后，人民中间传唱着一首歌谣，有这样的句子：“鹭鸶冰上走，何处觅鱼嗛！”“鱼嗛”是“于谦”的谐音。这些故事是美丽的，也是有生命力的。无论怎样伟大的英雄人物，只有当他永远和人民联系在一起时，他才是不死的。

全谢山撰《张苍水神道碑铭》里有几句话：“每逢春秋佳日，游人多以只鸡絮酒，酹公墓下者。”我这次来游，已经是初夏，连“麦饭一盂”也没有准备，其实即使带得有酒，也将无地可酹。这是不免有些令人惆怅的。不过我想，于、张二墓迟早也必将重修，成为人民游览、凭吊的好地方。游人将被提醒，中华民族曾经孕育了这样铁铮铮的汉子，他们是民族的脊梁。

一九七九年六月七日

“一市秋茶说岳王”

这是顺德黄晦闻（节）西湖诗中的断句，手头没有《蒹葭楼诗》，说不清那写作年代，推想可能是二十世纪三十年代的作品。不过诗人笔下的风景怕是几百年来一直就已如此了。那是描写西湖边上熙熙攘攘的茶肆中坐满了茶客，大家都在认真地聆听说书人演讲岳飞故事的场景。其实又何必西湖，这样的场景，在全中国，只要有茶馆和说书人的地方，大抵总是存在的。

西湖而没有了岳坟，简直是不可思议的事情。

但这样的事竟自发生了，而且延续了十年之久，这才真叫做稀奇。

现在是已经到了这一切稀奇古怪都将彻底结束的时候。虽然还没有正式开放岳王庙的正门，围墙已经整修一新，门额也已新加了金碧的髹彩，人们到灵隐寺去，在车上就能望见。不论是初来还是重游，有谁不为此而高兴，而感到心情舒畅呢？政策已经落实到像岳飞这样古人的身上，这是有目共睹的。

到杭州的第二天，就由朋友陪了去看正在修整中的岳坟。

岳墓已经重新垒了起来，岳云的墓也照原样位置在左侧，墓道两侧的石翁仲也竖起来了。这一切都恢复了原来的样子，墓上的覆土也长出了茸茸的新绿，看来似乎不是新茔而俨然是原有的旧冢。

从现存的资料看，三十九岁的岳飞被诬死以后，到绍兴末年才初步得到昭雪，宋孝宗时得复原官，得到“武穆”的谥号，改葬栖霞岭，就是现在岳墓的所在。祠庙后来荒废了，在元代至元中重修，从明初开始又曾多次重修。在最近的修复过程中，在墓道西侧地下，还发现了两具石人，一个完整，另一个则只剩下了一颗头颅。和出土的古代玉石雕一样，表体已经露出了朱红色的纹路，石刻的轮廓、锋棱也都浑圆了。我疑心这并非石俑而是早期岳墓前面的翁仲，他们比现存的翁仲还要高，身体和面部都是修长的，身前抚着长剑，造型也秀特得多。如果现存的翁仲是明代遗物的话，那这两具很可能就是宋代的原物。

秦桧、王氏、万俟卨、张俊等四个人像，反接着跪在墓前的，从明正德中就开始出现了，据旧记原来是铜人，可是我过去所见就已经是铁铸的了，而且也已残坏得不成样子，那是多少年来人民群众尽情发泄正直义愤的结果。这对立面的安排，证明中国人民一直对反面教员的重视。它们也真的起了极大的宣传教育作用，人们从这里明确地认识了什么是正义，什么是邪恶与耻辱。十多年前，林彪、“四人帮”的爪牙不但平毁了岳坟，同时也“解放”了坏种，他们就是如此惧怕人民的裁判。现在四个新铸的坏种又已重新跪在那里，其中三个是从汤阴岳庙里取得的范本，秦桧的形象则是北京历史博物馆提供的。这实在恢复得好，过去是不能忘记的，人民的裁判也是不能不执行下去的！

一位年轻的女同志手里提着盛水的小桶，用布擦洗着横七竖八睡在地上的残碑，一面还做着记录。岳坟的历代碑刻原来有八十二块，现在找回来的不到一半，而且大半都是碎块，著名的《满江红》碑被捶碎为四节。园林管理和文物工作者是做了努力的。

当风暴袭来时，他们把有些石刻埋在地下了。碑廊原也已封闭起来，躲过了最初的洗劫。但后来又出了新的花样，要利用碑廊办什么展览，还是一股脑儿捶碎了。现在只能有选择地恢复。我看见一位老石工在廊下细心重凿一块新碑，他半坐在碑石上，侧身用凿子细心地修整着已经基本完工的碑身，旁边放着原碑拓本。像这样能刻碑的老石工，据说现在只剩下了六位。人们还预备从河南汤阴的岳庙里影刻据说是岳飞所书的诸葛亮前后《出师表》，在成都武侯祠里也有岳飞写的《出师表》，是雕在楠木壁板上的，两者不知是否一个本子。我想，今存的宋刻宋拓丛帖中就还收有岳飞的遗迹，如南宋曾宏父在嘉熙、淳祐间所刻的《凤墅帖》续帖四《南渡忠义帖》《将相帖》中就收有岳飞的一通手札。曾宏父以南宋人收集当时著名人物的手迹橅刻传世，不同于辗转传刻前代旧迹，他本人又是有识别力的鉴赏家，因此所收诸帖的真实性该是可以信据的。

看岳飞一札的书法，正是当日流行的苏(轼)书。这就为我们提供了鉴定传世岳飞书迹的重要依据，原信结尾处有一段说：

> 《平虏亭记》甚佳，可勒诸石。但过情之誉为多，岂疏拙所宜当。悚仄、悚仄。飞再顿首。

这里提到了有关岳飞的一些事，也牵涉到抗金战争，虽然只是一封短信，也是值得珍重的。看来应该细细地模刻了保存在这里。《凤墅帖》宋拓原本现在就藏在上海图书馆里。

正殿和寝殿也都重修了。原有的岳飞塑像是一座文像，时代甚近，手法也不高明。因为岳飞后来被封为鄂王，记得原像就戴着有旒的王冠，手执笏板，规规矩矩地坐在那里的，与一般的神像没有什么区别了。现在的新塑则是穿了铠甲微侧的坐像，我看到的是白垩石膏素坯，还不曾着彩，神情比旧像好得多了。在另外一间便殿里，有两位美术工作者正在为两三座岳飞像的模型细心地上着彩，准备提供讨论选择。现在出土文物多起来了，宋代也还不能算是远古，今天是有条件制作得更接近于历史真实的，我衷诚希望不在这里原封不动地又看到一位京剧《挑滑车》里的岳飞。

我有一册旧刻的《岳忠武王庙名贤诗》，七年前被"四人帮"的爪牙抄去了，至今还收不回来，想在这里引用一些材料也不可能。不过还是可以努力从记忆里挤一点什么出来的。这是一册很别致的书，前面附有《宋史》的《岳飞传》，就正是元刻的抽印本，这在今天是只有内阁大库旧藏的残本传世的；《名贤诗》前面几页的刻工与《宋史》的刻工同为一人，后面的若干页，行款、风格就各不相同，显然是在若干年中随时增补的。《名贤诗》的编者就是元至元间重修岳飞祠墓的天台僧可观。所收的诗篇，辑入《辍耕录》和《西湖游览志》的不过五六人，连十分之一还不到。作者中间记得有方秋崖、张安国、柯九思、杨廉夫等人，最有特色的是贯酸斋的一首七绝，这位著名的散曲作者的诗与正宗文士全然不同，凑巧我曾抄在《游览志》中，现在就转录在下面：

> 剑戟横空杀气高，金兵百万望风逃。自从公死钱塘日，便觉河山把不牢。

这是很有些民间文学气息的，也朴素地传达了人民的心声。也许有人觉得这不免过于夸大了历史上个人的作用，在我看，贯酸斋是把岳飞之死看作南宋统治者政治路线转变的一个明显的分界线的。我们可以懂得诗人的意思。至元中重兴祠宇，丹丘柯敬仲曾经尽了力，他有几首诗写得慷慨凄凉，对岳飞寄予了深厚的同情。柯九思是元朝帝室的文学侍从，他的意见可以代表当时上层人物的一般看法，也抄一首在这里：

行尽西泠见墓林，落花飞絮总伤心。数声杜宇迷清昼，两个麒麟临绿荫。座上高僧能说法，道旁遗老尚沾襟。平湖萧鼓非前日，隔岸楼台暮霭深。

如果说柯九思诗还是写得颇为蕴藉的话，一些下层文士对南宋君臣的斥责就更严厉，几乎达到了声色俱厉的程度。他们骂投降苟安的宋高宗为"僝王"，骂酣舞湖山的大小官僚为"庸奴"，这些也更接近人民大众的心。

赵子昂曾经工楷写了方回（也是一个无耻的角色，曾经在北京柴市刑场上最后还要劝文天祥投降的）所撰的《岳坟褒忠衍福寺复业记》（大德九年，一三〇五），附刻在《名贤诗》后。他又写了"南渡君臣轻社稷，中原父老望旌旗"的诗，收在《名贤诗》中。不过一般评论却不大好。赵子昂是宋宗室，作了元朝的贵官，后来又写出了"往日兴亡今莫问，且将忠赤报皇元"那样的句子，难怪要受到指摘。元人诗就说"何事挥毫松雪老，不知芳草怨王孙"，真是批评得一些都不差。

这本《名贤诗》用辑录游客留题的方式收集了南宋到明初社会各阶层人士对岳飞的评价，是几百年前很好的一次民意测验。不会作诗的普通老百姓的意见则干脆痛快、直截了当地表现在秦桧等四个人的身上。在这里，人们的意见取得了惊人的一致。当然，反面的意见也总是有的，天下事总不可能铁板一块。可惜他们只是在阴暗的角落里叽叽喳喳，不敢公开说出，更不必说形诸文字，因此记载中也不见。只是到了十来年前，一群打着极"左"旗号的小丑公开跳了出来，把岳飞和秦桧一起砸烂了。他们口口声声喊着“阶级分析”的口号，但这时却完全不要分析。同是帝王将相，在激烈的阶级矛盾、民族矛盾中，他们代表的是哪个阶级的利益，也不必问。是急于“革命”，来不及仔细考虑么？怕也未必。他们不过是打击忠良，保护坏种，也就是保护他们自己，如此而已。

一九七九年五月三十一日

【补记】《西湖志摘粹补遗奚囊便览》十二卷，明万历刻本。这是四百年前出版的杭州导游小册子，前有河道图、浙江省城图等十幅板画。武林吴熹写，新安黄尚中镌。插图的特点是保存了丰富的社会风俗史料。这里有一幅岳王坟庙图，采用了中国的传统画法，但大致忠实记录了岳庙的景物。秦桧等四个铁像几乎成为“主角”，旁边还有两个指斥、鞭打的游人，这就简洁而突出地点明了主题。那前面又有打拳卖艺的，还有踢球的。岳坟前面的石人、石兽大致与今存的翁仲相同，三个吃酒的人就在岳坟前面安放了杯盘。岳坟大门外直到湖滨的一块空地上就有各种人物，有踩高跷的，卖画的，说书的，卖泥人耍货的，卖书的，卖花的，骑马、坐轿，二人抬的“滑竿”，还有湖滨的茶馆。最后还不忘记描下了三种西湖游艇的范本。

这样的插图是非常可珍的，它教给了今天的读者以丰富的历史知识，使我们大致可以了解明代中叶人民生活的场景，自然对考古学者也有帮助。

一九七九年八月十五日

晦闻《岳坟》诗在《蒹葭楼诗》卷一，隶于戊申诸诗中，为光绪三十四年（一九〇八）作。

一九八〇年十一月二十一日记

桃花扇底看南朝

这个题目抄自重庆出版的《群众》周刊上。回想那年(一九四四)正是甲申,三百年前崇祯吊死煤山,明朝跟着也完结了。所以提起甲申,大抵也颇使人惊心动魄。那一年的抗战局势已经到了极端险恶的地步,并不是因为敌人特别厉害了起来,而是因为自己太不像话了。无论在团结上、在军政上都弄得不成话,被压抑得透不过气来的文化界,不能不发起"思古之幽情"来,想起了三百年前的老故事。郭沫若先生也发表了《甲申三百年祭》的长文,一纸风传,万人争诵。骂声也随之而起,由名将叶青等出马(好像后来还收集成一册小册子,可惜该时我已离开重庆,在湘桂一带流转,无缘拜读了)。至于骂的理由则是认为作者有着"亡国思想"、"流寇倾向"之类,也就是为什么在此时此地要发"思古之幽情",可见怀古而能招来如许"物议",一定是踏痛了吧儿的尾巴,否则是决不会如此严重的。不幸后来湘桂之役失利,敌军进逼独山,陪都震动,大家准备逃难,热闹的骂声也就消沉下去了,这且不表。

我又想起了这一段公案,是因为看了另一篇文章,这也是有关《桃花扇》的。马、阮之为奸臣,大概已经论定,没有什么翻案的余地了(他们的文采是另一个问题,亦即陈石遗所说的"小人无不多才"。无才者至多是像癞皮狗一般地乱叫一通,想作恶也是没有资格的)，不过天下的事也真难说，有一位马瑶草的老乡，贵州安顺姚大荣作了一册《马阁老洗冤录》。我颇想一读这一册奇书，三十年前在贵阳，也曾经路过安顺，在图书馆、旧书肆中都不曾找到，唯一的办法，还是从《中央研究院历史语言研究所集刊》的第五本第一部分里容肇祖先生的驳议里稍闻端绪。原书民国廿三年(一九三四)出版，因为同乡的关系，所以称马士英为"马阁老"，上卷为"《明史》以马士英列《奸臣传》诬罔不公议"，提出理由十条，其第一条为"论《明史》马士英传系根据孔尚任《桃花扇》传奇为底本"，第二条是"论孔尚任斥马士英为奸臣系受左良玉家族指嗾"，这的确是颇为奇特的见解。关于这些，容先生已经有详细的驳论。总而言之，那全是这位乡谊情重的姚老先生的一面之辞，不必多说。使我感到有趣的是《桃花扇》这部书竟被认为有被《明史》编者作为蓝本的可能，这倒是以前所不曾想到过的。十余年前在中学里读"余韵"一出，听孟志孙先生摇头晃脑地在读"眼看他起朱楼，眼看他宴宾客，眼看他楼坍了"，于可笑之余，也感染了一点悲哀的气氛。三年前入蜀道经南京，住在朱雀路上，夜间冒了北风到夫子庙去，行经三山街，不用说蔡益所书坊是早已不见的了，状元境几家小店也大半在出售上海色情小说，想买一部旧本《桃花扇》也渺不可得，惆怅无已。坐在歌楼上，袖了手，看那瑟索可怜的小女人们在唱戏，旁边站着日本宪兵，这一切景象都还有如昨日。《桃花扇》的时代已经过去了，然而地方却还是老地方，是曾经上演过"传歌"、"却奁"、"闹榭"、"逮社"这些历史断片的地方。清寒萧寂之中，使人想起来的是王阮亭《秦淮杂诗》中的一首：

"秦淮往事已如斯，断素流传自阿谁？比似南朝诸狎客，何如江令擘笺时。”诗人温婉的词句使人陶醉，这是说马士英的画的。周亮工《读画录》：

> 马瑶草士英，贵阳人。罢凤督后，侨寓白门，肆力为画，学董北苑而能变以己意。……王贻上（士禛）曰，蔡京书与苏、黄抗行，瑶草胸中乃亦有丘壑，黄俞邰（虞稷）题一绝："斗闲堂下草离离，尚有遗踪寄墨池，犹胜当年林甫辈，弄麞贻笑误书时。"

这也是"不以人废言"的意思。周亮工著有《因树屋书影》《闽小记》《同书》，在清代大半是禁书。

至于那位遗老姚大荣的态度自然是另一回事，他的大著卷末还有一篇《马公士英应谥忠武议》咧！

不免又重翻了一次《桃花扇》，在第四出"借戏"中，又找到了一点石巢园的风物描写，如果不被认为用《桃花扇》作蓝本来作《明史》，倒不妨看一下，因为那描写，我是觉得颇有些像的。阮大铖的道白中说：

> 幸这京城宽广，容的杂人，新在这裤子裆里买了一所大宅，巧盖园亭，精教歌舞，但有当事朝绅肯来纳交的，不惜物力，加倍趋迎。倘遇正人君子，怜而收之，也还不失为改过之鬼。

后来杨龙友来看阮胡子，从他的口中，更写出了石巢园："这是石巢园，你看山石花木，位置不俗，一定是华亭张南垣的手笔了。"底下是《风入松》：

> 花木疏落石斑斓，收入倪黄画眼。（仰看，读介）咏怀堂，孟津王铎书。（赞介）写的有力量。（下看介）一片红毹铺地，

此乃顾曲之所。草堂图里乌巾片，好指点银筝红板。（指介）那边是百花深处了。为甚的萧条闭关，敢是新词改，旧稿删。

我以为《桃花扇》里的人物写得最好的应该是阮大铖与杨龙友两位。一个是奸雄，一个是清客，写得活龙活现。三百年前大约是真有这样的人物的，《儒林外史》中所写大抵相类。至于其馀老生的激昂，正旦的啼哭，小生的多情，却引不起什么兴趣。

就在“借戏”一出中，从家人的口上，阮胡子探听四公子对他的剧本的态度，小丑用的是《急三枪》，开始时说：“点头听，击节赏，停盃看。”阮说：“妙妙，他竟知道赏鉴咧！”接报：“真才子，笔不凡。”阮说：“啊呀呀！这样倾倒，却也难得。”又报：“论文采，天仙吏，谪人间，好教执牛耳，主骚坛。”这竟使阮胡子喜得不知怎么好，连说：“太过誉了，叫我难当。”酒酣耳热，阮胡子还在期望着更好的消息，想不到这第三报就面目全非了，写得实在很妙。

也还是《急三枪》：“是南国秀，东林彦，玉堂班。”还是赞，底下来了一转，“为何投崔魏，自摧残。……呼亲父，称干子，忝羞颜，也不过仗人势，狗一般。”底下就是跳了起来“气死我也”的阮大铖。这一出戏如果由名角演来，我想一定是极其精彩的。《桃花扇》的作者毕竟是文人，他知道文人的丑态，笔下的人物也极为灵活，原是自然不过的事。

姚大荣说孔尚任受了左宁南家族的嘱托写《桃花扇》痛斥马、阮，自然是不值一笑的说法。然而作者毕竟因为诗人的情感过于丰富，下笔之间，很有点失去了分寸。如侯方域在孔云亭笔下自然是英雄，名士倾城，具备了一切的条件，赢得读者的眼泪；后来又说他与香君双双入道，这样的结束，自然颇完整，但与事实相去就远了。侯方域后来不甘寂寞，去应了新朝的考试，自愿前往，与博学鸿词的强征又自不同，难怪梁溪梦鹤居士在序文里说“若夫夷门复出应试，似未足当高蹈之目”了。而吴梅村的诗中“百年心事向夷门”、“死生已负侯嬴诺，欲奠椒浆泪满襟”的话，也似乎大可不必了。

还有一个写得不公平的是杨龙友。杨龙友是清客，是权门贵戚，是帮闲，都不错的。而且这也写得好，能诗会画，在娼寮与豪门之间跑来跑去，所作无非是无聊之事，借阮大铖拉马，帮马士英统军，南都之陷，责任也不能全由他负，而且那时的腐败情形，正如三百年后的湘桂之役，随便有怎样好的将帅，怎样好的美式装备，也全无用处。何况杨文骢又只是个文人，只能学阮大铖穿了素蟒临师，摆一摆架子的呢？清兵渡江，大家一哄而逃，“军书已报韩擒虎，夜半新林早着鞭”，杨龙友是溜掉的。但是他还在江南抗了一抗，后来逃到福建，在八闽诸地转战，终于战死于蒲城。当阮大铖投降清军率领大军度仙霞岭去“扫荡”残明的残存势力时，他们已经是站在两个阵营里面的了。

然而在《桃花扇》里杨龙友是写得颇为不堪的。当最后马士英从鸡鹅巷、阮大铖从裤子裆中逃了出来以后，被愤怒的人民抢去了细软书画和女人，打倒在地。这时是杨龙友出场，而且还借给他们一匹马，一起逃掉。末了阮大铖死于仙霞岭上，马士英命尽台州山中，都有了交代；而单单对于这个重要人物，为全剧线索的杨龙友的晚节一字不提，未免有点不公平。

杨龙友是给昭雪了的。已经被编入《贵州先贤传》中，他的遗著《洵美堂集》也是难得的秘籍，无缘得见。“今日方知书画传”，他的书画在今日也难得的很。商务印书馆有影印《画中九友集》，稍具鳞爪。关于杨的事迹，在贵阳时曾看到过一些，已写入一篇

《贵阳杂记》中。

《桃花扇》究竟不失为一部成功的历史剧。现在虽然也有不少写南明史事的剧作，然而没有一部能超越它。这究竟是二百多年前的作品了，我们不能以今日的写作标准相衡，这一切，都不能妨碍我们对它的喜爱。正是：

白骨青灰长艾萧，桃花扇底送南朝。不因重做兴亡梦，儿女浓情何处消。

鸡鹅巷与裤子裆

翻开地方志，里面往往有《流寓传》一项，这大抵是述说曾经在那地方流连过的名人的事迹的。而往往这一部分，总要比书中的《儒林传》或《名贤传》来得有趣，这在大地方尤其是如此。翻开金陵志，曾经在这里流连过的人物真是不少，“三山五岳的英雄”都是有的。忠臣孝子、义夫节妇，自然不会遗漏；然而所谓“遗臭万年”的人物，运气就不大好，他们往往是被修志的人“略”了去了。我觉得这办法不大好，从历史上看起来，人无论好坏同样有在历史上留存一页地位的权利与必要。三百年后，我们得到史阁部的一封家书固然欢喜，得到阮大铖的一篇诗草也觉得可珍。然而，在有些人看来，这就是“遗少气”，要不得的。关于这点，我还没有那么多的时间与“英雄”们去辩论。

马、阮并称，三百年前，在南京都是曾经作过一番惊天动地的“事业”的。自然，这不能与史可法比，然而终于也将南明弄亡了，南京的老百姓吃了一场大苦头，他们也背负着万人的唾骂寂寞地死去了。

马士英是贵阳人。我前年旅居该地，曾经到图书馆里去翻了几天书，希望找到一点他的史迹，也希望去看看他的故居。结果是失望。因为贵阳人已经不把他当作同乡，将他的名字一笔抹去了。——安顺有一位姚先生，曾经作了一本为马阁老洗冤的书，不过这是另一个极端。捧同乡的心事太切，将马瑶草说成一个好人了。他的亲戚杨文骢的运气就比较好，给收进《贵州先贤传》里去，正如吴梅村所咏叹，“今日方知书画传”了。

然而在南京却还留着马、阮的故居，至少，地名是还在的。

马士英的故居在鸡鹅巷，在老虎桥左近，屡思一访，因为从书上知道已经没有一点遗迹了，所以未果。有一次坐洋车走过一条陋巷，偶见街名是鸡鹅巷，心想是了。三百年前这里有一场大火灾，南京的老百姓将这个奸相的美丽的园宅毁去了，这里的一些房子，大约是在火烧场上重新建立起来的吧？不，不，这中间起码还经过两次大火，太平之役与抗战初期的两次，没有遗迹留存自然是极平常的事。这些历史上的美丽的痈疽，是总要在人民的怒火之下消失了的，我们正可以用同样的眼色，看着现在的那些豪门。

秦桧父子居住的地方叫“状元境”，现在是夫子庙上的一条小街，是卖春妇的大本营，还有两家书店点缀着“状元”的余辉，真是可哀亦复可笑。

在这样的领会之下，我想阮胡子的家也应该是早已夷为平地的了，所以并没有留心去找，而且那地名——库司坊——在地图上也不见。明知这地方应该是在城南一带，可是第一次去的时候并没有去寻觅。

第二次与运燮往游。偶然提起，他兴致甚好，于是就按照《首都志》里的指示，居然找到了库司坊——老百姓叫作“裤子裆”——与小门口，根据故书，知道这里就是了。

《白下琐言》曰：“阮大铖宅在城南库司坊（即今小门口处），世人秽其名曰‘裤子裆’。”

阮大铖的故宅有花园，即石巢园，清朝为孝廉陶湘所得，称陶氏花园。现在这陶氏花园也已经荒芜了。我们在小门口街上寻问陶家花园，因为我背了照相机，得到的回答是："要照相可以到胡家花园去，陶园已经没有什么好看了。"然而我们所希望知道的却正是陶家花园。

这样，我们寻到了一个小巷中，推开一家人家的院门进去。这家有楼，楼上倚栏立着一个垂了双鬟的小姑娘，她回答了我们的问题："就在那边，街上四十四号，前院是×医生，后院就是了。"

我们谢了出来。一转弯，就找到了四十四号。从前门进去，医生不在家，经过女主人的允许，我们到了后院。

山墙已经没有，还有一塘清水。两棵已经枯萎了的老藤，几块玲珑山石，夕阳照在池塘上面，有几只鸭子，受了微微的惊吓，逃到池边上岸去了。

这就是三百年前石巢园的故址，咏怀堂的所在地。每当夜深，胖而多须的阮圆海，在这儿拍了檀板，导演着家伎在上演自编的《春灯》《燕子》，房子里罗列了法书名画，在歌吹之余，主人也在盘算怎样对付那些东林的书生。从库司坊到鸡鹅巷该是很不短的一段路程，主人是骑了马还是坐了轿子去串门的呢？

好风吹来，水塘上布满了一层层的涟漪。

在盋山精舍的《咏怀堂诗》中，可以找到一二零章断句，描绘他自己的庭园的。《移宅城南，郭侍御云机过访赋此》云："春深草树展清荫，城曲居然轶远岑。"当时园中当不若今日的荒凉，是苍郁得很的。

《鹫峰寺逢李太虚订园中小集》云："吾庐无长物，饮啄向松风。"当日应当是还有松的。

《咏怀堂丙子诗》中有一首《送吴伯纯还皖上》：

> 漠漠江天雨雪飞，看君挂席复言归。残年灯火相思紧，乱后渔樵生事微。白发共衔寒夜酒，青山独掩冶城扉。石门且唤春波绿，烟草为予拂钓矶。

这是阮髯居金陵时所作，看那语气大抵还是未得意以前的神气。我翻读这一小册子，想象阮君索居城南读书、拍曲时的情况。清言丽句，往往而有，朋友来访，留饮，有这样的句子：“请君莫负金陵酒，霜月今宵亦倍妍。”又有句云：“一林明月碧如此，六代寒山青不言。”实在美得很。所居在城南，去雨花台甚近，集中有与马瑶草等登雨花台诗，断句云：“篱门青可数，兀兀此钟山。乐是一樽酒，无如我辈闲。”他也曾到过王介甫的半山园。金陵一隅，阮髯的足迹，借了这仅存的《咏怀堂诗》，似乎也可以踪迹一二。

我们在这荒废的后园中，留连了一刻钟左右，照了两张相，等到主人家的小孩子都偷出来看我们这两个有些莫名其妙的游客的动作时，我们离开了。

天王府的西花园

上次记下了重访鸡鸣寺的经过，想来不免又会引起读者的失望，但在我却并不，因为我是有思想准备的。试想在那十年动乱之中，如果鸡鸣寺竟得安然无恙，那就简直是违反了常规。不过弄得如此一干二净，却是始料不及的。另外，照我旧时的记忆，这座古寺也只是名字好，“鸡鸣埭口绣襦回”这句诗所咏的故事有趣，至于真正的南朝旧迹，除了那口传说的胭脂井以外，几乎什么都没有。著名的豁蒙楼，也不过是几十年前张之洞为了纪念杨锐而命名的。现在鸡鸣寺既已有了重建的计划，修复起来应该没有什么困难。这就是我虽然感到意外但却并不怎样失望的理由。

那天离开鸡鸣寺，我们就乘车到了江苏省文联的所在地，访问了《雨花》编辑部。编辑部就设在今天的江苏省政协里面。这地方在三十一年前曾是蒋介石的“国民政府”，八十年前是张之洞的两江总督衙门，一百三十年前是太平天国的天王府。当我们坐在那间阳光充足、素朴清洁的房间里喝着淡淡的绿茶时，我就默默地想，这间狭长的古老厢房，也许曾经作过太平天国的朝房、张之洞的签押房、蒋家王朝大员的休息室吧？这样就像在头脑里翻开了一本中国近代史，进入一种奇异的幻觉之中了。

天王府是在清两江总督署的原址上扩建的，据罗尔纲的考证，扩建后的规模是很宏阔的，今天的天王府遗址不过是仅存的中心部分。天京陷落后，曾九(国荃)的部队在这里大大地劫掠了一通，照例最后用一把火向清政府交账，主子自然也不敢追查。何绍基《东州草堂诗钞》有句云，“十年壮丽天王府，化作荒庄野鸽飞”，写的就是劫后的情景。我们访问的《雨花》编辑部，应该就是毛祥麟《甲子冬闱赴金陵书见》中所说的“二门内伪朝房，东西各数十间”之一。毛祥麟所艳说的“伪殿”，今天已经看不到了，但二门内高敞的大堂、朱红的柱子、地面铺的方砖，却还显示着当年的气魄，据说都是百来年前的原物。主人陪我们去看西花园时，走过西面的穿堂，他指着地上的方砖说，当年天王洪秀全的遗骸就是葬在这下面，被清军掘出，焚尸扬灰了。这和周馥所说“洪秀全尸用红绸裹藏洞中(按指后园的小石山洞)，湘将李臣典取尸焚灰，和以火药，入炮轰散矣”(《自著年谱》)不同，但手法则是一致的。吴三桂把永历帝从缅甸捉回昆明，缢死后也是焚尸扬灰。真是今古“英雄”所见略同，他们都对已死的对手不放心，采取了相同的措施，也表现了同样的怯懦。

天王府今天还剩下了一座西花园，但按照一些旧时记载所指出的方位，这好像也并非即是当时的花园。毛祥麟所记的石船位置，是在殿东的水池里；而周馥又说，“楼前各有石船二”，那么一起该有四座了。这都很难解释。看来，今天的西花园应是作为两江总督署的附属建筑而说的，而那里的楼阁亭台石舫，则是太平天国时就已存在或新建的遗物，是无可疑的。

所谓西花园，是狭长的一处小园。它的原名叫煦园，曾是明初黔宁王沐英的宅第，这是很合理的，但作为天王府的“御花园”，就不免嫌太小，后来必然经过一番扩展。不料兵火之后，留下来的还是原来的结构。因为它虽小巧但却精致，布置井然，是经过细心的规划的。这里有狭长的一湾池水，四周是石子路，池中有一座大厅，把长方形的水池隔成两个部分，使人不会一览无遗，索然意尽，是很好的设计。池水南端就是那著名的石舫。只在池水东南，入园之处，布置了一些亭榭、叠石，桐音馆和鸳鸯亭就都在这里。

石舫旧名“不系舟”，前面用曲折的石板桥联接。朋友说，在“文革”中间，石舫也遭到了很大的破坏，那池水中就堆满了抄来的家具、沙发。现在经过初步的整修，焕然一新了。但船头原有的雕花月洞门已经不是原物。有一种传说是，太平天国的核心人物就在这里讨论军机大事，不知道可的确。吴绍箕《四梦汇谈》中记他还看到这地方附近的破墙上挂着的一块木牌，上面写着“此系议奏机密之地，不得擅入，违者立决”。那么这传说应该是不无根据的吧。

紧靠石舫的西面就是围墙，墙顶巧妙地做成了一条蜿蜒的游龙的背脊，在北面高处小小照壁上面就是那龙头，生动而绚丽，是很好的艺术品。用来镶嵌龙的躯体的是特制的彩色琉璃瓦，瓦的两侧有双凤、龙凤的纹样。人们认为这是太平天国的遗物，是不无道理的。不论明初的沐英或清末的张之洞，怕都没有勇气使用这样“违制”的事物。

关于“不系舟”，还有一点有趣的闲文。朋友提示，和《红楼梦》及其作者曹雪芹不无关系的尹继善，曾经先后四次出任两江总督。在他的诗集里有《题不系舟》一题，诗前小序说：“金陵使院西偏，旧有室三楹，如半舫。丙寅（乾隆十一年，一七四六）春，余葺而新之，颜其额曰‘不系舟’，盖取《南华》之义。”从这小序可以知道，“不系舟”在尹继善出任两江以前就已存在了，他重新加以修整，给了它一个好名字，出典于庄子的《南华经》。《红楼梦》第二十二回《听曲文宝玉悟禅机》，写宝玉吃了黛玉、湘云的闷气，忽地想起的也正是这《南华经》，“巧者劳而智者忧，无能者无所求，蔬食而遨游，泛若不系之舟。”庄生的书并非什么秘本，尹继善、曹雪芹都可以读，这之间不必有什么必然的联系，但也许有某种联系却也说不定的。

在这不系舟的东偏，有一座鸳鸯亭。这一座骈体孪生的亭子造型新颖，在别的地方还不曾见过，看来也正像一对比翼的鸳鸯。

走出西花园，我们就离开了省政协。走出大门，回头一望，觉得十分稔熟。原来三十年前解放军胜利渡江、解放南京，占领了伪总统府，战士们登上这座大门，欢呼雀跃，曾经留下过一张有巨大历史意义的照片。这就是照片里的那座大门，保存得很好，一些都没有什么变化。照片给我留下的印象是极深刻的，因为它象征着一个旧时代的结束。一面旧旗撤下去，鲜艳的红旗升起来。走在我身旁的叶这时告诉我说，十年前吧，这里曾经是炽烈的武斗争夺中心。那时，在这根旗竿上，什么旗子也不挂，只挂着一把破扫帚，一把横扫一切的“铁扫帚”。

一九八〇年一月十四日

王介甫与金陵

历史上和南京发生过关系的名人真是太多了，南京像一座雄伟的舞台，数不清的帝王将相、才子佳人都在这里上演过悲壮雄武、哀感缠绵的活剧。当然，他们中间有正面的英雄，也有反面的丑类，更多的则是近于平凡的“中间人物”。以演员而论，就有主角，也有配角和龙套。归根结底，真正闪闪发光的名角是并不多的，而王安石则是少数使我不能忘记的名角中的一个。

王安石一生中和南京曾经发生过几次密切的关系。当他还是一个少年的时候，曾随着在江宁府做官的父亲在这里住过一个时期。后来就是在他的晚年，两度罢相后，都回到南京。第二次一住就是十年，最后死在这里。

南京是留下了王安石的一两处遗迹的，至少在记载上是如此。三十多年以前，我曾经按照《金陵古迹图考》的指引，寻访过这些遗迹。那就是在中山门内的半山园和谢公墩。这次重游，有一部车子，方便是方便得多了。但有一利必有一弊，也就没有了当年安步当车的方便，一下子就开出中山门外去了，我只从窗口张望了一下，什么都没有看到。不过我想，三十多年前也只不过是一个土堆的地方，今天还能留下什么来呢？很可能已经是一片崭新的建筑了。这是很自然也很值得高兴的事。只要我们知道在这一带曾经有过哪些遗址，也尽够了。

王安石的半山园，据旧记，就坐落在宋江宁府东门与钟山之间，恰好一半路程的地方。这里原来是谢太傅（安）的园池故址，正在上、下定林寺中间。谢安也在这附近留下了一个土堆子，就是有名的谢公墩。它在半山园的后面，我去访问的时候，连一棵小树也没有，是不折不扣的一个土丘。但就是这个土丘，留下了“争墩”的故事。王安石有两首《谢公墩》绝句：

我名公字偶相同，我屋公墩在眼中。公去我来墩属我，不应墩姓尚随公。

谢公陈迹自难追，山月淮云只往时。一去可怜终不返，暮年垂泪对桓伊。

两诗之中，人们大抵只熟知第一首，但写得好的却是第二首。王介甫哪里是在说谢安，他正是在说他自己。罢相，也就是与政治生活告别，这在王安石是不能甘心的。他的诗集里像这样的作品还有不少。他有那许多政敌，却没有把这些诗拿来深文周纳，上纲上线，揪去批斗，不能不说，比起苏轼来，他是运气多了。

三十多年以前，我到这里来访问时，对这位政治家、诗人是充满了同情的。那时他还不曾阔起来，被捧为响当当的“法家”。三十年后，我对王介甫的感情也并没有什么变化。现在，那阵喧天鼓噪所引起的反胃感觉也已消失，这就使我们可以再和王介甫平静地相处，读他的诗文，考虑他的言行。他是一位伟大的历史人物，他在九百年前进行的那一场政治改革，也是影响巨大的。就从改革引起了那么强烈的反对看，也可以知道他的政治措施的深刻意义，但这终究不是像“四人帮”的论客所宣传的那样，他的头上应该并不存在什么刀枪不入的光圈。

清朝有个蔡上翔，作了一部书为王安石辩诬，提出了一些好意见。不过因为同乡的关系，有些强词夺理的话也说得十分可笑。其实这并不是研究王安石的好办法。前些年蔡上翔的书几乎被定为标准历史读物，当然那些形而上学的方法也被许多人继承了下来，至今也还没有很好的消毒。例如，当王安石罢相之后，苏轼到南京来看他，两人交换了许多诗文、禅机方面的意见。有的研究者就说，因为两人在政治上是敌对的，王安石无话可说，只能采取这样的应酬方法，好像王安石就像一个两面派。其实王安石在并不与政治上的反对派相对时(他有不少和尚朋友)，或一个人关起门来时写下的诗文，同样的思想也是充分流露了出来的。这是想把王安石打扮得“正派”一些，不慎误将鼻子涂白的并不聪明的作法。

王安石推行的“新法”后来终于失败了。为什么失败，研究者也还没有提出可以使人信服的分析。有人说，原因之一是，“新法”虽然意在抑制豪强和大地主，但可惜没有对他们进行更为致命的打击。这是要求王安石背叛自己的阶级去做一个“彻底的革命派”，这样的要求无疑是过高了。同时人们还指责宋神宗的态度不够坚决，都是非常奇怪的逻辑。

“新法”的失败，我想原因之一恐怕在于执行中间走了样。本来的良好意愿，最后变成为人民带来苦难的东西。查查“乌台诗案”，苏轼在一些诗中说的一些怪话，都被一一指出了写作的动机。如“老翁七十自腰镰，惭愧春山笋蕨甜。岂是闻韶解忘味，迩来三月食无盐”就被说成是“讥盐法太急”。这是当权者判定的“罪案”，应该是可信的。带了镰刀上山的老头儿，当然也不会是地主。苏轼对政策的具体执行提出了意见，被打成“反革命”了。这本身，不也说明了“新法”执行者的峻急么?

不过，作为一个勇敢的改革者，王安石是很值得佩服的。特别是他所提出的“三不足”，“天变不足畏”是带有强烈政治斗争性的素朴唯物论思想，“祖宗不足法”和“人言不足恤”更是勇敢的宣言，是九百年前坚持实事求是、坚决不搞“本本主义”的政治宣言，直到今天都是生气虎虎的政治见解。

从南京回来后，又找出雁湖李壁笺注的《王荆文公诗》来读，仿佛很能弥补我此次匆匆经过的缺憾，把钟山路上的景物又重温了一遍。不过有趣的是，王介甫诗最动人的篇什往往是描写春天景色的。像“春风自（一本作‘又’）绿江南岸”那样的名句不必说了，我一直爱读的是《北山》：“北山输绿涨横陂，直堑回塘滟滟时。细数落花因坐久，缓寻芳草得归迟。”也真写得好。这“北山”是否即是《北山移文》里的北山？李壁没有说，不过，在灵谷寺一带确是随处都能看到这样的景色。也不只是北山，江南一带，这样美妙的地方又哪里没有呢？王介甫喜欢春天，这是很有意思的，很能说明诗人的精神境界。即使在退休的日子里，过着貌似闲适的生活，还保持着可贵的生机。他还写过“割我钟山一半青”的诗句，王介甫不只要向谢安“争墩”，还要求钟山“割青”，都表现了诗人有趣的心理活动。

同样的“闲适”诗，还可以举出《钟山即事》：“涧水无声绕竹流，竹西花草弄春柔。茅檐相对坐终日，一鸟不鸣山更幽。”真是静极了。但不能相信，诗人在这样整天静坐的时候，就一些思想活动都没有？

不过王介甫是不会安于投闲置散的生活的，在他的诗中，愤激、悲凉的调子也时时可以听到，而且往往更为激越和撼人心弦。如同样也是写春暮景色的《萧然》一诗：“萧萧三月闭柴荆，绿叶荫荫忽满城。自是老来游兴少，春风何处不堪行。"可能是在大病之后，舍宅作"报宁寺"，移寓秦淮时所作。诗人的心境更加寂寞，但并不颓唐。他说"何处不堪行"，正是因为"俱不得行"的原故。

李壁在诗笺中还时时提供了一些侧面得来的有关王介甫的资料，他记下一位任金陵酒官的朋友的话。留在王介甫身边的一个老兵时常来买酒，向他打听介甫的生活动静，老兵说："相公每日只在书院中读书，时时以手抚床而叹，人莫测其意也。"老兵不能理解得其意，我们是多少可以知道的。李壁作笺的那首《新花》诗，是写老病中的心情的，全诗充满了一种末世的凄凉。经过十年身心折磨摧残的王介甫，好像已经完全失去了旧日的锋芒。像"驽骀自饱方争路，騕袅(古骏马)长饥不在闲(马厩)"那样的抗议的声音已经再也听不到了。当听到皇帝给他加封了"舒国公"的称号时，他作了三首绝句，他说："国人欲识公归处，杨柳萧萧白下门。"这是一声悲凉的叹息，他知道自己的事业已经到了将近结束的时候了。不过他还是清醒地估计到自己的生平事业在历史上留下的印迹，他将不会为人民所遗忘。

王介甫没有猜错。当他死后，关于他的事业的评价，就一直争论不休，几百年后也不曾停止。反对他的人还把他写进了小说，他的一个绰号"拗相公"也因此流传了下来，不过这绰号倒很能传出他在政治斗争中不屈不挠的姿态与风格。出乎意料的是，在几百年后他又"时来运转"，很阔气了一阵。多年来，不同的政治集团与个人，结合现实斗争的需要，都曾借了他的"幽灵"作过种种文章，这本是司空见惯的常事，只不过最近这一次表演格外热闹，也格外离奇而已。他有一首题为《读史》的七律：

自古功名亦苦辛，行藏终欲付何人。当时黯黮犹承误，末俗纷纭更乱真。糟粕所传非粹美，丹青难写是精神。区区岂尽高贤意，独守千秋纸上尘。

真像早已预见到他将被各种论客梳妆打扮上演种种喜剧、闹剧似的，早已为“四人帮”的“评法批儒”运动作了总结，多么深刻的一个总结！

王介甫到底是值得佩服的历史人物。人们走过南京城东、半山园侧时，是不能不想到他的。

一九八〇年一月七日

图书在版编目（CIP）数据

秦淮拾梦 / 黄裳著. — 南京：江苏凤凰文艺出版社，2018.8

ISBN 978-7-5594-2053-4

Ⅰ. ①秦… Ⅱ. ①黄… Ⅲ. ①散文集－中国－当代 Ⅳ. ①I267

中国版本图书馆 CIP 数据核字(2018)第 095218 号

书　　名　秦淮拾梦

著　　者　黄　裳
责任编辑　蔡晓妮　梁雪波
出版发行　江苏凤凰文艺出版社
出版社地址　南京市中央路 165 号，邮编：210009
出版社网址　http://www.jswenyi.com
印　　刷　徐州绪权印刷有限公司
开　　本　880×1230 毫米　1/32
印　　张　8.25
字　　数　177 千字
版　　次　2018 年 8 月第 1 版　2018 年 8 月第 1 次印刷
标准书号　ISBN　978–7–5594–2053–4
定　　价　42.00 元

（江苏文艺版图书凡印刷、装订错误可随时向承印厂调换）